JN230611

聖夜に見つけた奇跡

ペニー・ジョーダン 他

高田ゆう 他 訳

mira

Published by K.K. HarperCollins Japan, 2024

聖夜に見つけた奇跡

旅路の果てに

ペニー・ジョーダン
高田ゆう 訳

おもな登場人物

マリアン・ブラウン――――――寡婦
ヘイウッド・デンショー――――工場主
ミセス・ミックルヘッド――――家政婦
チャーリー・ポストルズウェイト――食料品店の息子
ドクター・ホリングズヘッド―――医師
ベティ・チャドウィック―――――看護師
アーチー・グレッディル―――――工場長
ピーター・ジョンソン――――――牧師

1

「ここで降りてもらうよ。おれの行き先はウィクルスウェイツ農場なんでね。あんたが行こうとしているロールズデンはあっちだ」行商の男はでこぼこ道が二股《ふたまた》に分かれるところに荷馬車をとめると、ランカシャー訛《なまり》で言った。「そっちの道をまっすぐ行けば、いやでも町に着く。しばらく行くとベルフィールド・ミル工場の煙突が煙を吐き出しているのが見えてくるから、それが目印だ。ベルフィールド・ホールに差しかかっても、前を素通りしたほうがいい」

「どうして？」マリアンは尋ねた。

マリアンは今すぐにでも仕事を見つけなくてはならない。彼女は腕に抱いた赤ん坊の青白い顔をのぞき込んだ。赤ん坊を抱えた仕事のない独り身の女はすぐに救貧院に入れられる。苦い経験から、マリアンはそれを知っていた。

裕福な人々はエドワード七世の戴冠《たいかん》と繁栄の時代を祝っているかもしれないが、貧乏人の生活は何ひとつ変わらない。

「ベルフィールドの主人がどうやってあの工場を手に入れたか知らんのかね？　このあたりじゃ、あの男は汚い手を使って財産を手に入れたって噂《うわさ》だ。それに、自分の邪魔をしようとする者は容赦なく始末するらしい。実際、若い娘がひとり行方不明になっている。だからあの屋敷じゃ、使用人を雇おうにも、怖がってだれも来てくりゃしない。そりゃそうだろう。ちょっとでもまともな人間なら……」

「あまりよい人ではなさそうね」マリアンは荷馬車を降り、所持品を入れた小さな包みを男から受け取って礼を言った。

「あんたみたいなきれいな娘さんが、どうしてまたこんなところに仕事を探しに来たんだね？」

行商人はマリアンの事情を知りたくてしかたがないようだ。行商人にとって、情報は大事な商売道具だ。だから、ゴシップをひとつでも多く仕入れておきたいのだろう。現にマリアンも、この独特な話術をもつ行商人から町の住民のことや町の向こうの荒れ地を耕す小さな農場のことを聞いたばかりだった。彼の話によると、この暗い工場町の住人は、ペニン山脈の丘の谷間に隠れるようにして、周囲から孤立した閉鎖的な暮らしをしているらしい。

長いまつげにくっきりと縁取られたマリアンの大きな茶色の瞳に、少しだけ暗い影が差した。行商の男はハート形の顔をした自分を〝きれいな娘さん〟と呼んだ。でも、おそらくお世辞だろう。わたしがきれいに見えるはずがないもの。髪は汚れて乱れ放題になっているし、着古した服はすり切れている。寒風にさらされた肌は荒れて色つやが失われている。それに体つきは華奢《きゃしゃ》で、エドワード国王の好みを反映して流行となった豊満な曲線美を際立たせる当世風の服が似合わない。

「馬車に乗せていただいたときに説明したとおりです」マリアンはていねいな口調で答えた。「亡くなった夫はこの町で生まれ育ちました。彼は臨終のときに、息子をここに連れてくるように、わたしに頼んだんです」

「要するに、ここに家族がいるってことだね？」

「いませんわ」マリアンはできるだけ堂々として見えるよう、悠然とした口調で言った。「亡くなった夫の実家はここにありましたけど、家族はみな夫と同じように亡くなっています」

「なるほど。男ってのは子どもに自分と同じ道を歩かせたいと思うものだからな。旦那《だんな》さんは死んだと言ったね？」

「ええ……熱病にかかって亡くなりました」マリアンは言った。夫の親しい友人でさえ、これほど矢継ぎ早に質問をたたみかけてはこないだろう。

「赤ん坊を抱えてちゃ簡単にはいかんだろうが、ちゃんとした居場所が見つかるように祈ってるよ。とにかく、教区の救貧院にだけは入れられないように気をつけたほうがいい」

行商人の警告はマリアンの胸にふたたび不安を呼び起こした。「このあたりじゃ、よそ者は簡単に見逃してもらえない。あんたのような金のない美人の場合はなおさらだ。あの町を仕切っているのは工場主だが、ちょっとした暴君でね。なにしろ、自分が工場の所有者になるように法律を変えちまうような男だ」

苦労は覚悟していたものの、マリアンは行商人の言葉を聞いて身震いをした。しかし、教区の救貧院に入れられることを考えれば、自分でなくても体が震えるだろう。

永遠に忘れたいと願っていた光景や記憶がマリアンの脳裏によみがえった。だが彼女の耳に聞こえるのは、かつて暮らした救貧院で飢えと苦痛に泣き叫ぶ女の声ではなく、今ここで自分に冷たく吹きつける真冬の風の音だった。マリアンはあらためて覚悟を決めた。

「あんたのほうの家族はどうしたんだね?」

「わたしは幼いうちに孤児になったんです」マリアンは隠さずに答えた。「育ててくれた叔母も亡くなりました」

「なるほどね。ともかく、おれの忠告は忘れずにいたほうがいい」行商人は手綱を取ると、痩《や》せ馬に動くように合図した。「無事でいたければ、ベルフィールドにも、あそこの主人にも近づかないほうがいい」

行商人は念を押すように言った。あの町の工場と工場主はそんなに危険なのだろうか?

だが、それを質問する間もなく、荷馬車はすでに雨の降る十一月の夕闇《ゆうやみ》にまぎれていた。

マリアンは荷物を拾い上げて、赤ん坊を寒風から守るように胸に抱き、マントをしっかりと胸の前で合わせて、町へと下るぬかるんだ坂道を歩きだした。

マリアンはでこぼこの道を顔をゆがめて歩きつづけた。重たい木靴には泥がべったりとこびりつき、みぞれまじりの雨が痩せた体を鞭《むち》のように打ち、薄いマントにしみ込んでくる。行商人は、この地方には驚くほど早く冬が来ると言っていた。もうしばらくすると雪が降りはじめるのだろう。荷馬車を降りた場所から荒れ地のなかを二キロほど歩いたあたりで、マリアンはすでに疲れ果てていた。寒さに震えて歯の根が合わず、両手は血の気を失っている。わずかばかりのお金は、長旅の途中で食べ物や赤ん坊をくるむ厚手のウールの毛布と引き替えに消えてしまった。

あの行商人は前歯が抜けて黒い歯根が見える口で、たばこの葉を噛《か》んでは唾《つば》を吐いてばかりいた。決して気持ちのよい旅の道連れとは言えなかったけれど、荷馬車に乗せてもらえたときには、ほっとして涙が出るほどありがたかった。彼は、ロッチデールの駅で列車を降ろされたマリアンが駅長に目的地まで乗せてくれるように頼み込んでいるのを見て、荷馬車に乗らないかと声をかけてくれたのだ。マリアンは持っていたはずの切符をなくしてしまっていた。ロッチデールから目的地の小さな工場町までの道のりを彼女の足で歩き通すのは、どう考えても不可能だった。

マリアンは今、吹きつける寒風に耐えながら、よろよろと歩を進めた。雲間から月が顔を出し、眼下の谷を走る運河を照らし出した。運河に沿って延びる鉄道の線路は、彼女をロールズデンまで運んでくれるはずだった。工場の高い煙突から煙が立ち上っている。経営者に富をもたらし、働く者たちを陰気な牢獄《ろうごく》のように閉じ込める工場だ。マリアンはこれまで一度も工場町を訪れたことがない。工場のなかに入ってみたいと思ったこともない。彼女を育ててくれた叔母はこのロールズデンからさほど遠くない場所に小さな地所を持っていたが、マリアンがここを訪れるのはこれが初めてだった。

赤ん坊が弱々しい声で泣きだした。病気になったらたいへんなことになる。赤ん坊はとてもおなかをすかせて弱っている。マリアンは恐怖に背中を押され、濡《ぬ》れて冷えきった自分の体を忘れて、ぬかるんだ道に木靴を滑らせて転びそうになりながらも、足の運びを速めて町を目指した。

丘を半分ほど下り、鋭いカーブを過ぎると、いきなり目の前に大きな屋敷が現れた。目指していた建物の外観にマリアンは圧倒された。月明かりに浮かび上がる屋敷の姿は、近づけるものなら近づいてみろと脅しつけているかのような威圧感を漂わせている。人の住む家というよりは要塞《ようさい》のような雰囲気だ。堅牢な石塀に取りつけられた左右二枚の重厚な鉄の門扉が、訪問者の前に立ちはだかっている。暗い窓に月の光が反射し、玄関に続く馬車道に沿って植えられた並木が強風に揺れている。大きな門を支える石の柱に刻まれた

〝ベルフィールド・ホール〟という文字を見るまでもなく、マリアンはこれがなんの建物かわかった。

煙突のひとつからかすかに立ち上っている煙が、この家に人が暮らしていることをかろうじて示している。これほど恐ろしい雰囲気の建物であれば、行商の男が近づくなと繰り返し言っていたのもうなずける。マリアンは身震いした。赤ん坊が泣きだした。

マリアンは赤ん坊をあやしながら、ぬかるんだ暗い路面の轍《わだち》に足を取られて足首をひねり、鉄の扉によろけてぶつかった。赤ん坊をかばうように抱き締める彼女の全身を突き刺すような痛みが駆け抜けた。

痩せた体を倒れないように支えるだけで、ひねった足首の痛みに気を失いそうになる。倒れるわけにはいかない。亡き夫との約束を守らなくてはならないのだ。マリアンは眼下の町に目をやった。この足で歩くには、まだかなりの距離がある。でも、この屋敷なら……。予定では、いったん町に行ってからここに戻ってくるつもりだった。だが今の彼女に選択の余地はない。マリアンは手を伸ばし、門の取っ手をつかんで力をこめた。

2

馬車道を歩いて玄関まで行くには、思ったよりも時間がかかった。そのうえ、裏手にある使用人用の通用口を苦労して探さなくてはならなかった。工場の煙突から流れてくる臭気が目や鼻を刺し、その刺激がつらいのか、赤ん坊が弱々しい泣き声をあげた。足を踏み出すたびに、足首に突き刺すような激痛が走る。

使用人の出入り口の横にある窓に明かりが見えた瞬間、マリアンはほっとため息をついた。行商人の警告はともかくとして、この家に入れてもらえれば、外の寒さから逃れられるし、少なくとも赤ん坊の腹を満たしてやるあいだくらいは火の前に座らせてもらえるだろう。こんな夜に赤ん坊を抱いた女を外に蹴《け》り出すような冷酷な人間がいるとは思えない。

亡くなった夫のミロは、この谷の住民の寛大さを誇らしげに賞賛したものだ。貧しさに耐えて勤勉に働く住民を、彼は自分のことのように誇りに感じていた。ミロは工場の労働者が織機の騒音のなかで互いに意思を伝えるために使う手話のことや、幼いころ、夏の晴れた日に谷の上に広がる荒れ地を自由に歩きまわったときのことを話してくれた。ミロはここに帰ることを心から願っていた。だが結局は、思ってもみなかったほど早く死が彼を連れ去ってしまった。

マリアンがドアのノッカーに手を伸ばしたとき、いきなりドアが開いた。ドアの向こうに散らかった大きな厨房《ちゆうぼう》が見えた瞬間、なかから女性が出てきた。おそらく家政婦だろう。高級な衣服、毛皮と羽根で豪華に飾ったボンネット、シルクとおぼしき生地で裏打ちされたマントという格好は、家政婦のほかに考えようがない。メイドや料理人ではないはずだ。この家の奥方であれば、使用人の通用口から出てくるはずはない。

その女性は革のトランクを持って戸口を出た。紅潮した顔と怒りに満ちた表情を見ると、休暇で出かけるわけではなさそうだ。

彼女のうしろには、同じように怒気に満ちた顔をした男性が立っていた。長身で肩幅が広く、豊かな黒髪の下の横顔はいかにも傲慢《ごうまん》そうな印象を与える。その服装や態度から、ユーモアの通じなさそうなこの男性が屋敷の主人であるのは明らかだ。

「紹介状も書いてくれずに、あんなはした金でわたしを追い出せると思っているのなら、ミスター・デンショー、あなたは考えを改める必要があるわ。いつか必ず、そうせざるをえなくなるときが来ます。わたしは誠実にお仕えしてきたつもりですよ。今後、だれひとりとして、わたしと同じことを言わずにすむように、今ここできっぱりと……」

「誠実だと？　それならば答えてもらおう、ミセス・ミックルヘッド。年に十ギニーしか給金をもらっていない誠実な女が、わたしのような男の目にもその十倍の金がかかっているとわかるボンネットやマントをどうやって手に入れるんだ?」

女の顔がますます赤みを増した。

「もらったんです。ここに来る前にお仕えしていたミスター・オークライトからいただいたんですよ。わたしはそれだけの働きをしたと言ってくださって。ミセス・オークライトが亡くなったあと、よく看病をしてくれたからと、ご褒美にこれをくださったんです」

「よく看病したというのは、その女を放《ほう》っておいて餓死させたという意味かね? ひょっとして、わたしも飢えさせればおとなしくなると思ったのか? ミセス・ミックルヘッド、おまえほど仕事のできない女は見たことがない」

「わたしは家政婦として雇われたんです。メイドや料理人ではなく。良心に従ってここに勤めに来たんです」

「おまえがここに来た理由はひとつだけだ。わたしの金で懐を肥やすためだろう」

「ほんとうの貴族は、結婚して身の丈に合わない階級に成り上がった小悪党と違って、上流階級のなんたるかを知っているものよ。ベルフィールドの主人ですって? その地位につくはずだった人がほかにいることは、町じゅうの人間が知っているわ。あなたを怖がって、だれも口にしませんけどね」

「口を慎め!」

男の大声が散らかった厨房に響いた。

「おまえは家政婦ではない」脅しつけるような男の声が静寂のなかに響き渡った。「働く気のないろくでなしで、嘘ばかりつく盗人《ぬすっと》だ。追い出されて当然だ」

「追い出したければ、そうすればいいわ。でも、言っておきますけど、わたしの代わりにここで働きたがるような頭のおかしな人間は、どこを探したってひとりも見つからないでしょうよ」家政婦は大声で言った。「わたしの話を聞けば、だれだって――」

「すみません……」

ためらいがちなマリアンの声にふたりは振り向いた。

「まあ、そういうことだったの。最初から後釜《あとがま》を用意していたのね？」家政婦は怒りのこもった表情で、さげすむような視線をマリアンに送った。そして、マリアンにも元の主人にも訂正する暇を与えずに、鋭い口調で続けた。「あなた、この男にどこで拾われたの？マンチェスターあたりの派遣会社かしら？　わたしも行ってみるわ。あなたみたいに、澄ました言葉を話せばいいんでしょう？　でもね、あなたじゃ一日だってもたないわ。初日でやめたくなるにきまっていますよ。立派な紳士のお屋敷を切り盛りするつもりで来たんでしょうけど、今じゃここには料理人も客間メイドもいないし、執事だっていないのよ。ここはあなたが思っているような家じゃないの。悪いことは言わないから、今のうちに帰りなさい。ここはあなたみたいな娘が働ける家じゃないわ。あなたには絶対に無理よ」家政婦は言い終わるとマリアンから視線をそらし、ふたりを見ていた男に向かって言った。

「この娘じゃ五分が限度ね。ひと目でわかるわ。どう見たって家政婦向きじゃないもの」

「わたしにも、このお宅の厨房がきちんと使われていないことくらいはわかります」マリアンは辛辣《しんらつ》な言葉を投げ返した。こんな状況でなければ、不意をつかれてたじろいだ女性の表情を見て、つい顔がゆるんでいるところだ。家政婦は、若いマリアンを雇い主に食らわせる鉄砲玉として使おうと考えていたようだが、今のひと言で相手が自分の言いなりになるような娘ではないことに気づいたらしい。

「他人の親切がわからない人もいるものね。だれが見たって、わたしの言ったことに間違いはないのに」家政婦は怒りを抑えてマリアンに言った。「でも、あとで悔やんだって、だれも同情してくれないわよ」最後にもう一度マリアンを腹立たしげににらみつけてから、闇《やみ》のなかへ消えていった。

「ここに何をしに来たんだ？」家政婦が出ていくと、ベルフィールドの主人はマリアンに冷たく言った。「マンチェスターの派遣会社を介して家政婦の面接に来たのでないことはわかるが」

「わたしは仕事を探しているんです」マリアンは即座に答えた。

「ほう、なるほど。それで、ここに来れば仕事がもらえると思ったのか？　よほど困っていると見えるな。ミセス・ミックルヘッドがなんと言っていたか、聞かなかったのか？」

「あの人には自分の意見を言う権利があります。でもわたしは、自分の目で見て判断したいと思います」

屋敷の主人は目に驚きの色を浮かべた。マリアンがそんな口をきくとは思ってもいなかったのだろう。

「それは使用人として賢明な心構えだと思うかね？」

「これまでの経験から言って、使用人が自分の考えを持っていても、なんの不都合もないと思います」

「そんなばかなことを言う女には、ここで働いてもらうわけにはいかない」

マリアンは一歩も引かずに言った。

「お気に障ったのでしたら謝ります。でも、このお屋敷には片づけなくてはならない仕事がとてもたくさんあるようにお見受けします」

ふたりは同時に厨房の荒れ果てた様子を思い浮かべた。しばらく沈黙が続いたあと、屋敷の主人が言った。「自分ならできると言うのか？　たいそうな自信だな。おまえのような小娘には無理だと思うがね」

「公正な心を持った方なら、わたしの仕事ぶりを見もせずに追い払うようなことはなさらないはずですわ。わたしにもできるということを証明させてください」マリアンは勇敢に言った。

「公正な心を持った方だと？」主人は嘲《あざけ》るような笑い声をあげた。「ミセス・ミックルヘッドが言ったことを聞かなかったのか？　わたしは公正な人間ではない。これまでも公正だったことはないし、これからもそんなことはない。冗談じゃない。わたしは冷血漢だ。容赦なく人をこき使い、嫌われ憎まれる冷酷な暴君なのさ」

「先ほども申し上げたとおり、わたしは自分の目で見て判断したいと思っています」

「野良猫のように腹をすかせて他人の家の玄関先に現れたわりには、口が達者だな。このあたりの人間ではないようだが」

「はい、お察しのとおりです」

「ここに何をしに来た？」

「仕事が必要だからです。ここは大きなお屋敷なので、おそらく仕事があると……」

「金を盗んだり、主人を飢え死にさせたり毒を盛ったりするような家政婦は二度とごめんだ。自分の工場を見渡すホテルをねぐらにすることだってできる。ろくでもない家政婦を雇ってまでここで暮らす必要はない」

「人の頭の上には自分の屋根が必要です」マリアンは思いきって言った。屋敷の主人が自分を追い払おうとしないことに勇気を得ていた。この人は自分の屋敷で暮らしたいと思っている。他人の都合に少しでも合わせる必要のある暮らしには耐えられないだろう。

「そして、その屋根の軒先を貸してくれるように男を説得したい女には、言葉巧みに取り入る話術が必要というわけか？」

マリアンは床に目を落とした。主人の態度が変わった。彼女に反感を抱いたようだ。

「わたしが欲しいのは軒先ではなく仕事です。誠心誠意、しっかりと働きたいと思っているだけです」マリアンは静かに言った。主人は彼女を品定めしているようだ。そうして出た答えを過去の経験と皮肉な心情とに照らし合わせて、結論を出そうとしているのだろう。

「つまり、おまえが誠心誠意しっかりと働けば、この屋敷をまともな状態にできると言うのだな？」

なぜわたしは答えるのをためらっているのだろう、とマリアンは思った。これを望んでいたはずなのに――ここに来た目的が果たされようとしているのに、なぜか返事をすることがためらわれる。厨房は散らかってめちゃくちゃな状態かもしれないけれど、少なくとも雨と寒さはしのぐことができる。ここで雇ってもらえなかったら、どこに行けばいいの？　夫と暮らした場所に戻るわけにはいかない。それでもマリアンはためらった。冬空のような冷たい灰色の瞳をした男性の尊大な顔を見ていると、警戒心が頭をもたげてくる。男性の瞳にかすかに浮かぶ冷酷な光が、この家の敷居を越えることをためらわせるのだ。屋敷のなかはこの男性が支配する危険な暗黒の世界――そうマリアンの心の声は告げていた。今ならまだ引き返せる。町に行って仕事を見つけることも不可能ではない……。

突風が吹き、窓が鳴ってドアが閉まった。だが、ドアを閉めたのは風ではなく人の手にちがいないとマリアンは感じた。

「はい」なぜかマリアンは未知の暗闇に踏み込んだ気分になった。

主人は依然として値踏みするような目で彼女を見ている。ようやく彼が口を開くと、マリアンは救われたような気持ちになった。

「こんな夜にこんなところに来て仕事を欲しがるというのは、よほどせっぱつまった事情があるのだろう。どういう理由があってこんなことをしている？　前の主人に追い出されたのか？」

主人の言葉には北部訛《なまり》があるが、先ほど出ていった家政婦ほど強い訛ではない。だが、マリアンは彼の声に敵意と疑念を聞き取った。

「違います！」

「では、どういう理由だ？」

「物乞《ものご》いに選択の余地はないということです」マリアンは床に目を落としたまま静かに答えた。自分よりも身分の高い相手の目を見ることは許されない。そんなことをすれば、鞭《むち》で打たれるぐらいではすまないだろう。

「物乞いだと？　自分をそういった階層の人間だと言っておきながら、家政婦になろうというのか？」

「家政婦の務めがどのようなものかはわかっているつもりですし、これまでにその務めを果たした経験もあります。でも、このお屋敷でそのような高い地位につけていただけると思っているわけではありません」

「高い地位だと？　するとおまえは、わたしの屋敷で家政婦として働くことが立派で実入りのいい仕事だと思っているんだな？」

「そんなふうに考えていたわけではありません。そもそも、このお屋敷で高い地位にあるのは、ご主人おひとりだけのはずです。わたしが望んでいるのは、仕事をいただくことと、屋根の下で眠ることだけです」

「だが、家政婦として働いたことがあると言っただろう？」

「はい」結局のところ、それは嘘ではない。

「最近はどこで家政婦をしていた？」

「チェシャーです。お年を召した貴婦人のお屋敷にいました」

「チェシャーだと？　なぜはるばるランカシャーまでやってきたんだ？」

　眠っていた赤ん坊が突然目を覚まし、泣きはじめた。

「なんだ、それは？」主人はテーブルの上のランタンを取って、マリアンを照らした。彼は怒りで鼻孔をふくらませ、口をゆがめた。「見えすいた嘘はやめたらどうだ！　子どもを抱えているくせに、家政婦だと言い張って、人が信用すると思ったのか？」

「嘘ではありません。わたしは寡婦なんです。夫に先立たれて、この子を食べさせるために働かなくてはならないんです」

「子どもを抱えた女を家政婦に雇う者がどこにいる？」

そのとおりだ。住み込みの使用人は、普通は独身でいるものと決まっている。家政婦は〝ミセス〟という名目上の称号を与えられていても、夫がいてはならず、ましてや子を持つことは許されない。

「結婚する前は働いていました」マリアンは答えた。これもまたほんとうのことだった。

「寡婦と言ったな？　夫はどうした？」

「亡くなりました」

「ごまかすな！　女同士のような無意味な言葉のやりとりをしていると気分が悪くなる。おまえのような女にさせる仕事はない。マンチェスターの売春宿にでも行ったらどうだ？　そのほうがおまえに合った仕事がもらえるだろう。そもそも、その子どもはそういう場所で産まれたんじゃないのか？」

「わたしの結婚は正式なものでした」マリアンは怒りをあらわにして言った。「この子は亡くなった夫の子です。婚外子ではありません」

「その赤ん坊を里子に出さなかったのはなぜだ？　あるいは、婚外子であふれかえった教会の門前に、迷惑を承知で捨てることだってできただろうに。おまえひとりなら、わたしをだまして仕事を手に入れられたかもしれない」主人はドアのほうに歩いていった。彼女を追い出すつもりだ。

マリアンは後悔した。自尊心を守りたいがために、つい不用意な言葉を口にしてしまった。今になって悔やんでも遅すぎる。

「お願いです……」マリアンは他人に施しを請うのが嫌いだ。それなのにこんな男にすがらなくてはならない自分の境遇が腹立たしくてならない。しかし、ミロに約束したのだ。しかも臨終の約束だ。「せめて今夜だけ泊めてください。この厨房だけでもきれいにします。ですから、ひと晩だけでも……」

マリアンは自分を見る男性の目つきがいやでたまらなかった。尊厳や自尊心をはぎ取り、おまえはみじめな物乞いなのだと言い放つような男の視線に、マリアンは強い反感を覚えた。

主人は陰気な声で嘲るように笑った。

「ここをひと晩で片づけると言うのか？　できるはずがない！　名前はなんという？」

「マリアン……あの、ミセス……ミセス・ブラウンです」

主人の目が何かを確信したように鋭く光った。

「自分の名字もすぐに出てこないようだな、ミセス・ブラウン。忘れていたのか？　それとも、日によってスミスやジョーンズに変わるのか？　結婚して、どこで暮らしていた？」

「チェシャーのミドルウィッチです。ブラウンはほんとうにわたしの名字です」マリアンは強い口調で言った。

「ほう、そうかね。安物の真鍮《しんちゅう》の指輪を買って、夫は死にましたと言うくらいのことは、その気になればだれにでもできる」

「わたしは結婚していました。ほんとうです」

「結婚証明書は？」

マリアンは顔が熱くなるのを感じた。「いいえ、手元には……」

追い出される……。

「わたしが追い返せば、おまえも赤ん坊も間違いなく教会に行くことになる。そうなれば、救貧院の管理者はまたわたしを悪く言うにちがいない。いいだろう、ひと晩だけ泊めてやる。だが、明日の朝、すぐに出ていけ。この家はもちろん、町から出ていくんだ。わかったな？」

主人はマリアンに返事をする暇も与えずに立ち去った。だが、返事をする時間を与えられても同じことだった。彼女には主人の言うことを聞く以外に選択の余地はないのだ。

少なくとも今夜は赤ん坊と一緒に暖かい厨房で眠ることができるが、泊めてもらうお礼に厨房をきれいにしなくてはならない。マリアンは赤ん坊を抱いて寝かしつけながら、ひどい散らかりようの厨房のどこかにミルクがあるといいけれどと思った。

赤ん坊と荷物を運んできたせいで腕は疲れきって痛み、ひねった足首はまだずきずきする。マリアンは足を引きずりながら椅子のところまで歩き、毛布にくるまっておとなしく眠っている赤ん坊を座面に横たえた。赤ん坊の顔が蝋《ろう》人形のように青白いのを見て、彼女は心臓が止まりそうになった。竈《かまど》をのぞくと、高く積もった灰の上に小さな赤い火が燃えている。灰の量から考えて、竈の掃除はしばらくしていないのだろう。この厨房をきれいにするには、もっと盛大に火をおこして、たっぷりと湯を沸かさなくてはならない。

マリアンはランタンを手に取って厨房のなかをゆっくりと見てまわった。乾いて固くなったパンが半斤、裸のままでテーブルに転がっている。その横にはバターと、ふたが開いた瓶に入ったジャムが置いてあった。口のなかが唾《つば》でいっぱいになる。だが、マリアンは食べ物をほおばりたいという欲求を抑え、胃袋を引き裂くような飢餓感を無理やり静めた。厨房のなかは、洗っていない食器がそこらじゅうに散乱し、床は汚れでべたべたしている。

厨房から食料貯蔵室《パントリー》に通じるドアが開いていた。パントリーに入ると、大理石の板の上にミルクの入ったピッチャーが置いてあった。今は何よりも先に赤ん坊に食べ物をやらなくてはならない。パントリーには地下室に続くドアがあったが、マリアンはそちらには下りずに厨房に戻った。まともな家政婦は、厨房やパントリーに必要な品をそろえ、塵《ちり》ひとつないくらいに清潔に保ち、秩序だった日課に従ってきちんと家を切り盛りし、屋敷の主人や奥方をはじめとする家族全員に気持ちよく暮らしてもらえるよう準備を怠らないものだ。厨房のありさまから判断するかぎり、この屋敷はだれにとっても居心地のよい場所ではなさそうだ。

厨房の奥の流し場に行くと、汚れた鍋《なべ》がシンクにうずたかく積み重なっていた。足首の痛みは今は鈍痛に変わっている。マリアンは使っていないきれいな小鍋を見つけ、水でざっとゆすいでからミルクを入れて火にかけた。赤ん坊はひどく虚弱だった。マリアンの目が涙でいっぱいになった。

十分後、マリアンは竈のそばに引っ張ってきた揺り椅子に座って、卵とティースプーン一杯の砂糖をまぜた温かいミルクに小さくちぎったパンを浸して、赤ん坊の口元に持っていった。赤ん坊は衰弱していて、パンに吸いつく気力もなさそうだった。マリアンは震える手でパンをゆっくりと押しつぶし、卵をまぜたミルクを少しずつ赤ん坊の口に流し入れた。

一時間以上かけて十分な栄養をとらせてから、赤ん坊のうぶ着を脱がせて、おむつをはずし、温かいお湯を満たして竈の前に置いたたらいに入れて、優しく体を洗ってやった。そのあと赤ん坊の体を乾かすと、厨房のなかで見つけた清潔な布でおむつをあてた。赤ん坊は着替えの途中で眠った。マリアンは、パントリーで見つけ、竈の熱で温めた柔らかい布を敷いた籠《かご》に赤ん坊を寝かせた。

気のせいかもしれないが、赤ん坊の頬にわずかに赤みが差しているように見える。うまくいけば、この子は丈夫に育つかもしれない。

マリアンは竈の火をのぞき込み、足首の痛みをこらえて灰をつついたりかきまわしたりして火勢を強めてから、用意したバケツに灰を捨てた。石炭箱にはコークスが二個しか入っていない。このままでは朝まで火をもたせられないだろう。まともな家ならば、石炭箱は少なくともふたつ置かれていて、どの箱も常にコークスがいっぱいに補充され、竈の火が夜どおし絶えないようにしているものだ。だが、この屋敷ではそうした準備はまったくされていない。

このままではどうしようもない。庭に出て燃料庫を探し、コークスを取ってこなければ、竈の火が消えてしまう。

風はさっきよりも強まっていた。前方を照らそうとしてランタンを持ち上げると、容赦なく風がマントを舞い上げた。ありがたいことに、それらしき小屋を三つまわったところで燃料庫に行きついた。しかしそこも厨房と同じようにひどいありさまで、コークスが濡《ぬ》れないようにかけてあるはずの雨よけもなかった。マリアンは砂埃《すなぼこり》でざらざらするシャベルの柄を握り、歯を食いしばって石炭箱にコークスを満たした。

シャベルを置こうとすると、足首に濡れた冷たいものが身をすり寄せてきた。マリアンは長いこと貧しい生活を経験しているので、暗闇に息づく生き物が何か知っている。屋敷の近くにねずみがいるのは驚くにあたらない。悲鳴をあげて逃げ出す代わりに、マリアンは手に力をこめてシャベルを振り上げ、ずうずうしく人間に近づく小さな害獣を退治しようとした。

そのとき、足下から猫の鳴き声が聞こえた。マリアンの足に体をすりつけたのは、ねずみではなく、腹をすかせた野良猫だったのだ。おそらく体じゅうに蚤《のみ》がたかっているだろう。マリアンは猫を小屋から追い出そうとした。だが、つい同情を覚えた彼女の心を感じ取ったのか、猫は逃げようとしなかった。

マリアンは足下から猫を追い払い、朝になってもまだここにいたらミルクをあげてもいいと思った。石炭箱を引きずって厨房に戻る。コークスをいっぱいに入れた箱はとても重く、何度も休みながらようやく勝手口にたどり着いた。しばらく壁に体を預けて休んでから、ドアを押し開け、石炭箱を厨房に引き入れた。足首はまだ腫《は》れている。痛みはあるが、幸運なことに、歩けなくなるほどひどくひねったわけではなさそうだった。

火を絶やさずにおくための薪《まき》や燃料を屋敷に運び入れる仕事は、だれの役目なのだろう？　明日の朝真っ先にベルフィールドの主人に尋ねてみよう。その役割を負っている使用人がいないのなら、手押し車を用意してくれるように頼み込むしかない。そう考えながらマリアンは息を切らして竈の扉を開け、コークスをくべた。竈の火はすぐに勢いよく燃え上がった。コークスを上手に積んで火力を調節すれば、火は朝までもつはずだ。

マリアンは立ち上がり、竈から離れて赤ん坊の様子を見に行った。ありがたいことに、まだすやすや眠っている。マリアンはふたたび竈に目をやった。すると、どうしたわけか、竈の前に先ほどの猫が暖をとるようにして座っていた。石炭箱を運び込んだすきに忍び込んだのだろう。ふさふさと体を覆うつやのあるグレーの毛に美しい縞《しま》が入っている。マリアンが驚いて見つめると、猫はまばたきもせずに見返してきた。マリアンは眉をひそめた。はるか昔、子どものころ、叔母の友人の家に連れられていったことがあった。マリアンは、そこで飼われていた猫の美しい毛並みにうっとりと見とれたことを思い出した。あれは非常に高価な、特別な種類の猫だった。とても貴重な純血種なのだと叔母の友人は言っていた。

だが、どれだけすばらしい毛並みをしていても、この野良猫を家のなかに入れるわけにはいかない。マリアンは竈の前に行って猫を抱き上げた。厚いむく毛に覆われた体は痩《や》せ細り、骨の感触が手に伝わってきた。ふたつの瞳に浮かぶのは、無言の非難なのでは？マリアンはためらった。ミルクをやってひと晩くらいここに置いてやっても、だれの迷惑にもならないだろう。厨房の掃除をするあいだ、一緒にいてもらうのも悪くない。

優しすぎるのが悪い癖だと自分を叱《しか》りながら、マリアンは猫を竈の前に戻し、皿にミルクをついだ。

その猫は、ぴちゃぴちゃと音をたててミルクを飲む様子さえも優美で上品に見えた。ミルクをなめつくすと、すぐに猫は顔を洗い、体を丸めて眠ってしまった。

「運のいい猫ちゃんだこと」マリアンはつぶやきながら、赤ん坊を寝かせた籠にモスリンのネットをかけた。目を離したすきに猫が籠に入り込んだりしてはたまらない。マリアンは叔母の料理人から聞いた恐ろしい話を忘れていなかった。かつて料理人が働いていた家で、飼い猫が子ども部屋に入り込んで、赤ん坊の顔に乗って窒息死させてしまったらしい。その家の奥方は悲しみで気がおかしくなったという話だ。

コークスを取りに行っているあいだに火にかけておいた鍋の水が、沸騰して湯気をたてている。マリアンはそのお湯を使って、あちこちに置かれたままになっている汚れた食器類を洗いはじめた。こんなに散らかったままで、よくも平気でいられるものだ。マリアンはため息をついた。

一時間近くかかって、ようやく食器を洗い終え、水気を拭《ふ》き取って棚に戻した。食器棚も汚れがひどくて、積もった埃やこびりついた油をあらかじめきれいに拭き取らなくてはならなかった。

マリアンはひどく疲れていた。最初に見たときにはよだれが出そうになったパンやジャムも口に入れる気が起こらないほど、疲れきっていた。それでもまだ眠るわけにはいかない。テーブルをこすり洗いし、床の掃除をし、竈の火が朝まで消えないようにコークスをくべ、赤ん坊をなだめて、もう一度パンとミルクを少しだけでも食べさせなくてはならない。疲れたなどと言ってはいられない。マリアンはテーブルの清掃に取りかかった。

石炭酸せっけんと漂白剤のまじり合った強い臭気に目をしばたたかせながら、テーブルの汚れをこすり落とす。赤むけのようになった手の痛みに顔をしかめながらも、マリアンはきれいになったテーブルから一歩下がって自分の仕事ぶりを眺め、達成感を覚えてにっこりと微笑《ほほえ》んだ。

きれいに磨いた鍋が竈の上に並び、石油ランプの光を受けて輝いている。厨房にはすえてよどんだ空気の代わりに新鮮な香りが満ちたように感じられた。赤ん坊が小さな泣き声をあげた。もうすぐ目を覚ますのだろう。猫も掃除の音に眠りを邪魔されたのか、丸くなっていた体を伸ばしてあくびをした。

マリアンはていねいに手を洗い、パントリーへ向かった。ドアを開けたとたん、三、四匹のねずみがランタンの明かりに驚いて四方に散っていくのが目に入った。マリアンは小さな悲鳴をあげた。床に積まれた袋にねずみが開けた穴から、小麦粉がこぼれ落ちていた。

そのとき、目の前を灰色のものが横切り、逃げ遅れたねずみに襲いかかって、一撃で仕留めた。猫はそのままマリアンのほうに歩み寄り、彼女の足下に小さな死骸《しがい》を転がした。

「あなた、ねずみを捕るのが上手なのね。いいわ、ふたりで協力して、ここをきれいにしましょう。でもそうするには、わたしたちがここにいることをベルフィールドのご主人に許してもらわなくてはならないけれど」彼女がそう語りかけると、猫は、さも当然といった顔で賛辞を受け入れ、戦利品をくわえて去っていった。

ねずみの死骸が足下からなくなって、マリアンはほっとした。

この子の籠は今夜はテーブルの上に置いたほうが安全そうだ。マリアンは数分後、ミルクと卵に浸したパンを赤ん坊が眠たそうに口に含むのを見ながら考えた。赤ん坊は、早くも少しばかり体重が増し、力強くなっているように思える。ほんとうにそうであってほしいとマリアンは祈った。この子の父親が亡くなってからの暗黒の日々に、この子もまた自分の前からいなくなってしまうのではないかと恐れたことが幾度となくあった。

食事を与え、おむつを替えてから、マリアンは赤ん坊を寝心地のよい籠のベッドに戻した。こうして高いテーブルの上に寝かせれば、猫の目の前を横切る大胆なねずみに襲われることもないだろう。マリアンは疲れた体に鞭打って、床の清掃に取りかかった。床もまた、ざっと掃くだけでは足りず、こびりついた汚れをしっかりとこすり取らなければならなかった。

最後のバケツの水を捨て、モップを絞ったのは何時ごろだっただろう。厨房の床は屋敷の主人が食事をとれるほど清潔になった。マリアンはくたくたに疲れ果てていた。

赤ん坊はまだすやすやと眠っている。マリアンが働いているあいだ、彼女の仕事ぶりを見守るかのように体を起こして目を開けていた猫も、今は眠っているようだ。マリアンは掃除で汚れて疲れた体を竈の前に横たえた。痩せこけた体には火の暖かさが必要だった。

ドアの向こうの廊下で時計が時を打った。だが、すでに眠りに落ちていたマリアンの耳にはその音は聞こえなかった。

ベルフィールドの主人は時計が時を打つ音で目を覚ました。彼にとって、その音は一日の仕事の始まりを告げる合図だった。彼の工場で働く者たちと同じく、ベルフィールドの主人も早起きだ。安楽や贅沢《ぜいたく》を楽しむほかの工場の所有者たちがまだベッドで眠っている時間に、ベルフィールド・ミルの所有者の一日は始まる。

清潔な服装をしたメイドがしわを伸ばした新聞と朝のお茶を運んでくるわけではない。決まった時間に側仕《そばづか》えが起こしに来て、風呂と衣服の用意ができていると告げるわけでもない。結局のところ、父親が事業に失敗してから救貧院の冷たい施しを受けて育った男が、そのような優雅な暮らしを楽しめるわけはないのだ。

ベルフィールドの主人は、人が自分をどう思っているか、どんな陰口を言っているか知っている。家政婦が去った今、人々はまた新たな噂《うわさ》のたねを見つけるだろう。それもしかたのないことだ。彼は冷たい水で髭《ひげ》を剃《そ》りながら、かみそりの当たる痛みを気にもせずに考えた。豊かな黒髪は伸び放題で、おさまりがつかなくなっている。マンチェスターの一流ホテルで開かれる工場主の会合では、経営者たちが建前上はビジネスの話をしながら上流趣味をひけらかし、彼のような人間を見下す。あの会合に出てくるのは、北部訛を隠し、むせ返るようなにおいのするポマードで髪を撫《な》でつけ、工場主というよりも地主階級の人間のようにふるまう者ばかりだ。

彼はそんな茶番劇には関心がなかった。そういう高級趣味こそが、彼の父親が転落した原因だったからだ。父親は毎晩、軽薄な金持ち連中とカードゲームに明け暮れ、工場の経営状態や損益勘定にほとんど目を向けなかった。

銀行が父親の抵当物件を処分すると、姉は父親の正当な資産がだまし取られたのだと言って、あることないことをわめき散らした。だがベルフィールドの主人は、父親が没落した責任は本人にあると思っている。

彼は、自分が工場を手にした方法を人々が嘲り軽蔑《けいべつ》していることも知っている。彼を恐れ、声を潜めて噂をささやき合っている。だが、好きに言わせておけばいい。ほかの工場主の愚かな奥方たちからも、無視されていたほうが好都合だ。あの女たちは、気取った態度や洗練された衣装、上品な言葉遣いといったものを必死で身につけ、豪華なパーティーを開いては、年ごろの娘の結婚相手を血眼になって探している。そんなことは彼にはどうでもいいことだった。

彼はアイロンがあたっていない冷たいシャツに袖《そで》を通し、ほかの洋服をつぶして作った厚手の野暮ったいズボンをはいた。そしてようやくくたびれたカーテンを開け、窓の外に目を凝らした。点在する工場の明かりがほの暗いなかに光っている。彼は懐中時計を取り出した。

五時一分前。彼は無言で待った。一分後、五時ちょうどに工場の煙突からいっせいに煙が立ち上るのを確認すると、彼は窓辺を離れた。

厨房では、猫だけが目覚め、ふたりの人間はぐっすりと眠っていた。ベルフィールドの主人が入ってくると、猫は壁際のベンチの下に音もなく隠れた。

最初に主人の目に入ったのは、竈の前に横たわる若い女の姿だった。主人が次に気づいたのは、なじみのない清潔な香りだった。彼は目を細めながら、磨かれた石の床を大股で歩いた。女はこちらに背を向けて眠っている。体に巻きつけた薄いショールから細い手首が出ているのが見えた。主人は彼女を見下ろして顔をしかめた。彼は、厨房をきれいにするという約束を彼女がほんとうに守るとは、まったく思っていなかったのだ。ここまできれいにするには、ほぼ徹夜で掃除をしなくてはならなかっただろう。なぜそこまでしたんだ？　この屋敷に置いてもらえるように主人を説得できると思ったからだろうか？

彼はテーブルの上の籠を見て、唇を固く結んだ。もしほんとうにそう思っているのなら、この女はじきに自分が思い違いをしていたとわかるだろう。だが、今しばらくはこのまま寝かせておいてやる。もう五時半だ。六時に工場に着くには、そろそろ屋敷を出なくてはならない。彼は毎日決まってその時刻に工場に行く。ベルフィールドの労働者たちは工場主の監視の目が光っていることを知っているので、毎朝みな時間どおりに工場にやってくる。

どれだけ有能な職長を連れてきても、厳格な工場主が自ら管理にあたったほうが労働者に規律を浸透させられるし、市場で人気の高いこの工場の織物の優れた品質を容易に維持することもできる。ほかの工場主や奥方は好きなだけ気取った態度でふるまえばいいし、華美な服を身につければいい。北部の渓谷地帯ではベルフィールドの毛織物こそが真の極上品なのだ。

彼は眠っている女の横を大股で通り過ぎてから、思い直したように足を止め、廊下のほうに戻っていった。廊下に並んだマホガニーの重たいドアのひとつを開けて部屋に入り、色あせた赤いベルベットのソファにかけてある、黒っぽい色をした上等なウールの織物を引きはがした。

彼は厨房に戻ると、ウールの織物を彼女の体にかけてから、勝手口から出た。ほかの工場主は馬や馬車で工場に行きたがる。彼は歩いていくのが好きだった。帽子もかぶらず、冷たい風を気にもせずに、袖のすり切れた上着とシャツを着て、大股で庭を横切った。彼があとにした厨房で、マリアンが目を覚ました。自分がどこにいるのか思い出すまで、少し時間がかかった。猫がベンチの下から現れて、彼女の足に体をすりつけ、おなかがすいたと鳴き声をあげた。

マリアンは猫を無視して、暖かい上等なウールの織物の手触りを確かめた。だれかがかけてくれたのだ。こんなことをしても許される人間は、この屋敷にはひとりしかいない。マリアンは体じゅうに温かいものが広がるのを感じた。

ベルフィールドのご主人がこんなに親切なことをしてくれたの？　マリアンは信じられずに首を振った。

3

一夜明けると、身を切るようなみぞれまじりの風はやんでいた。朝の空は雲ひとつなく、輪郭のくっきりとした太陽が冷たく輝いている。マリアンは予想外の晴天に驚きながら、朝の光を浴びた厨房《ちゅうぼう》の窓の汚れに気づいて顔をしかめた。

鳴き声をあげて近づいてきた猫の求めに応《こた》えて、マリアンは勝手口のドアを開けてやった。庭は昨夜よりもずっとのどかな場所に見えた。数羽の鶏がさかんに首を動かしながら地面をほじくっている。卵はどこで産むのだろうと考えていると、ご用聞きの少年が体に合わない大きめの自転車に乗って庭に入ってきた。少年はマリアンに気づき、陽気な笑顔を彼女に向けて自転車を止めた。

「ぼくはポストルズウェイト食料品店のチャーリー・ポストルズウェイトっていうんだ」少年は自転車に書かれた店名を指さしながら自己紹介をした。「これは父さんの店だよ」彼は得意げに言った。「父さんに言われて来たんだ」自転車の荷台に載せた籠《かご》を開ける。

「あの家政婦気取りのばあさんがゆうべ出ていったって聞いて、父さんは、きっと食べ物を持ち逃げされて、パントリーが空っぽになっているにちがいないって思ったんだ。それに、ご主人はさっそく代わりの家政婦を雇ったっていう話も聞いたもんだからね」

少年は籠のなかからばら肉のベーコンを取り出してから、マリアンに好奇の目を向けた。

「おねえさん、ここで働くんだね？」

「それはミスター・デンショーのお考えしだいよ」マリアンは体の前で両手を組み、きちんとした家政婦に見えるように気をつけて言葉を選びながら少年の問いに答えた。

「ああ、ミスター・デンショーね。ここいらではみんな〝ご主人〟って呼んでいるんだよ。なんたって、あの人は主人だから。今は工場に行ってるんだね？　戻ってくるまでに朝食を用意しておかなくちゃだめだよ。あんたの欲しいものをきいてこいって父さんから言われているんだ。欲しいものを言ってくれれば、ぼくが届けに来るよ」

「ミスター・デンショーからは、どの小売り商をひいきにしたらいいか、まだ聞かされていないのよ」マリアンはやんわりと断るように言った。だが、きちんとした受け答えをしようとする努力は、赤ん坊の甲高い泣き声で台無しになった。ご用聞きの少年は厨房のなかをのぞき込み、小さく口笛を吹いた。

「まさか、あんたの赤ん坊じゃないだろう？」彼は驚いたように言った。「ご主人は赤ん坊が嫌いなんだ。自分の子どもを亡くしたからね。奥さんも一緒に亡くなったんだ。ご主人がいないときに陣痛が始まって、それで死んだんだよ。あ、そうだ。忘れないうちに言ってておくけど、いとこのジェムが、屋敷の外の仕事をする人間を探しているなら、喜んでやらせてもらうって言ってたよ」

マリアンはこんなにおしゃべりな少年に会ったのは初めてだ。聞いているだけで少しばかり息が苦しくなるほどだった。猫が外での仕事を終えて庭の向こうから駆け寄ってきて、マリアンの前で止まり、少年を見上げた。その様子は、まるで彼女を守る小さな衛兵のようだった。

「あれ？　こいつはミス・アメリアのかわいい猫が産んだ子猫じゃないかな？」少年は猫をじっと見ながら驚いた様子で言った。「子猫はみんなご主人の命令で溺死《できし》させられたって噂《うわさ》だったけどね。とにかく、ミス・アメリアがいなくなって、ご主人はほんとうに腹を立ててたんだ。噂じゃ、あの人は彼女を嫁さんにするつもりで、貴族の通う学校から連れてきたっていうんだけど、ミス・アメリアのほうはそれがいやで、猫を連れて逃げ出したって話なんだ。何カ月かして猫だけ戻ってきたんだけど、ご主人は猫を殺した。ここいらでは、ご主人が始末したのは猫だけじゃないって言っている人もいるよ。ミス・アメリアも殺されたんじゃないかってね。それに、彼女のいとこも。そのいとこはご主人の義理の息子にあたるんだけど」

この悪趣味な話は事実を歪曲《わいきょく》し、かなり誇張されているのがマリアンにはわかった。それでも体に震えが走り、胃が縮んだ。胃のなかに産み落とされた小さな恐怖がしだいに大きくふくらみ、彼女をとらえた。

「ありがとう、チャーリー」マリアンはご用聞きの話を遮って、彼に背を向けた。こうすれば少年もこちらがどうしたいのか気づくだろう。

「ああ、そうだ。ぼちぼちそのベーコンを焼いたほうがいいよ。ここのご主人は意地が悪いからね。戻ってきたときに朝食ができていないとわかったら、きっと面倒なことになる」

「そのとおりね。これからすぐに料理を始めるわ」

マリアンは即座に言って、今度こそ少年が脚を振り上げて自転車にまたがるのを見て、ほっと息をついた。

「そういうことですって」数分後、マリアンはパンに浸したミルクを力強く吸う赤ん坊をあやしながら、足下にうずくまった猫に話しかけた。「ミスター・デンショーがわたしをここに置きたがらない理由はふたつあるわけね。ひとつはこの子で、もうひとつはあなたよ」

マリアンは小さくため息をついた。ベルフィールドの主人は自分を雇いたがっていないかもしれないけれど、マリアンのほうもこの屋敷にいたいとは思わない。しかし、こちらには守らなくてはならない約束がある。決して破るわけにはいかない臨終の約束があるのだ。

赤ん坊がミルクを飲み終えた。マリアンは彼を肩に抱き上げ、背中をさすってげっぷをさせた。

チャーリー・ポストルズウェイトが立ち去ってから三十分もたたないうちに、マリアンは赤ん坊にミルクを飲ませ、おむつを替え、床に置いた間に合わせのベッドに彼を寝かせ、主人の帰りに合わせて焼き上げるつもりのベーコンをフライパンの上で引っくり返した。そうするあいだも、籠のそばにうずくまって赤ん坊を見つめる猫から目を離さずにいた。

「籠のなかには入らないでね」マリアンは猫に警告した。

猫は尊大な様子で彼女を斜《はす》に見てから、すぐに表情を変えて小さな耳をぴくりと動かし、警戒の姿勢をとって勝手口のドアを見つめた。マリアンには聞こえない不審な音が猫には聞こえるのかもしれない。

すぐに庭のほうから男たちの声が聞こえてきた。猫はすでにベンチの下に隠れている。急いで窓のところに行くと、男の一団が主人を囲み、体を支えて勝手口に近づいてくるのが見えた。主人は腕を両側の男の肩にまわして、引きずられるようにして歩いてくる。太腿には血に染まった布が巻かれていた。

マリアンは勝手口に駆け寄り、ドアを開けた。

「何があったの?」彼女は先頭の男に尋ねた。

「ご主人だ」男のひとりが意味のない答えを返してきた。「工場で事故に遭ったんですよ。

機械がおかしくなって」

「おれたちはご主人に言われてここまで運んできたんだ」別の男が言った。

ふたりの男が雇い主を支えて勝手口から入ろうとしたときに、主人のけがをしたほうの脚を誤ってドアにぶつけてしまった。主人は食いしばった歯のあいだから弱々しいうめき声をもらした。

主人の顔は青ざめ、汗で蝋《ろう》人形のように光っている。目を半ば閉じ、意識が朦朧《もうろう》としている様子だ。間に合わせの包帯ににじみ出た血の跡は、少しずつ広がっているようだ。

「お医者さまを呼ばなくては」マリアンは不安のにじむ声で男たちに言った。

「職長がそう言ったら、ご主人にどやされたんだ。医者を呼んだら首にするって脅されたんですよ。本人はただのかすり傷だと言ってますが、事故が起こったところを見ていた者の話では、機械のピストンピンが脚にぶすりと突き刺さったらしい。おれが思うに、幸いねらいはそれたが、たぶんだれかが……」

話の途中で別の男がこの男の足を蹴《け》り、何やら小声で耳打ちしてから、マリアンのほうを向いて言った。

「おれたちはご主人を家まで運んできた。これからどうしたらいいかね？　早いとこ工場に戻らないと、給料を差っ引かれてしまうんだよ」

マリアンは必死で気持ちを落ち着かせた。男たちは自分を家政婦と勘違いしている。

「とりあえず、ご主人にきいてみて……」マリアンはそう言いながら、すぐに無意味だと気づいた。主人を支えていた男がぶっきらぼうな口調ですかさず言い返した。

「意識がないんだ。ひどいけがをしているようだからな。念のために言っておくがね、このあたりに住んでる者のなかには、ご主人が棺桶《かんおけ》に入ってもなんとも思わないやつらがいっぱいいるんだ。嘘じゃない」

マリアンは男の言葉を聞いて後ずさった。厳格で冷酷な雇い主に対して、労働者が殺意に近い感情を抱くというのは十分に理解できる。労働者がときおり雇い主に対してストライキを起こすのは当然のことなのだ。

「上の階に連れていったほうがいいわ」マリアンは指示を待つ男たちに言った。「だれか、急いでお医者さまを呼びに行ってちょうだい」

「おまえが行け、ジム」最年長とおぼしき男が言った。「このなかじゃ、おまえがいちばん足が速い。そのあいだにわしらがご主人を二階に運べばいいんだね、ミセス？」男はマリアンに確認を求めた。

マリアンはうなずきながら、急いで広間に続くドアを開けた。ほんとうの家政婦のように屋敷の造りを知り尽くしているといった態度を装ったつもりだが、実際に知っているのは厨房だけだ。

マホガニーのドアは、手入れを怠っているためだろうが、本来の光沢を失い、全体に曇りが浮き出ている。ミセス・ミックルヘッドは屋敷も主人のこともよほどいい加減な扱いをしてきたのだろう。広間は正方形で、向こう側に堂々とした扉が見える。おそらくあそこが正面玄関なのだろう。マリアンは大きくカーブして二階に続く階段を上っていった。果物と花の装飾が見事に彫り込まれた手すりが、彼女の手の下でなめらかに滑っていく。

階段を上がりきると、豪華な回廊から左右にふたつの廊下が延びていた。どちらが主寝室に続く廊下なのかわからない。だが、運よくそのときベルフィールドの主人が意識を取り戻し、右手の廊下に向かって一歩足を動かそうとした。

マリアンは雇い主の体を引きずる男たちの先に立って歩いた。廊下の途中まで来ると、両開きのドアがわずかに開いていた。一か八《ばち》かその扉を押し開けて、彼女は震えるような吐息をもらした。ベッドの乱れ方から見て、ここが主寝室にちがいない。

「ここに寝かせろっていうんですかい？」主人を支えていた男のひとりが広いベッドを見て言った。「このシーツは最高級品だ。こんなに血が出ているんじゃ、どれだけ洗っても使い物にならなくなっちまう」

確かにそのとおりだろう。だが、マリアンはリネン置き場がどこにあるのか知らない。彼女は首を振り、きっぱりと言った。「それなら、二度と使わなければいいわ。お医者さまはあとどれくらいで来るの？」

「ジムのやつがどれくらいで医者の居場所を見つけるかによるね。ドクター・ホリングズヘッドは朝飯の邪魔をされるのが嫌いなんだ」

ふたりの男が雇い主をベッドに寝かせた。包帯ににじんだ血が恐ろしい勢いで広がっているのを見て、マリアンは心臓が止まりそうになった。

「おい、おまえら、引き上げるぞ」リーダー格の男がほかの男たちに声をかけた。

「おれたちにできるのはここまでだ。早いとこ工場に戻らないと」

マリアンは足音をたてて階段を下りていく男たちのあとを急いで追いかけた。

「お医者さまは事故が起こったときの状況を知りたがるわ」彼女は男たちに向かって叫んだ。「だれかひとりでも残ってくれたほうが――」

「おれたちは医者がききたがるようなことは何も知らないんですよ。金属のピストンピンが機械からはずれて、ご主人の脚に向かって飛んできたんだ。それでご主人が自分でピンを抜いた。それだけです」ひとりが精いっぱいていねいな言葉でマリアンに言って、男たちは屋敷を出ていった。突き刺さったピンを自分で抜く……。その痛みを想像して、マリアンは全身の震えが止まらなくなった。

4

男たちは出ていった。医者はまだ来ない。マリアンは、救貧院にいたときにいろいろなけが人を見た経験から、傷口の消毒が遅れるのがどれだけ危険かをよく知っていた。ゆえに、医者が来たらすぐに処置に取りかかれるように湯を沸かし、赤ん坊が眠っていることを確かめてから、清潔なリネンを探しに行った。

屋根裏でようやくリネン置き場を見つけた。棚に並んだリネン類は、遠目にも蜘蛛《くも》の巣やねずみの排泄物《はいせつぶつ》で汚れているのが見て取れた。汚れていないシーツもないわけではなかったが、それらもアイロンがかけられておらず、湿っていた。

マリアンの叔母だったら家政婦のこうしたいい加減な仕事ぶりは決して許さないだろう。ミセス・ミックルヘッドのような人間に屋敷内の管理を任せるから、こんなことになるのだ。マリアンは、意に反して、ベルフィールドの主人を少しばかり気の毒に思った。これだけの屋敷がこのありさまではもったいない。以前は品格のある、優美で住み心地のよい家だったにちがいない。ところが今は、無駄に広いだけの、古びて傷んだ住み心地の悪い家になってしまっている。

マリアンは屋根裏から階段を下り、廊下を通って二階の回廊に出た。男たちが去ったあと開けたままになっていた主寝室のドアの向こうから、低いうめき声が聞こえてきた。

彼女は廊下を走り、寝室の戸口で立ち止まった。

ベルフィールドの主人は男たちが出ていったときのままの姿勢でベッドに身を横たえていた。目を閉じて、右手で太腿を押さえている。その指は包帯からしみ出してくる真っ赤な血にまみれ、ぬらぬらと光っていた。

マリアンはどうしてよいかわからなくなった。出血の量が多すぎる。命にかかわるほどの量であるのは、彼女の目にも明らかだった。

途方に暮れて立ち尽くすマリアンの耳に、玄関をノックする音が聞こえた。

マリアンは両手でスカートを持ち上げて階段を駆け下り、広間を走り抜けて玄関の鍵《かぎ》を開けると、重たいドアを力いっぱい引き開けた。

「ドクターが来られましたよ、ミセス」ドアをノックした男が言い、横を向いて噛《か》みたばこを吐き出した。

男のうしろに目をやると、黒いフロックコートを着てシルクハットをかぶり、髭《ひげ》をたくわえた男性が、手に大きな革の鞄《かばん》を持って、まるまると太った体を揺らしながら馬車を降りてくるところだった。

「事故があって、ここの主人がけがをしたと聞いたが」医者は帽子を上げもせずに言った。自分よりもはるかに社会的地位の低い家政婦にはお辞儀をする必要もないと思っているにちがいない。マリアンは膝を折って頭を下げてから、医者が突き出した鞄を受け取った。

「さようでございます。こちらにどうぞ。ミスター・デンショーは寝室にいます」

鞄は重かった。医者は埃《ほこり》だらけの廊下を見て、あきれたような顔をした。マリアンは、次に彼が来るときまでに廊下をぴかぴかに磨き上げておこうと心に誓った。

「おまえはここに来たばかりだな？」医者はマリアンに案内されて階段を上がりながら、ぶっきらぼうに言った。

「はい」マリアンは答えて、深く息を吸い込み、事実と違うことをつけ加えた。「ミスター・デンショーが、新しい家政婦が至急必要になったと、マンチェスターの家政婦登録所に連絡なさったんです。わたしはゆうべこちらに着いたばかりです」罪悪感で顔が赤らむ。医者にそれを気づかれなかったらいいけれど。

マリアンは二階に上がると、立ち止まって医者に言った。

「主寝室はこちらです、ドクター」

「ああ、わかっているよ。ところで、診察のあいだ部屋にいてくれないか？」

マリアンは素直にうなずいた。

血はシーツにまで広がっていた。ベッドに横たわった主人は意識がなく、呼吸が浅くなっていた。

「いつからこんなふうに血が出ている？」医者が鋭い口調で尋ねた。

「ここに運び込まれたときからです」マリアンは答えて、マホガニーの脚付きたんすの上に鞄を置いた。

「お湯と石炭酸せっけんを持ってきてくれ。手を洗いたい」医者は尊大な口調でそう言ってから鞄を開けた。「それと、下の男にここに来るように言ってくれ。大至急だ。無駄にする時間はない。主人が失血死するのを見たくなかったら、急いでもらいたい」

「はい、ただいま」

マリアンは飛ぶように階段を下りた。足首はまだ腫《は》れているが、ありがたいことに、走れないほどの痛みは感じなかった。玄関のドアを開け、医者の言葉を使用人に伝えた。

「患者の体を押さえてもらいたいんだろう」使用人は言った。「泣きわめいたり悪態をついたりする患者もいるが、耳を貸さないようにしてくれよ。ひょっとしたら脚を切断することになるが、驚いちゃだめだ。そういうのは珍しいケースじゃないからね」

マリアンは震えた。

大鍋《おおなべ》で沸かしたお湯と、清潔な洗面器と石炭酸せっけんを持って二階に戻ると、医者は使用人に鞄からはさみを出して患者のズボンを切るように命じた。傷の様子を調べるためだという。

使用人の手と爪が垢《あか》で汚れているのを見て、マリアンはショックで目を丸くした。医者は、自分の手は清潔にしておかなくてはならないと言いながら、助手の手はどうでもいいと思っているのだろうか？　マリアンの叔母はフローレンス・ナイチンゲールの家族とつき合いがあり、自分の屋敷の人間や地所内で働く者たちに手当てをするときには、ナイチンゲールの定めた消毒法を厳密に守っていた。叔母はマリアンにもその消毒法を覚えるようにすすめ、うるさいくらいにこう言った。〝フローレンス・ナイチンゲールが言っていたのよ。患者の多くは、けがではなくて感染症で命を落とすんですって。だから、病人のまわりにあるものはなんでも清潔にしておかなくてはならないのよ〟

マリアンは叔母の言葉を思い出し、反射的にはさみに手を伸ばした。「わたしのほうがうまくできるかもしれませんわ、ドクター。わたしのほうが手が小さいですから」彼女は早口で言った。

医者が止める間もなく、マリアンははさみを洗面器に入れて、熱湯を注いで消毒してから、血を吸い込んだズボンを切った。

寝室の空気が血なまぐさくにおった。マリアンの脳裏に思い出したくない光景がよみがえった。救貧院にいたころ、貧困の犠牲になった若い女性がいた。彼女は助産師のいないところでひとりで子どもを産んだ。彼女は大量の血を流し、命を失った。助けを求めるマリアンの叫び声に反応する者は、だれひとりいなかった。

マリアンは石炭酸せっけんで震える手を洗った。血まみれのはさみはぬるぬると滑った。マリアンが男性の裸身を間近で見たと知ったら、叔母はショックを受けるだろう。だが、彼女はもはや叔母の家で守られて暮らしていたころの汚れを知らない幼い娘ではないのだ。

マリアンは手際よくベルフィールドの主人のズボンを切り開き、腿の傷を露出させた。出血は思ったほどの勢いではなかった。噴き出るというほどではなく、あふれ出るといった程度だった。

「ぼんやりしているんじゃない。わたしの靴に血がついたじゃないか。拭《ふ》き取るんだ」医者はマリアンに命令した。

マリアンは医者の顔を見つめた。靴をきれいにしろですって？　患者の傷の手当てはどうしたの？　だが、医者の使用人が目で警告を送っているのに気づいて、マリアンは厨《ちゅう》房《ぼう》から持ってきた竈《かまど》の清掃用の布巾《ふきん》をポケットから取り出し、ひざまずいて医者の靴を拭いた。

「よろしい。次は患者の脚の血を拭いてもらおう。傷口をよく見てみなくてはならないからな」

マリアンは耳を疑った。まさか、靴を拭いた布でけがをした脚の血を拭き取らせるつもり？　ふだんは静かな深みをたたえる彼女の茶色の目に怒りの火花が散った。マリアンは医者に背を向けて、大鍋のお湯を清潔な洗面器に注いだ。

「かしこまりました」マリアンは医者に言った。「その前に手を洗ったほうがよろしいでしょう?」静かに言って、医者の許可を待たずに石炭酸せっけんを取り、力をこめて手をこすった。マリアンは洗った手に水をかけると、使っていない洗面器にお湯を入れて、新しい布をそこに浸した。

　マリアンは叔母の使用人が屋敷のなかでちょっとしたけがをしたときに傷の手当てをしたことはあるが、そのどれもが、衣服を脱がされた男性の筋肉質の体に触れるような大がかりなものではなかった。マリアンはそうした考えを頭から追い出し、できるだけ刺激を与えないように気をつけながら、傷口の血を手早くきれいに拭き取った。ピンは主人の腿にかなり深く突き刺さったらしく、開いた傷口の幅は二センチほどありそうだった。肉がえぐれた傷口から黒っぽい血が不気味にあふれ出してくる。主人は意識が薄れているにもかかわらず、マリアンが手を触れると身を引き、寝返りを打って逃れようとした。

「縛りつけたほうがよさそうだ、ジェンクス」医者は使用人に言った。「ロープは持ってきただろうな?」

「すぐに取ってきます、ドクター」使用人はそう答えて寝室を出ていった。

　マリアンは医者の言葉にたじろぎ、心ならずも〝新しい雇い主〟に同情した。

「強いお酒を飲ませて痛みをやわらげれば、治療をなさっているあいだに暴れることはないんじゃありませんか、ドクター?」マリアンは静かに言った。

「確かにそのとおりだ」医者はマリアンの言葉に素直に同意した。「だが、この家にはそんな酒は置いてないだろう」

「お医者さまなら治療用にブランデーをお持ちではないですか?」マリアンは思いきって尋ねた。

医者はいやな顔をした。

「ブランデーは高いのでな。このあたりの住民は、医者に酒代まで支払うのは金の無駄だと思っているんだ。おや、血が止まったようだな。傷口もきれいだ。わたしはデンショーとは知り合いだが、あの工場の機械でこんな事態になるとは驚きだよ。この男は自分のことよりも工場のことばかり気にしているような男だからな。おまえの主人はおかしな男だ。ほかの工場主からわざわざ嫌われるようなことをしている。労働者にはどの工場よりも高い賃金を支払うし、ミルクを支給したり、工場内で着る特別の作業着を与えたりしている。ジェンクス、それはもうそんなことをすれば、何かと問題が起こるにきまっているんだ。ジェンクス、それはもう必要ない」血の跡で汚れたロープを抱え、息を切らして部屋に入ってきた使用人に医者は言った。「包帯を巻いておくといい。あとは傷が治るのを待つしかない。おそらく熱が出るだろうから、看護師に付き添いに来るように言っておくよ。熱が下がるまで彼が静かにしているように、看護師に飲み薬を持たせることにしよう」

「わたしが包帯を?」マリアンは聞き違えをしたのではないかと思いながら問い返した。

医者は本気でわたしに包帯を巻けと言っているのだろうか？

「そのとおりだ。出血が止まるくらいにしっかりと巻いてくれ。ただし、あまりきつく巻いてはならん。わたしはこれで失礼するよ。診察料は五ギニーだ。意識が戻ったら、主人にそう伝えておいてくれ。少し薄めのお茶を飲ませるといい。だが、それ以外のものはやらないように気をつけてくれ。熱が上がるといかんのでな」

五ギニー？　マリアンのような者にとっては驚くほどの大金だ。だが、医者を送って階段を下りるあいだに彼女の心を占めていたのは、法外な往診代のことではなく、ベルフィールドの主人が労働者を厚遇しているという意外な話だった。ひょっとしたら、ベルフィールドに来る前に立てた目標はもうすぐ達せられるかもしれない。そうであってほしい。マリアンは、自分に課せられた責任があまりに重く、ひとりでは背負いきれないと感じることがあった。だが今は、その思いを胸にしまっておかなくてはならない。だれにも言うわけにはいかないのだ。

医者を送り出し、玄関の重たいドアを閉めるとすぐに、マリアンは厨房に行った。猫は竈の前で丸くなっている。赤ん坊は籠《かご》のなかで楽しそうに喉を鳴らしていた。心配することはなさそうだ。

「なんてかわいいのかしら」マリアンはそうつぶやきながら赤ん坊に優しく微笑《ほほえ》みかけた。大きくなれば、額のところの巻き毛が父親と同じように逆毛になるだろう。だが、髪の色は父親よりもずっときれいだ。昨日まではぐったりと動かずに寝ていた赤ん坊は、今ではすっかり元気を取り戻し、マリアンの顔を興味深そうに見返している。マリアンは籠から彼を抱き上げて抱き締めたいという衝動に駆られた。だが、今いちばんに優先すべきことは、二階で眠っている主人の看護だ。彼がいるからこそ、暖かい厨房で雨風をしのぎ、栄養のあるミルクを赤ん坊に飲ませることができるのだ。

包帯を巻くようにと医者は言ったが、包帯を置いていこうともしなかった。ドクター・ホリングズヘッドは医師が持つべき倫理観をまるで持ち合わせていない。患者に対して適切な処理を怠るというのは、医師として許されることではない。

憤っていてもしかたがない。とにかく、できるだけのことをしよう。叔母にいつも言われていたように、全力を尽くすのだ。自転車に乗っていたあの男の子の名前は……そう、ポストルズウェイトだ！

マリアンは廊下に電話があったことを思い出し、厨房を出て電話のところへ行って受話器をつかんだ。どうしても気になって、肩越しに階段の上に目を向ける。ベルフィールドの主人が下りてくる気配はない。勝手なふるまいをしていると言って叱《しか》られる心配はなさそうだ。

電話の向こうからてきぱきとした女性の声が聞こえ、どの番号にかけたいのかと尋ねた。

「ポストルズウェイト食料品店につないでください」マリアンは答え、罪悪感と不安感で胃が縮む思いをしながら電話がつながるのを待った。わたしにはこんなことをする権利も権限もない。わたしはベルフィールド・ホールの家政婦ではないのだ。

「やあ、家政婦さん、ご主人の具合はどうかね？」

「ミスター・ポストルズウェイトですか？」マリアンは電話の相手を確かめた。

「ああ、わたしだ。うちの息子が、ご主人が事故に遭いなさったと聞いたもんでな。食料品でも届けてほしいのかね？　海亀《うみがめ》のスープなら、うまい缶詰がある。ほかにも……」

海亀のスープをけが人に？　そんなものよりも、たとえば栄養のある自家製のおいしいチキンスープのほうが、弱っている主人にはずっといいはずだ。だが、商店主が気を悪くするようなことを言うわけにはいかない。

「ええ、ありがとう、ミスター・ポストルズウェイト」マリアンはていねいに答えた。「そのうち食料品も必要になるでしょうけど、とりあえず今は、信用できる薬局に連絡を取りたいんです。今すぐ包帯と軟膏《なんこう》が必要なの。お医者さまからの紹介で看護師が来てくれることになっているんだけれど、それまでにわたしが包帯を巻かなくてはならないんです」

「それならハーパーの店がいい。欲しいものを言ってもらえれば、すぐに息子にハーパーまでひとっ走りさせて、お宅に届けさせますがね」

ポストルズウェイトの親切な言葉を聞いて、マリアンは感激し、安堵《あんど》を覚えた。彼女は必要と思えるものを簡潔に告げてから、さらに続けた。「それと、もしかしたら、どこかこのあたりで蜂《はち》の巣が手に入らないかしら？　蜂蜜《はちみつ》を含んだものでないとだめなんですけど」

「さて、難しいかもしれんな」ポストルズウェイトは困ったような声で言った。「この季節だと、巣箱をあさっても蜂の巣はとれんだろうが、あちこち当たってみますよ」

「純粋な蜂蜜でないとだめなの、ミスター・ポストルズウェイト。それ以外は使えないんです」マリアンは念を押した。

彼女の叔母は、開いた傷口をとったばかりの蜂蜜で消毒して治すという昔ながらの治療法を信じていた。

「ミセス・ブラウン、念のために聞いておいてください」ポストルズウェイトはそう前置きしてから、内緒話をするように声をひそめて言った。「ドクターのよこした看護師がベティ・チャドウィックだったら、酔っぱらっていないかどうか、注意したほうがいい」

「そうなの……気をつけるわ。ありがとう」

少なくとも、これで医者の指示に従う準備は整いそうだ。いくらかは食料品もそろうだろう。マリアンはそう考えながら静かに受話器を置いた。看護師について商店主が言っていたことだけが気がかりだった。

マリアンは頭のなかで仕事の手順を考えた。主人の傷に包帯を巻いたら、すぐに銅鍋を火にかけて衣服を煮沸消毒し、着替えを用意しなくてはならない。看護師が来て、主人を持ち上げるのを手伝ってもらわないと寝具を取り替えることはできないが、そのときのために清潔なシーツを用意し、風に当てて干しておく必要もある。

石炭酸せっけんを溶かした熱湯で煮立てて消毒したシーツを干したあと、マリアンは階段を上がって主寝室に戻った。

患者は窓のほうに顔を向け、目を閉じて、ぴくりとも動かずに眠っている。あまりにも静かな寝姿に、マリアンは一瞬、死んでしまったのだろうかと思った。ぎょっとして、主人の胸に目を凝らした。胸がゆっくりと上下に動いているのを確認して、マリアンはほっとして体が震えた。ほっとした？　この人のことで？　この人は……。いいえ、今はそのことを考えているときではない。

マリアンは足音を忍ばせてベッドをまわり、けがをした脚の側に立った。

傷口には固まった血液が厚くこびりついている。包帯を巻く前にきれいに拭き取ったほうがいいだろう。マリアンは肉の露出した傷口の上に手を持っていった。傷口が熱をもっているかどうか調べるためだ。熱く感じたら、傷口は化膿《かのう》して腐りはじめているということになる。マリアンはしばらくためらったのちに、主人のむき出しの太腿に開いた傷口へてのひらを置いた。愚かな女なら――ほんとうに愚かな女であれば、この男らしい肉体を探ってみたいという思いに駆られるかもしれない。マリアンの細くて華奢《きゃしゃ》な手足とは肉のつき方も力強さもまったく違うこの肉体を……。

マリアンは胸を突かれたように身を硬くした。心臓の鼓動が速くなり、顔は燃えるように熱くなった。なぜ今さら、こんな気持ちになるのだろう？　救貧院にいるあいだ、良家の子女の目や耳にはふさわしくないと思えるものを毎日のように見聞きさせられた。つまり、男性のむき出しの脚はこれまでに何度も目にしたことがある。でも、これほど力強く肉感的な男らしい脚を見たことはない。発達した筋肉が盛り上がり、濃い体毛が広がっている。しかし、何よりも驚かされるのは肌の色だ。マリアンの生白い肌の色とは違って、この脚は日焼けをしたように浅黒い。

マリアンの脳裏にある光景がよみがえった。子どものころ、暑い夏の夜、家の近くの水車池を通りかかったときのことだ。村の若者たちが裸になって冷たい水に飛び込む場面を目にしたのだ。そのときの若者の裸身に、目の前の男性の姿が重なって見える。あの若者たちとは違って、成長し、大人になり、たくましい体になった男。マリアンは自分の危険な空想をあわてて打ち消した。なんて愚かなことを考えているの。彼女は強烈な自己嫌悪にとらわれた。

マリアンは危険な考えを頭から追い出し、叔母がするように、てのひらに伝わる皮膚の感触に意識を集中した。これは傷口の熱だろうか？　それとも、先ほどの罪深い考えがわたしの体を熱くしているの？　彼の肌に赤みは差していないけれど、叔母は、傷口は包帯を巻く前にしっかりと清潔にしておかなくてはならないと言っていた。

　看護師はいつ来るのだろう？　看護師が来れば、何をすべきかを判断する責任を委《ゆだ》ねられるのに……。マリアンは傷が腐ったらどんな恐ろしいことになるか知っている。かつて、叔母の屋敷の裏口に若いロマの男が運ばれてきたことがあった。近隣の地所で人捕り罠《わな》に脚をはさまれているのを見つかったのだ。彼の脚は罠に塗られた毒によって、叔母にも処置のしようがないほど腫れ上がっていた。若者はどす黒く腫れ上がった顔をゆがめて苦しみながら死んでいった。

　恐ろしい記憶にとらわれて、マリアンの手は主人の太腿をつかんでしまった。

　主人が叫び声をあげてベッドに起き上がった。マリアンはぎょっとして太腿から手を引いた。主人は目を丸くしてマリアンを凝視した。

「おまえか！　いったい何をしているんだ？　どういうつもりだ？　これがわたしの施しに対する返礼か？　わたしを殺そうとするのが恩返しなのか？」

「脚に包帯を巻くように、ドクター・ホリングズヘッドに言われたんです」

「ホリングズヘッドだと？　あの詐欺師の寄生虫め。こんなけがをしているときに、あいつの黴菌《ばいきん》だらけの使用人に近寄られたら、わたしは死んでしまう」

　マリアンは主人を安心させようとして、すぐに答えた。「勝手ながら、お医者さまのお許しを得て、その使用人の代わりにわたしが助手をさせていただきました。つまり……お医者さまはもちろん勘違いなさっていたのですが、わたしを家政婦だと思われて……」

「なんだと？」

「間違えるのは無理もないことです」

「自然にそうなったのか？　それともおまえが勘違いするように仕向けたのか？」

あれだけ大量の血が体から失われ、ひどい痛みに苦しんでいるはずなのに、これほどすばやく状況を把握するとは、驚くばかりだ。

「わたしには……叔母を手伝って少しばかり病人やけが人を看護した経験があります。ですから、お許しいただけるなら、看護師が来る前に傷を洗浄して包帯を巻かせてください。看護師は飲み薬を持ってくるはずですから、それを飲めば眠れると思いますわ」

「眠れる……。要するに、阿片《あへん》チンキを大量に飲ませて、わたしを始末しようというわけか」彼はベッドの上で体を動かそうとして顔をしかめた。我慢できないほど傷が痛むのだろう。

「看護師が来たらベッドを整える必要があります。そのときには、申し訳ありませんが、いくらかご不便をおかけしなくてはなりません」マリアンは如才なく言った。「ブランデーをひと口飲めば楽になるかもしれないとお医者さまに申し上げました。でも、このお屋敷にはそんなものはないだろうと言われて、それで、勝手ながら、ミスター・ポストルズウェイトに頼んで、ほかの必要な食料品と一緒にブランデーも届けてもらうことにしました」

　主人は彼女を見つめた。「見事な手際だな！　だが、ホリングズヘッドの言ったことはでたらめだ。ブランデーなら図書室に置いてある。暖炉の左のいちばん下の棚だ。わたしのコートのポケットに鍵が入っている。あとで必ず返してくれ。それと、チャーリーが来たら、工場に行かせて、アーチー・グレッディルをここに呼ぶように言ってくれ。グレッディルに話しておかなければならないことがあるんだ」

「どうかおやすみになってください。病室は工場の指揮をなさる場所ではありません」

　マリアンがたしなめると、主人は真意を探るような鋭い目で彼女を見た。

「ゆうべこの家の戸口で施しをせがんだ女が、ひと晩でずいぶんと偉そうな口をきくようになったものだ」彼は目を細めてマリアンを見た。「病人の弱みにつけ込もうと考えているのなら、ひと言言っておこう……」彼は痛みに顔をしかめて仰向けに横たわり、頭を枕《まくら》につけた。「ブランデーを取ってきてくれ」

「弱みにつけ込むだなんて……そんなことは……」マリアンはそう言いかけてから口を閉じ、ベッドの端から急いで腰を上げた。

　また傷口から出血が始まってはたいへんだ。

　マリアンはあわてて言った。「かしこまりました。取ってまいります。その代わり、わたしが戻ってくるまで横になっていると約束してください」

「鍵を持っていけ」彼は言った。「急ぐんだ」

マリアンは違う部屋のドアをふたつ開けたあと、三つ目でようやく図書室のドアに行き当たった。冷たい空気がよどむその部屋は、かび臭くて湿ったにおいがした。窓にかかった厚手のベルベットのカーテンが外の光を遮っている。暖炉の上の壁紙が長方形にすけていた。まるでしばらくのあいだ絵でもかかっていたかのような汚れ方だ。

ブランデーは主人が言ったとおりの場所にあった。栓は開いていなかった。ベルフィールドの主人は禁欲的な人間なのかもしれない。そういえば、この谷間《たにあい》の工場地帯では、酒や金持ちの贅沢《ぜいたく》な暮らしを嫌悪するメソジストの教えが有力だと聞いている。棚の上に、ブランデーと並んで、埃をかぶったグラスがいくつか置かれていた。マリアンはそのひとつを取り、主寝室に持っていくことにした。

二階に上がって、マリアンは立ち止まった。意識を取り戻した主人のところに戻るのが急にいやになったのだ。看護師が来てくれて、世話を任せられたらいいのに。

そのとき、寝室から物音が聞こえた。どさりと重たいものが落ちる音に続いて、口汚く罵《ののし》る声がした。マリアンはためらいを感じていたのも忘れて寝室に走った。彼女は自分の目を疑った。主人がベッドの脇《わき》に立っていたのだ。血の気の失《う》せた顔でベッドの枠につかまり、ふらふらと揺れている。けがの痛みに耐えかねているのか、全身が固く緊張し、筋が浮き上がっている。

「何をなさっているんですか?」マリアンは叫んだ。「ベッドに戻ってください」

「女性に言うのははばかられるが、生理的欲求に応《こた》えなくてはならなかったのだ」彼はそう言って、部屋の隅にある半開きのドアに目をやった。今初めて気づいたのだが、ドアの向こうはバスルームになっていた。「おまえは家政婦のまねがしたくてしかたがないらしい。それなら、こうしてわたしが立っているあいだに、シーツを取り替えてもらえるとありがたい」

彼は立っていられないほど衰弱していた。実際、今にも倒れそうに見える。だが、血で汚れたシーツは取り替える必要があった。

マリアンは部屋を見まわすと、急いで椅子のところへ行って、主人のところにそれを引きずってきて、座るようにうながした。

「残念ながら、ミセス・ミックルヘッドはリネン置き場の整理をしていなかったようです」彼女は言った。「でも、洗濯ずみのシーツを何枚か温めてありますので、それを取ってきます」主人の顔を見てつけ加えた。「その前にブランデーを適量おつぎしましょうか?」

「適量だと?」彼はばかにするような笑い声をあげた。「ありがたい。ずいぶんと気分がよくなるだろう。だが……そうだな、ついでくれ」

マリアンは少量のブランデーを慎重にグラスにつぎ、それを彼のところに持っていった。彼が手を伸ばしてグラスを取ろうとすると、マリアンは首を振り、きっぱりとした口調で言った。「わたしが持っています。あれだけたくさん出血したのですから、手に力が入らないでしょう」

「グラスも持てないほど弱っていると言うのか？　なぜそんなにわたしの世話をしたがるんだ？　ある程度、察しはついているがな」彼は警告するように言った。

マリアンは身を硬くした。この人はわたしがここに来た目的に気づいているのだろうか？

「わたしがおまえのことを必要な存在だと思うようになれば、そのままここで働けると思っているのだろう」

安堵の気持ちがマリアンの心臓から血管を通って全身に広がった。

「それは違います」マリアンは主人と目を合わせずに言った。「わたしはただキリスト教徒としての義務を果たしているだけです」

「キリスト教徒としての義務だと？」彼は口元をゆがめて言った。「それならわたしも若いころにいやというほど食わされたものさ。身も心も飢えさせる冷たい施しというやつをな」

マリアンは震える手で彼の唇にグラスを当てた。主人の言葉はその心の敏感な部分に触れた。マリアンもまた同じ冷たい施しを受けた経験があるのだ。その経験は今でも心の傷となって残っている。その傷ついた心を彼に開いて見せるのは簡単なことだ。しかし、今ここでそうするわけにはいかない。

ベルフィールドに来てからマリアンが見聞きしたことは、どれも意外で、混乱させられるようなことばかりだった。彼女は自分のなかに思いもかけず危険な感情が芽生えていることに気づいた。彼女のような境遇の女には許されない感情、つまり子どもを抱えて夫を失ったばかりの女には許されない感情を、マリアンは最初に彼に見つめられたときに抱いたのだった。

心のなかで問いかける声がこだましている。〝でも、それが愛だと、どうしてわかるの？〟その問いかけに、もうひとつの甘くかすかな声が、その気持ちを認めるようにと優しく答える。

マリアンは身を震わせた。彼女のこれまでの人生は、あまりに多くの別れと痛みに満ちており、愛について考えをめぐらす余裕はなかった。

それに今は、そんなことを考えるときではない。この場で、よりによってこの男性の目の前で、そんなことを考えてはいけない。

そもそも、手が震える理由などないはず。マリアンは厳しく自分に言い聞かせた。これまで何度もほかの人たちにこれと同じことをしてきたでしょう。

でも、この人はほかの人たちとは違う。彼女の内なる声はそうささやいた。

自分自身との対話に没頭していると、いきなり手をつかまれて、マリアンはぎょっとして小さく息をのんだ。主人のごつごつした手が彼女の手にかぶさり、たこのできた力強い指でその手を包むと、ひと息で中身を飲み干せるようにグラスを傾けた。

マリアンは手が震えないように気持ちを落ち着かせた。彼の手を振り払いたいのをこらえているあいだに、その手がそっと離れた。

彼の下あごのあたりに赤みが広がっている。早くもブランデーが効いてきたのだ。

「ここから動かないと約束してください」マリアンは言った。「転んで傷口を打ちでもしたら……」

「会ったばかりの相手だというのに、ずいぶんと心配をしてくれるんだな」彼はからかうように言った。「信用できないな、ミセス・ブラウン。ほんとうだ。おまえは親切すぎて信用できない」

マリアンの顔が赤くなった。彼女はあえて何も言わずに寝室を出て、厨房へ向かった。

赤ん坊は静かに眠っている。すぐにまたおなかに何か入れてやらなくてはいけない。次はオートミールを少し食べさせてみよう。栄養不足が続いたこの子の胃袋も、昨日と比べれば少しは広がっているはずだ。

マリアンは物干し台からシーツを取って竈の前で温めてから、それを持ってふたたび主寝室に向かった。看護師もチャーリー・ポストルズウェイトももうじきやってくるはずだ。その前にベッドを整えておかなくてはならない。

マリアンの叔母は、屋敷を持つ女主人たるもの、使用人に言いつける家事仕事はどれも自分自身でこなせるだけの知識をもっていなくてはならないと考えていた。マリアンも叔母からそのようにしつけられて育った。

マリアンは血のついたシーツを手早くはがし、小さくてまっすぐな鼻にしわを寄せた。ミセス・ミックルヘッドはベッドメイキングに関しても素人同然だったようだ。シーツの下はとても家政婦が整えたとは思えない状態だった。

ベルフィールドの主人は椅子に体を沈めて目を閉じている。マリアンは自分の仕事ぶりを主人に見られているとも知らずに、清潔で温かいシーツをベッドに敷き、四隅をマットの下に手際よくたくし込んだ。

「ちびの小娘のくせに、ずいぶんと見事に家事をこなすものだ、ミセス・ブラウン」

主人の声にマリアンは飛び上がって驚いた。「雇い主のお屋敷をできるかぎりきちんとした状態にしておくことが家政婦の役目ですから」彼女は胸の動悸《どうき》を静めながら答えた。「お体が大丈夫なようでしたら、そちらにお座りになっているあいだに傷口を洗って包帯を巻いたほうがいいかもしれません。そうすればベッドを汚す心配がなくなりますから、きれいなシーツに気持ちよく横になっていただけます。ミセス・ミックルヘッドが汚れ物を洗濯屋に出していたかどうかは知りませんけれど、庭の小屋に大鍋があるようですので、そこで煮洗いすることも――」

「その必要はない」主人はマリアンの言葉を鋭く遮った。「それでなくてもわたしのことを悪く言う人間が多いのだ。そのうえ新たに、ベルフィールドの主人は洗濯屋に払う金がないから家政婦に鍋でシーツを洗わせているなどという噂《うわさ》を流されてはたまらない。そんな仕事は洗濯屋にやらせればいいのにとだれもが思うだろう。チャーリー・ポストルズウェイトの叔父に洗濯屋をやっている男がいる。チャーリーが来たら、人をよこして洗濯物を片っ端から持っていくように言うといい」

マリアンは目を丸くした。ご主人はわたしを家政婦として認めたのだろうか？　マリアンはあえて確かめようとしなかった。そんなことを尋ねたら、せっかくその気になりかけていたとしても、へそを曲げて雇う気をなくしてしまうかもしれない。

マリアンは無言できれいな洗面器を取り、お湯を注いで主人の前にひざまずいた。

彼に見られているとわかると、傷の手当てがなぜか親密な行為に感じられる。マリアンは手が震え、息が詰まるほどの緊張を覚えた。だがそれは、彼にできるだけ痛みを感じさせたくなかったからだ。ほかに理由はない。マリアンは自分にそう言い聞かせながら布をお湯に浸し、傷口にこびりついた血を拭いた。

彼はうめき声ひとつあげなかった。だが、太腿の筋肉が彼女の手の下で硬く緊張したことから、かなりの痛みを感じているのがわかった。傷は太腿の内側にあるので、彼との距離は触れ合うほど近いものになっていた。

「手が震えているな。うぶな娘というわけでもあるまいに。男の体に触るのは初めてではないはずだ」彼は乱暴に言った。「夫がいたんだろう?」

マリアンの心臓が飛び出しそうになった。「手が震えているのは、また傷口から出血するのが怖いからです」

緊張が声に出てしまっただろうか?

マリアンは彼の視線を感じたが、目を合わせるのが怖くて顔を上げることができなかった。

「あの赤ん坊は男の子か?」だしぬけに予想もしていなかったことをきかれて、マリアンは完全に不意をつかれた。彼女は手を止め、顔を上げて、くすんだ灰色の目を見つめた。

「はい……そうです。男の子です」

「わたしにも息子がいた。いや、いたはずだったと言うべきかもしれない」彼は口を引き締めた。「あの子は元気に育っているか?」

「ええ……そう思います」

マリアンは洗浄を終えた。傷口の大きさと深さに衝撃を受ける。腿に刺さったピンを抜くところを想像しようとしたが、そのときの痛みを思うと、ただ呆然《ぼうぜん》とするばかりだった。

「傷口はきれいになりました。看護師が来るまで、包帯をしておきましょう」

「ブランデーを取ってくれ」彼は言った。

もう一杯飲みたいのだろう思いながら、マリアンは言われたとおりブランデーの瓶を手渡した。だが彼はグラスにつごうとはせず、いきなり瓶を傾けて、黄褐色の液体を傷口にぶちまけた。

マリアンはぎょっとして身を引いた。彼が瓶を持っていないほうの手で彼女の腕をつかんだ。その手には、彼女の細い腕に指が食い込むほど力が入っている。だが、腕に感じる痛みは、彼の全身を貫く痛みに比べれば何ほどのものでもない。

「おまえの夫は……どうして死んだのだ？」

マリアンは身を硬くした。

「天然痘です」

「おまえはそばにいなかったんだな？」

「いいえ……そばにおりました」ミロが亡くなる前の数日間はつきっきりで看病した。彼の最後の苦しみは口に出すのもつらいほど悲惨なものだった。

「だが、おまえには感染しなかった？」

「わたしは子どものころ水疱瘡《みずぼうそう》にかかりました。亡くなった叔母の話では、その病気になったことがあれば、どういうわけか天然痘にはかからないということです。それよりも、そろそろ横になられたほうがよろしいかと思いますが」

「そうかな？　そう言うなら、横になるか」

主人が苦労して立ち上がろうとするのを見て、マリアンは自然に彼の脇に寄り添い、力をこめて体を支えた。よほど衰弱しているのだろう。彼はマリアンに身を預けてきた。その体をマリアンは抱くようにして支えた。

男の肌と汗のにおいがする。主人はマリアンの肩に顔を埋《うず》めるようにしている。マリアンの顔に触れる黒々とした髪が意外なほど柔らかく感じられた。最後にこんなふうに男性の体を抱いたのは、夫が亡くなるときのことだった。マリアンは目を閉じて涙をこらえた。

ありがたいことに、主人は力を振りしぼって自力でベッドに上った。あとは彼の傷を清潔な包帯を巻いて保護し、洗いたてのシーツと毛布と羽布団を体にかけてやればいい。そういえば、この寝室は少し寒すぎる。マリアンは火をたいて部屋を暖め、ベッドには温めた煉瓦《れんが》を入れることにした。

マリアンが布団をかけ終え、部屋を出ようとすると、主人が目を閉じたまま鍵束に手を伸ばして、彼女の背中に声をかけた。「ほら……これを持っていくといい。これを持ち歩いていれば、おまえがこの屋敷の家政婦だとだれもが認めてくれる」

マリアンは振り返って主人を見つめた。だが、彼は顔をそむけて彼女を見ようとしなかった。マリアンはおずおずと鍵束を手に取った。これこそが役職を示すしるしなのだ。この屋敷にやってくる者はみな、この鍵束の意味を理解し、その重みに敬意を払ってくれるはずだ。

マリアンの胸に安堵が広がり、心臓が不規則に胸をたたいた。

これほど順調に物事が進み、これほど短期間に約束を果たすめどが立つとは、思ってもみなかった。

階下から、だれかが勝手口を何度もノックする音が聞こえてきた。ベルフィールドの主人は目を閉じて横になっている。だが、眠っているわけではないのをマリアンは知っていた。

5

「遅くなって悪かったね、ミセス」マリアンがドアを開けると、チャーリー・ポストルズウェイトが頭を下げた。「ハリーのじいさんをつかまえて、あんたが欲しがってた蜂蜜《はちみつ》のことを頼むのに、父さんが手間取ってね」

「手に入ったの？」マリアンは歓声をあげた。

「最初は売らないと言ってたらしいけど、ミスター・デンショーのところに持っていくんだと父さんが言ったら……」

マリアンは平然とした表情を保った。ここにもベルフィールドの主人が住民から敬意を払われていると話す者がいる。だがその一方で、彼がいかに冷酷で、自分が庇護《ひご》すべき人間をないがしろにしたかという話をする者もいるのだ。

「ミスター・デンショーが、あなたにミスター・グレッディルを呼んできてほしいとおっしゃっているの」マリアンは言った。

「工場長さんだね。このあとすぐに伝えに行くよ。事故のことは町じゅうの噂《うわさ》になっているんだ。みんな、ベルフィールドであんなことが起こるとは思ってなかったって言っている。ご主人はいつも念入りに機械を点検させているから、ほかの工場では事故が多いけど、ベルフィールドでけが人が出ることはめったにないんだ。父さんに言われて、ご注文の鶏肉《とりにく》を持ってきたよ。あんたがスープを作りたがっているって父さんが言ってた。店には海亀《うみがめ》のスープもあるんだ。父さんは、あれを食べさせればきっとご主人も喜ぶはずだと言っていたよ」チャーリーは父親の言葉を繰り返した。

「ええ、そうでしょうね」マリアンはそつなく話を合わせた。「でも、けが人にはチキンスープがいちばんいいのよ。お父さまにありがとうと伝えてちょうだいね、チャーリー。それと、ミスター・デンショーから言われているんだけれど、叔父さんの洗濯屋さんから人をよこすように伝えてほしいの」

チャーリーはうなずいて玄関を出ていった。

彼が自転車で庭を出ていったあと、赤ん坊に食事をやり終えると、玄関をノックする音が聞こえた。いよいよ看護師がやってきたのだろう。

「ミスター・デンショーのところへご案内します」マリアンは看護師を招き入れてから言った。

「急ぐことはないわ。ご主人は今まで待ったんだから、もう少し待たせておけばいいのよ。お茶を一杯飲ませてもらっても、ばちは当たらないでしょう」看護師は鼻をすすり、手で鼻水を拭《ぬぐ》った。彼女の手は汚かった。明らかに息が酒臭い。「あんた、マンチェスターから来たんでしょう?」看護師は竈《かまど》の前に腰を下ろして言った。

「ええ、そうです」マリアンは罪のない嘘をついた。

「こういう仕事を任されるにしては、あんた、けっこう若いわね」

マリアンは何も言わずにやかんを火から下ろし、看護師にお茶をいれた。

「ちょっと何かを足してもらえると体が温まるんだけどね」看護師は言った。

「お医者さまはミスター・デンショーの飲み薬をあなたに持たせるとおっしゃっていましたけど」マリアンは看護師の言葉が聞こえなかったふりをして言った。

「ええ、阿片《あへん》チンキをたっぷり飲ませれば患者はおとなしくなるから、こっちも夜のあいだぐっすり眠れるわ。眠らない患者を看護するなんて、まっぴらよ。ここのご主人の奥さんの話は知っているでしょう?」

「お産のときに亡くなったと聞きました」マリアンは答えた。

「そうなのよ。このあたりでは、ああなるのも当然だと言っている人もいるわ。そもそも、デンショーと結婚したのが間違いだったってね。彼よりも十歳も年上の寡婦だったんだけれど、息子がひとりいて、この屋敷も財産も全部その子に相続させるつもりだったのよ。ところが、デンショーが気を引こうとして近づいてくると、彼女は心変わりして、何から何までデンショーにやってしまったの。ばかなことをしたものね。デンショーは仕返しのために彼女と結婚したんだって言われているのよ。もちろん、工場を手に入れるのも目的だったんだろうけど。あの人の父親は、もともと彼女の父親と組んで事業をやっていたの。そのあと、彼の父親のほうが独立して自分の事業を始めたんだけど、うまくいかなくて、結局は借金で首がまわらなくなって、自殺したのよ。頭をピストルで撃ち抜いてね。それで、今二階で寝ているご主人さまは救貧院に送られたのよ」

マリアンは哀れみと同情で胸が締めつけられる思いだった。

「ここの奥さんだった人はかわいそうな女よ。ヘイウッド・デンショーと並んで牧師の前に立った日のことを後悔しているにちがいないわ。自分が死んだあと旦那《だんな》が何をしたかを知ったら、草場の陰でさぞかし嘆くでしょうね。なにしろ、デンショーはベルフィールド・ミルの正当な相続人だった息子をアメリアと一緒にどこかにやってしまったんだから。アメリアというのは死んだ奥さんの姪《めい》で、デンショーが後見人になっていたんだけど、息子のほうが彼女にご執心で、ふたりで駆け落ちしたのよ。ここいらでは、あのふたりは二度と帰ってこないと噂している者もいるわ。ある男が忌まわしい手を使って、こっそりと始末したっていうのよ。今ごろはふたりして墓のなかで横になって……」

マリアンは手が震えた。

その手を見て、看護師が言った。「ぞっとするでしょう。それが普通よ。ベルフィールドの主人は恐ろしい人だもの。ところで、わたしだったら、あの赤ん坊はしっかりと布にくるんでおくわね。そうすれば、あんなふうに動いてばかりいないで、おとなしく寝ていてくれるわよ」看護師は話題を変えて、籠《かご》のなかの赤ん坊に非難がましい視線を向けた。「夜のミルクにちょっぴり阿片チンキをまぜてやれば、物音ひとつたてなくなるわよ。わたしが看護した人には必ずそう言ってあげるの。母親たちはみんな、夜ちゃんと眠れるようになったと言って喜んでいるわ。旦那さんたちも、赤ん坊に夫婦生活を邪魔されなくなったと感謝してくれるのよ」

看護師の言葉を聞いて、マリアンは赤ん坊のところへ行き、彼の体を守るように手を置いた。救貧院では、よく赤ん坊がきつく布を巻かれて、阿片チンキで眠らされていた。小さな体が、生きているのか死んでいるのかもわからないくらい動けなくさせられていることもあった。かわいいマイルズにそんな扱いだけは絶対に受けさせたくない。

「ここのご主人には姉さんがいるんだけど、町の住民のなかには、彼女が弟を引き取らなかったのが間違いだったたって言う者もいるわ。でも、ミセス・ノールズのような敬虔《けいけん》なキリスト教徒なら、彼のような悪党を家に入れなくて当然よ。彼はいつも面倒ばかり起こしていたんだから。救貧院を脱走して連れ戻されたことだってあるのよ。でも、あのころミセス・ノールズは、旦那さんの健康のこともあって遠くに住んでいたから、弟を引き取るわけにはいかなかったの。旦那さんは体が弱かったから、彼女をおいて先に死んだのもしかたがないわ。でも、よくできた息子さんのおかげで、彼女は今も普通に暮らせているのよ。さっきも言ったけど、ミセス・ノールズはほんとうのキリスト教徒だわ。あの人は、看護師が必要なお友だちがいれば、必ずわたしを紹介してくれるの」

マリアンは驚きを顔に表さないようにした。こうして少し話をしただけでも、この看護師は噂好きで酒飲みだというだけでなく、衛生観念にも欠けていることがわかった。それどころか、まともに患者を看護する気もなさそうだ。

「ミセス・ノールズはこの近くに住んでいるのかしら？　弟さんが事故に遭ったのなら、知らせてほしいと思うはずよ。けがが治るまで見守りたいとも思うでしょうし」マリアンはそう言ってみた。

「そのことなんだけど、彼女は最後にデンショーから恩知らずなことを言われたのよ。だから、この屋敷には二度と足を踏み入れたくないと思っているんじゃないかしら。いくら弟でも、これぱっかりは話が別よ。ここの主人は、自分の妻が赤ん坊と一緒に死んだのはミセス・ノールズのせいだと言ったらしいの。でも、ほんとうは彼のせいだってことは、だれだって知っているわ。ミセス・ノールズは弟の奥さんの陣痛が始まったのを聞いて駆けつけてきたのよ。ドクター・ホリングズヘッドを呼びにやらせたのも彼女よ。彼女は奥さんと親しかったし、弟と引き合わせたのが自分だからっていうんで、責任を感じていたの。だから、連絡してもだめよ。マウント・バーノンに伝言を送ってミセス・ノールズに事故のことを伝えても、意味がないわ。いくら弟に会いに来るほど寛大なキリスト教徒だったとしても、彼女は今あそこにいないんだもの。息子のジェフリーが胸を患っているから、冬のあいだはトーキーに行っているの。春にならないと帰ってこないわ。でも、そのころまでには……。そうね、何が起こってもおかしくないわね」

看護師がどういう出来事を期待しているのかは明らかだ。病人やけが人を世話するはずの人間が人の死を楽しみに待っていることを知って、マリアンはショックを受けた。

マリアンは看護師がポケットからこっそりと携帯用の小瓶を出して中身をお茶に垂らしたのに気づき、ますます不安になった。

マリアンが勝手口のドアを開けると、背の高い痩《や》せた男があいさつした。「工場長のアーチー・グレッディルです」そのころには、看護師は酒のにおいをさせ、いびきをかいて眠り込んでいた。

「どうぞお入りください、ミスター・グレッディル」マリアンは微笑《ほほえ》んで丁重に彼を迎え入れた。「ミセス・ブラウンと申します。ミスター・デンショーのお宅の新しい家政婦です」

「ええ、聞いています。あなたが来てくれて、きっと工場主も喜んでいますよ」工場長はそう言って、塵《ちり》ひとつ落ちていない厨房《ちゅうぼう》を満足げに見まわした。

だが、その表情は看護師の姿を見て険しくなった。「あの女に工場主の看護をさせるつもりですか?」彼は鋭い口調でマリアンに尋ねた。

「ドクター・ホリングズヘッドがよこしたんです」マリアンは言った。

「工場主があの女を見たら、いやな顔をしますよ。奥さんと赤ん坊はあの女のせいであんなことになったんですから。悪いことは言いません。送り返したほうがいい」

「そうおっしゃるなら、そうします」

「そうしてください」工場長は断固とした口調で言った。

マリアンはうなずいた。あの女性はやはり看護師としては失格だったのだ。

「あなたがいらしたことをミスター・デンショーに伝えてまいります。その前に、お茶でもお飲みになりますか?」

「ご親切にありがとうございます、ミセス。しかし、先に工場主に会うことにしましょう」

「では、こちらでお待ちください。すぐに伝えてまいります」

マリアンは先ほど寝室を出るときにドアを閉めたはずだった。だが今は少しだけ開いている。マリアンはすばやくドアをノックしたが、返事はなかった。彼女は不安を感じてドアを開けた。

衣服が床に散らかっていた。シャツや肌着が脱ぎ捨ててあり、部屋に石炭酸せっけんのにおいが漂っている。バスルームからベッドまで床が点々と濡《ぬ》れていた。

あれほどの痛みを感じていながら、ベッドから出て服を脱ぎ、バスルームまで行って体を洗う必要があるのだろうか？　ふだんなら清潔好きな人間を称賛するマリアンも、今は傷の具合が心配で、そんなことに感心している余裕はなかった。

マリアンは考える間もなくまっしぐらにベッドに近づき、叱《しか》るような口調で言った。

「ベッドから出たいときは、わたしを呼んでください」

毛むくじゃらの太い腕がいきなりベッドカバーから突き出し、ごつごつした手で彼女の腕をつかんだ。

「そしておまえは、わたしの体を赤ん坊のように洗うつもりか？　わたしは男だ、ミセス・ブラウン。その指輪や結婚証明書があろうと、わたしの体を子どものように扱う権利はおまえにはない」

マリアンは恥ずかしさで顔から火が出る思いだった。

「ミスター・グレッディルがいらしています」彼女はかしこまった口調で言った。「ご案内してよろしいですか？」

「もちろんだ」

「洗濯物のことはチャーリー・ポストルズウェイトに伝えました。リネン置き場を調べる時間はまだないのですが、どうにかして寝間着を用意するように……」

マリアンは動揺していた。主人のむき出しの上半身を見ないようにするので精いっぱいだった。早いうちに必要な衣類を用意しなければ、いつまでも裸の体を見せられることになる。

「寝間着だと?」彼は声をたてて笑い、からかうような口調で言った。「わたしは紳士ではなくて工場主だ、ミセス・ブラウン。だから、自然が与えてくれた衣服をまとって眠る。つまり、皮膚だけで十分だということだ。戦う者のベッドでは、男にとっても女にとっても、それが最高の衣装なのだからな」

マリアンはなんと返事をしてよいかわからず、逃げるように寝室を出た。

あれほどの大けがをしているのに、ベルフィールドの主人は驚くほど雄々しい空気を発している。マリアンの心臓が激しく打った。あれほどたくましい腕の筋肉を見たのは初めてだ。驚くほど広い胸、胸から腹にかけて一直線に延びる黒々とした体毛……。マリアンは階段を踏みはずしそうになった。頬を真っ赤に染めたまま足早に厨房へ戻ると、ミスター・グレッディルが籠を揺らして赤ん坊をあやしていた。竈の前の椅子を見ると、看護師の姿がない。

「この子が目を覚まして、ぐずりはじめたんです」

「きっとおなかがすいているんだわ」

「ええ、そのようですね。うちにも子どもがいるんですよ。元気な男の子です」工場長は自慢げに言った。「看護師は帰らせました。ドアの鍵《かぎ》はかけておきましたよ。あの女が腹いせにここに戻ってきて、ものを盗まれたりしては困りますからね。あれは悪い女です。このあたりにはあの女のせいで葬式を出した家が何軒もある。工場主の奥さんのことがあってから、うちの女房なんかは、お産のときにはドクター・ホリングズヘッドよりも農場の羊飼いを呼んだほうがよっぽど安心だと言ってます」

「よろしければ、ミスター・デンショーのお部屋にご案内しますわ」

マリアンは寝室をノックしてドアを開け、ベッドのほうを見ないようにしながら工場長を連れてきたことを告げて、足早に部屋を離れた。

しばらくして工場長が難しい顔をして厨房に戻ってきた。何か厄介なことを命じられたのだろうか。

「工場主のけがが治るまで、お屋敷内のことも含めて、わたしが代理を務めるようにと命じられました。家政婦の仕事をするのに不便なことがあれば、なんでもわたしに相談するようにとのことです。まずは必要なものを書き出してください。シーツなどは新しいものと取り替えなくてはならないでしょう？　必要なもののリストをくだされば、わたしから商人に注文を出します。請求書は、工場主が動けるようになるまで、わたしのところに送らせます。たいていの店にはつけがきくようになっていますので、あなたが支払いの心配をする必要はありません」

工場長はポケットに手を入れ、数枚のきらきら光る硬貨を取り出してテーブルに置いた。

「工場主からあなたに渡すように言われました。シリング硬貨で二ギニーあります。当座の急な出費はこれで間に合うでしょう。工場主が確認できるように、使った分の記録をつけておいてください。ほかにも何かお手伝いできることがあれば、なんなりと……」

「ひとつだけあります」マリアンは言った。「この屋敷は寒くて湿っているので、主寝室に暖房を入れたいんですが、外の石炭置き場がひどい状態で、薪《まき》もどこにあるのか、見当たらないんです」

工場長はうなずいた。「バートのじいさんの代わりに屋外の仕事を任せる若い下男を探すように、先ほど工場主から指示されました。ほんとうなら何年も前にそうすべきだったんですが、工場主は、あのじいさんはここでずっと働いてきたのだからと言って、やめさせようとしなかったんです。特に今年に入ってからは、あのじいさんはろくに仕事ができなくなっていたんですが」工場長は首を振った。「工場主はときどき温情をかけすぎることがあって……」

マリアンは驚きの表情を隠せなかった。〝温情〟という言葉は、ベルフィールドの主人におよそ似つかわしくないものだと思っていたからだ。

「明日の朝いちばんで下男を来させます。うってつけの若者がいるんです。よく働いてくれるはずです。自分の役割もよくわかっている。それから工場主は、下働きのメイドも必要だろうと言っていましたが」

　マリアンはうなずいた。

　ほんの数時間前までほとんど意識がなかったはずなのに、彼女の新しい雇い主は驚異的な回復を見せているようだ。

「もしかしたらミスター・デンショーには男の使用人が必要かもしれませんわ。特に、なんというか……あれだけのおけがをなさっているでしょう」マリアンは遠まわしな言い方をした。

　工場長は頭をかいた。「言っている意味がよくわかりませんが、いずれにしても工場主は大げさなことが嫌いだから、男の使用人を雇う気はないと思いますよ。もし工場主の体を持ち上げるといったようなことに男手が必要なら、声をかけてくれれば、ふたりくらい適当な男をここに来させます」

「ええ……ありがとう」

　工場長に悪気がないのはわかるが、少なくともマリアンが期待した答えは返ってこなかった。看護師を追い返してしまったのだから、マリアンが看護をしなくてはならない。先ほどのようなことがベルフィールドの主人にとって当たり前のことであるのなら、これからも彼はあのようにして女性の気持ちを思いやろうとするにちがいない。

「それから、工場主は、あなたに家政婦部屋を使うように言っています。給料は年に十五ギニー。石炭は毎日ひと箱。そのほかに必要なものもすべて支給されます」

十五ギニーですって？　しかも、必要なものはすべて支給してくださるだなんて！　なんと恵まれた待遇なのだろう。マリアンは内心の興奮を隠して、工場長に向かって鷹揚《おうよう》にうなずいた。

6

昼間の明るい光が消えて、夕闇《ゆうやみ》が訪れた。厨房《ちゆうぼう》の窓から見える満月に照らされた庭は、霜に覆われて真っ白に光っている。

工場長は約束どおり頑丈な若者をよこした。若者は午後のあいだ休まずに薪《まき》を割り、石炭箱をいくつもいっぱいにして屋敷じゅうの暖炉をまわり、火を入れてくれた。

マリアンは四時に庭の若者のところへパンとチーズを持っていった。礼儀正しくて内気な若者で、口は重いが仕事熱心だった。彼はベンと名乗り、翌朝にはいとこのハンナが厨房の仕事を手伝いに来ると言った。

さらに午後には、洗濯屋から陽気な男がやってきた。マリアンは時間をやりくりして、目につくかぎりの汚れ物をまとめ、記録を取ってから洗濯屋に渡した。

彼女はまた屋根裏に上がって、工場長が言っていた家政婦部屋を捜した。部屋はすぐに見つかったが、ひと目見て、床や壁を徹底的に磨いて、マットレスを取り替えなければ、自分も赤ん坊もここで寝起きするわけにはいかないと思った。今夜も厨房で寝よう。あそこのほうが清潔で暖かい。

屋根裏には子ども部屋もあった。マリアンは引き寄せられるようにそこに入った。かつてはここに幼い男の子と女の子の笑い声が響いていたのだろう。その子たちは、地元の噂《うわさ》がほんとうなら、男の子の義父で女の子の後見人でもある男に冷酷な仕打ちを受けて屋敷を追われたのだ。

子ども部屋は寒々としていた。長いあいだ人が立ち入った気配がなく、壁が天井と斜めに出会うあたりの塗料ははがれ落ちている。窓には転落を防止する太い鉄の柵《さく》がはめられ、暖炉には子どもたちが近づきすぎないように大きな金属製の炉格子が置かれていた。炉格子は、乳母が子どもたちの外套《がいとう》をかけて乾かしたり、お茶の時間におやつを焼き直したりするのに使われていたのだろう。

マリアンが感心したのは、子ども部屋のある屋根裏の階に、水洗トイレと大きな浴槽のついた設備のしっかりしたバスルームがあることだった。

だが今のところ、厨房を整えながら赤ん坊の世話をするだけで精いっぱいだ。屋根裏にまで手をまわす余裕はない。

二階には何度か上がってみたが、そのたびにベルフィールドの主人は眠っていたので、マリアンは起こさないようにそっとしておいた。厨房には主人のために作ったチキンスープのおいしそうな香りが満ちている。猫はこれまでねずみを三匹捕まえて、マリアンに誇らしげに見せた。今も竈《かまど》の前でスープを守るようにして座っている。

マリアンは小声でハミングしながら忙しく動きまわった。仕事の段取りはきちんと考えてある。ご主人の寝床用のあんかも用意した。ベンのおかげで、寝室の暖炉には火が燃えて、部屋は暖かくなった。明日はベンを工場に行かせて、バスルームにお湯を供給するボイラーのことをミスター・グレッディルと相談するように言ってある。ボイラーは地下にあるのだろうが、下りていって調べてみる気にはなれない。猫が生け贄《にえ》を待って番をするドアの向こうに地下室に続く階段があるのはわかっている。けれども、暗い地下を探検するあいだに足の上をねずみが走るかもしれないと想像しただけで、身震いがするのだ。

要するに、今日のところは竈でお湯を沸かすしかないということだ。マリアンは主人の傷の洗浄と髭剃《ひげそ》りのためのお湯を沸かした。

主人の寝間着の用意をどうするかが悩みの種だった。リネン室のどこを探しても男性用の寝間着は一枚も見当たらなかった。町には洋品店があるはずだ。その程度のものは売っているだろう。工場長に頼んで注文しよう。ミスター・デンショーがおとなしく着てくれるかどうかは、また別の問題だ。用意しておけば、とりあえず間違いはない。

マリアンは猫を外に出し、スープの鍋《なべ》にふたをして、とろ火で煮込むようにしてから、洗い物をまとめ、雇い主の傷に包帯を巻きに二階に上がっていった。

寝室をノックしてドアを開けると、ベルフィールドの主人は目を覚ましていた。体を起こし、重ねた枕《まくら》に背をもたせかけ、しかめっ面をしてカーテンのかかっていない窓の外を眺めている。

「だれが暖炉に火を入れろと言った?」彼は不機嫌そうに言った。

「わたしです」マリアンは答えた。「大けがをしたときには、暖かくするのが大切です。お湯ときれいなタオルをお持ちしました。よろしければ……お体をきれいにしてから、そのあとで夕食をお持ちしたいと思います。でも夕食の前に、まずは傷を……見せていただかなくては」

「放《ほう》っておけば治る」

マリアンは譲らなかった。「そうお思いになるくらい回復なさって、安心いたしました。でも、傷の具合は見せていただきます」

「好きにしろ。だが、わたしの腹は空っぽだ。しかし、母親の腕に抱かれて甘えた声を出す赤ん坊のように食べ物をねだりたくもない」

マリアンは彼の言葉に答えずに、黙ってベッドの脇《わき》に椅子を運び、座面の上に清潔な布を敷いた。

「それはなんだ?」

「傷をきれいにするあいだ、シーツを汚さなくてもすむように、これに足をのせていてください」マリアンは静かに言った。

「椅子に足をのせろと？」

「そうしていただけると助かります」

マリアンはここまで主人の頭上の壁紙に視線を据えて、彼の裸の胸を見ないようにしていた。だが、椅子に足をのせようとして彼が体を動かすと、シーツが腹部を滑り落ち、たくましい腹筋までもがあらわになった。おまけに彼女の目の前には、寝具から突き出したむき出しの脚が投げ出されている。

マリアンは喉がからからになった。ベッドのこちら側には、天蓋《てんがい》の落とす影のほかに彼の体を覆うものはない。その影が、見てはいけない部分をかろうじて隠している。だが、傷口を処置するためには身を乗り出さなければならない。そうなると……。

なぜこんなに動揺してしまうのだろう？　これまで何人となく、けがをした男性の世話をしてきたというのに。死の床にいる夫を看護したときには、熱で汗にまみれた全身を、水を含ませたスポンジで何時間もかけて洗ったものだ。

だが、ベルフィールドの主人が相手だと勝手が違った。彼はマリアンのなかの制御することのできない部分を刺激するのだ。マリアンはドアのほうを見た。今さら逃げ出すわけにはいかない。夫との約束があるかぎり、どんな犠牲を払ってでも、この屋敷にとどまらなくてはならない。

マリアンは深く息を吸い込んで包帯をはずした。出血は止まっている。だが、傷口のまわりが赤く腫《は》れ上がっていた。マリアンは傷の上にそっと手を置いた。熱をもっている。心臓の鼓動が速まった。腐りかけているのだ。

「わたしが死ぬときのことを今から想像しているのかね？」

不吉な言葉を聞いて、マリアンはたじろいだ。

「傷が熱をもっています。でも、それだけで死ぬことはありません」彼女は不安を隠して自信ありげに言った。「消毒をして包帯を巻きましょう。それでも熱が引かなかったら、ドクター・ホリングズヘッドを呼びに行かせたほうがいいと思います」

「あのやぶ医者をか？　考えただけでも反吐《へど》が出る」

「それでは別のお医者さまを呼びますか？」

「そうだな、マンチェスターから連れてくるのがいい。わたしの新しい家政婦と同じように」彼はいかにも嫌みたらしく言った。

マリアンは無言で立ち上がり、処置のために持ってきたものを集めて手元に置いた。まずはお湯で傷口を洗浄し、叔母に教えられたとおり、彼が耐えられる程度に温めた清潔な布を使って、できるだけ痛みを与えないように様子を見ながら慎重に膿《うみ》を拭《ふ》き取った。それが終わると、蜂蜜《はちみつ》を手に取った。

「そんなものを使って、いったい何をするつもりだ？」患者は怒気を含んだ声で言い、椅子から脚を下ろそうとした。

「蜂蜜です。わたしの叔母が、傷の消毒と治療にとても効果的だと言っていました」

「わたしには使ってくれなくて結構だ。ブランデーで消毒して、包帯を巻いてくれ。それで治療は終わりだ」

冗談を言っているわけではなさそうだ。マリアンはしぶしぶ彼の言葉に従った。断言はできないが、包帯を巻き終えたあと、すでに傷口が先ほどよりも熱をもちはじめたように思えて、彼女は不安になった。

「下に行って、夕食を持ってまいります」

彼は不自然なほど無愛想にうなずいた。傷口がひどく痛むことを気づかれたくないのだろうと考えながら、マリアンは急いで厨房に戻った。


勝手口を引っかくかすかな音が聞こえた。猫が戻ってきて、なかに入りたがっているのだろう。ドアを開けると、傷の処置をしているあいだに、いつの間にか空は雲に覆われて、雪が降りはじめていた。粉雪が狂ったように舞い、庭の向こうが見通せないほどだ。

マリアンは震えながらドアを閉めて、鍵《かぎ》をかけた。

リネン室から毛布と枕を持ってきておいたので、とりあえず今夜はこれで間に合う。マリアンはベンチを寝台にすることにした。竈は朝まで火が消えないようにコークスを足したうえで灰をかけ、火力を調整した。

赤ん坊はさらに元気を取り戻していた。マリアンが籠《かご》をのぞくと、マリアンに両手を伸ばしてにっこりした。

「こんな時間まで起きていてはだめでしょう」マリアンは赤ん坊をたしなめながら籠から抱き上げた。ここに来てから肉がついたのは間違いない。重たくなっている。

小さなスプーンですくったスープを赤ん坊が夢中でのみ込む様子を見て、マリアンは笑った。その笑い声を聞いて赤ん坊も楽しそうな声をあげたので、マリアンはもう一度、満面に笑みを浮かべた。あの看護師なら布で縛り上げたいと思うのだろうが、マリアンは、こうして身をくねらせたり足を蹴《け》って楽しそうに笑う赤ん坊をいつまでも見ていたいと思った。

「今のあなたを見たら、パパは喜ぶわ」マリアンは胸がいっぱいになった。この町にたどり着くまでの旅は過酷だった。自分が神の意思に反することをしているのではないかと、途中で何度も自問した。こうしてこの屋敷にいても、その問いに対する答えは依然としてわからないままだ。

看護師や医者の話では、ベルフィールドの主人は妻を冷酷に扱い、お産で危険な状態にあった彼女と赤ん坊を見捨てて死なせたということだ。そして、自分の相続人である義理の息子を家から追い出し、自分が守らなくてはならない若い娘が失踪《しっそう》する原因にした。

だが一方で、工場長のように彼に心服し、どれだけすばらしい人間かを熱っぽく語る者もいる。だれの言葉を信じたらいいのだろう？　赤ん坊があくびをして目を閉じた。マリアンは彼をそっと籠に寝かせ、額にキスをした。

時計は夜の十時を指している。マリアンは疲れ果てていた。屋根裏にある家政婦部屋の掃除が終わったら、ゆったりとお風呂につかるという贅沢《ぜいたく》を楽しむことができる。だが、今夜は竈の前で体を洗ってすませるしかない。それでも、救貧院にいたころに比べたら贅沢なものだ。

マリアンは髪を下ろしてブラシをかけた。ナイトガウンはもっていないので、シュミーズのままで寝ることにした。ミスター・グレッディルにきけば、ネルの生地を売っている店を教えてくれるだろう。子ども部屋にミシンがあった。あれを使って、自分と赤ん坊に必要な衣服を作ることにしよう。

流行に敏感なレディは高価なドレスの下にコルセットをつけ、国王の好みに合わせて世間の人気を集めるようになったS字のラインを強調した服装をしている。だが、たとえマリアンに金銭的な余裕ができたとしても、そのような衣服にたいそうな金額を支払うのは意味がない。彼女には、着替えを手伝ってコルセットをつけてくれるようなメイドはいないのだ。

いろいろなことをとりとめもなく考えるうちに、マリアンは自分の孤独を思い知らされ、悲しい気持ちになった。愛した人間はみなこの世を去ってしまった。愛する叔母が最愛の姪《めい》のその後を知らずに亡くなったのは、むしろありがたいことだ。マリアンは叔母の死後、自分を守ってくれるはずの人々から冷酷な仕打ちを受けた。彼女が相続するはずだった叔母の財産は、銀行からの借金を返済するためにすべて売却され、彼女の手を素通りしていった。そんな借金など実際にはなかったと、マリアンは確信している。だが、当時まだ十七歳だった彼女にはそれを証明するだけの力がなかった。

救貧院での生活は、裕福な叔母に大切に育てられた若い娘にとって衝撃の連続だった。マリアンはそこで親友と出会い、そしてその親友を失った。

それから彼女はついに夫までも失った。哀れなミロ。彼は必死で生き延びようとした。腕に赤ん坊を抱かせてほしいと言ったときの彼の目は、死にたくないと訴えていた。マリアンはこみ上げた涙を拭いた。今、わたしはロールズデンにいる。ミロがわたしに行ってほしいと頼んだ場所に来ているのだ。

マリアンはひとつまみの塩を指にのせて口のなかをこすり、歯磨きの代わりにした。彼女は明日の仕事を考えて、悲しい思いを追いやった。こまごまとした日用品を買わなくてはならない。給料を前借りできるかどうか、ミスター・グレッディルにきいてみることにしよう。

マリアンはとても疲れていた。毛布にくるまってベンチに横になると、すぐに眠気が襲ってきた。

外では雪が激しく舞っていた。凍りつくような寒さのなか、降り積もる雪があらゆるものを深く埋め尽くした。

マリアンはふいに夢から覚めた。寒さのせいではない。毛布のなかは暖かかったが、胸騒ぎがして目が覚めたのだ。二階のご主人はどうしているだろう？　傷の熱は引いただろうか？　マリアンは毛布を押しのけ、床に足を下ろした。

彼女の仕事は、主人のけがの具合を心配することではない。だが、どういうわけか気になってしかたがなかった。

先ほど手当てをしたときに、傷口は赤く変色していた。それがひどく気にかかるのだ。

もちろん彼は眠っているだろう。マリアンはそう考えながらランタンをともした。石の床の冷たさに、爪先を丸める。起こしてしまったら、ひどく叱《しか》られるにちがいない。だが、叔母の教えに従うなら、真夜中だろうと傷の様子を確かめて、必要とあれば手当てをしなくてはならないのだ。ともかく今は、そうでもしなければ胸の不安が収まりそうにない。

ランタンの光を受けて、階段の壁に彼女の影が長く伸びている。マリアンはその影が自分と一緒に動くのを見て、もうひとりだれかが並んで階段を上っていくような気がした。

彼女はこの階段を上った女性たちのことを考えた。主人の奥方は、早すぎる陣痛に苦しみながら、身重の体を引きずるようにひとりでこの階段を上ったのかもしれない。そのときの彼女の心は、体よりもさらに重たく感じられたにちがいない。

彼女の姪はどうだったのだろう？　その娘もまた、恐怖に震えながらこの階段を上ったのだろうか？

この屋敷にはあまりに多くの不幸と死の記憶が刻まれている。その悲しみを払うには、無邪気な子どもの笑い声が必要だ。

ランタンの光が二階の回廊を照らした。今まで気づかなかったが、回廊の壁面に黒くなった部分があった。かつてはそこに絵が三枚かけられていたにちがいない。マリアンは火の気のない廊下の寒さに追い立てられるようにして主寝室に向かった。少しばかりためらってから、ノブをまわしてドアを開けた。

暖炉の火はまだ燃えていた。だが、ベッドで寝ている主人の顔が赤く光って見えるのは、その火に照らされているせいばかりではない。寝息は不規則で速く、眠りのなかで痛みに襲われるたびに体が小さく痙攣《けいれん》している。眠った顔は窓のほうを向いていた。ベッド脇のテーブルにブランデーの瓶と空のグラスが置かれている。

マリアンは身を震わせた。恐れていた最悪の事態が現実になったのだろうか？　ランタンを置いてベッドに歩み寄る。身をかがめ、ベッドで眠る患者の額に当てた手を、彼女はとっさに引いた。ひどい熱だ。傷口の状態を確かめなくては。寝息はアルコールのにおいがした。ブランデーを飲まなければ眠れないほど痛みがひどかったのだろう。

顔がこれほど熱いとしたら、傷口は腐りはじめているのが普通だ。マリアンは主人の腿に赤い線ができていないことを祈りながら、ベッドの向こう側にまわった。叔母によれば、その赤い線は傷口の毒素が周囲に広がっていることを示すものだ。

マリアンは、ブランデーの酔いで彼が眠ったままでいるといいけれどと思った。今度こそ、自分が教わったとおりに傷口を蜂蜜で消毒するつもりだったからだ。

マリアンがベッドカバーをはずすと、彼は眠ったまま身を縮め、発作的な痛みに顔をゆがめた。ランタンの明かりに浮かんだ腿はひどい状態だった。腫れ上がり、皮膚が引きつれて光っている。だが、目を凝らして見ても、幸いなことに赤い線は出ていなかった。包帯の下から、出血して熱をもった傷口特有のにおいはしてくるが、腐敗した臭気は感じられなかった。

マリアンはできるだけ手早く処置を進めた。少しだけお湯をまぜた水で傷口の熱を冷まし、蜂蜜を塗ってから包帯を巻き直した。

一瞬たりとも手を止めずに作業に没頭するうちに、息が切れ、体が熱くなった。

ありがたいことに、処置を終えるまで、ベルフィールドの主人は何度かうめき声をあげただけで、一度も目を覚まさなかった。作業が終わると、マリアンは主人の脚に布団をかけ、きちんと訓練を受けた看護師がするように患者の頭のほうにまわって枕の位置を直し、目のやり場に困る裸の広い胸を隠すようにしてシーツを引き上げた。

身をかがめてベッドを整えていると、ふいに彼が目を開けて、マリアンの後頭部に手をまわし、彼女の顔を自分の胸に引き寄せた。マリアンは驚いて、そのままの姿勢で凍りついた。

「なぜこんな責め苦を与えに来た？」彼は割れるような声で詰問した。「どうして放っておいてくれないんだ？」

本気で言っているのだろうか？

彼は別の女性との過去の記憶のなかに迷い込んでいるにちがいない。だがそう思ったとたんに、なぜかマリアンは胸に鋭い痛みを感じた。

「なぜだ？」彼は繰り返した。明らかにマリアンに説明を求めている。

「申し訳……ありません」マリアンは謝罪した。「選択の余地はありませんでした。そうするしかなかったんです」

「ずいぶん優しいことを言ってくれるんだな。だが、それはこちらのせりふだ。わたしもこうするしかない。どうしてもおまえの唇を奪いたいのだ」

彼が自分に対してそんな気持ちを抱くはずがない。痛みかブランデーのせいで朦朧《もうろう》として、目の前のわたしを別の女性と混同しているのだ。亡くなった奥方の姪かもしれない。彼の継子《ままこ》を愛し、彼の嫉妬《しっと》を買って死に追いやられたと噂されるあの若くて美しい娘とわたしを混同しているのにちがいない。

マリアンは体を引いて逃れようとした。だが、そうするには遅すぎた。男の力にはとうていかなわない。彼は懸命に上体を起こし、枕で背中を支えた。

彼の手が髪をまさぐると、マリアンは目を閉じて小さく声をもらした。主人は彼女の顔を押さえて、妻以外の女性にしてはならないようなキスをした。

マリアンの全身に電流が走った。彼女は身をこわばらせたが、やがて彼女の知らない何か、知りたくもない何か――このまま屈服してもいいと思わされる、ふしだらで快い何かのせいで、体から力が抜けた。マリアンは他人の手に導かれて秘密の暗がりへと運ばれる小舟のように、快感の海に身を投げ出して、どこまでも流されていきたいと願った。

彼の手がマリアンの肩を滑り下り、シュミーズの肩紐《かたひも》をもどかしげにはずして、胸のふくらみを手荒くむき出しにした。マリアンは唇をむさぼるキスの激しさに身もだえしながら、男の情熱と切実な思いに包まれ支配された。彼の思いは、その唇や手の感触からはっきりと伝わってくる。喉や肩に熱い唇を感じながら、彼の力強い手が自分の白い胸に触れるのを見た瞬間、マリアンは激しく全身を震わせた。

膝から力が抜けて、マリアンは彼の胸に崩れ落ちた。むき出しの肌と肌が吸いつくように触れ合う。わたしが今許しているのは間違ったことだ。悪いことだ。それでも……。

「おまえはわたしを虜《とりこ》にした。それがわかるか?」彼はろれつのまわらないしわがれ声で苦しそうにそう言いながら、マリアンの肌におかしくなったように唇を押しつけた。

このままではたいへんなことになる。マリアンは彼を押しのけた。その手に彼の柔らかい豊かな髪が触れた。マリアンは手を止めると、彼のほうに身を乗り出して、彼の頭を自分の胸に抱いた。これは罪深い行いだ。だがマリアンは、その暗闇に、そしてこの男性に、強く自分が引き寄せられていることを心の奥で気づいていた。

「なぜそんなに優しくわたしを抱き締める?」いらだちのこもった叫び声が部屋に響き渡った。彼はまるで憎悪でも感じたかのようにマリアンに背を向けたとたん、うめき声をあげた。体をひねってブランデーに手を伸ばした拍子に、脚に激痛が走ったのだろう。

マリアンは彼の手を押さえようとしたが、間に合わなかった。彼は瓶を傾けて、ひと息にブランデーをあおると、仰向けに倒れるようにしてベッドに横たわり、目を閉じた。マリアンは彼の手から瓶を取り、シュミーズを直した。

抵抗もせずに彼に抱かれたのは、傷口を刺激したくなかったから——ただそれだけのこと。ほかに理由があるわけがないし、あってはならない。マリアンは心のなかで強く自分に言い聞かせた。ブランデーのおかげで彼は眠っている。だが、安楽な眠りではないだろう。しかしそれは彼女も同じだった。今夜だけでなく、これからも永遠に、彼女に安らかな眠りが訪れることはないだろう。

7

ベルフィールドの主人は苦しそうな顔で眠っている。呼吸は浅く、とぎれがちで、ときおり意味不明の言葉をつぶやいた。マリアンはベッドに腰かけて窓の外を見た。

夜のあいだに積もった雪で、あらゆるものが白い毛布に厚く覆われている。周囲に吹き寄せられた大量の雪で、屋敷は完全に町と切り離された。だが、ベルフィールドの主人はそのことを知らない。

昨夜のような出来事があったあと、マリアンは朝になって主人と顔を合わせるのが怖かった。だが、ようやく意を決して寝室のドアを開けたとき、主人の容態がかなり悪化していて、マリアンは罪悪感にとらわれている場合ではないことに気づいた。

マリアンは階段を駆け下り、急いで電話の受話器を取って助けを呼ぼうとした。だが、大雪のせいで電話は不通になっていた。

今は傷の様子を確認したところだ。今朝になって傷口を見るのはこれで二度目だが、期待もむなしく、状態はいっこうに好転していなかった。シーツが肌に触れただけでも、主ってくる。

人は朦朧《もうろう》とした意識のなかで苦痛の叫びをあげた。

幸い赤い線はまだ見えないものの、傷口の肉が腐りはじめているのは明らかだ。厚く巻いた包帯の上からでも、傷口が大きく脈打ち、焼けるように熱くなっているのが手に伝わってくる。

マリアンは暖炉の火を見つめた。するべきことはわかっている。

傷口を開いて膿《うみ》を出さなくてはならない。それは本来、医者か、最悪の場合でも看護師がするべき処置で、マリアンのような素人がすることではない。でも、この屋敷にはわたししかいない。しかも、この大雪に閉じ込められているあいだは、だれかの助けを呼ぶこともできない。主人の容態は悪くなる一方だ。雪が消えるまで手をこまねいていたら、彼は……。

だが傷を切開した結果、かえって容態が悪くなる恐れもある。雪はすぐに消えるかもしれない。よけいなことをせずに待っていたほうが……。

何を待つというの？　彼が死ぬのを？

マリアンは厨房《ちゅうぼう》で眠っている赤ん坊のことを考えた。それから、死んだ夫と、夫とした約束のことを考えた。そうするあいだにも、昨夜のみだらで甘美な情熱や、それに屈した自分の罪深き行いのことが、どうしても頭に浮かんでくる。

苦しげな叫びがベッドから聞こえ、マリアンはわれに返って主人を見た。

「ルシンダ……。彼女のところへ行かなくては……。赤ん坊が……」

彼は突然、飛び上がるように体を起こし、目を見開いて言葉を発した。だが、彼の目にマリアンの姿は映っていないだろう。マリアンはこうして熱に浮かされた患者を知っている。高熱が意識を奪い、心身をむしばみ、最後には息をするのも苦しくなって、哀れにも患者は死の足音を聞くばかりとなるのだ。

「大丈夫ですよ……おとなしく横になってください」マリアンは主人を優しくなだめた。

「すぐによくなりますから」

枕《まくら》が汗でびっしょり濡《ぬ》れている。悩んでいる時間はない。自分が傷口を切開する以外にない。


マリアンは必要なものがすべてそろっていることを確認した。目の前のトレーにのった鋭利なナイフを見つめるうちに、胃が硬く縮み、心臓の鼓動が激しくなった。ナイフの横には消毒した洗面器や真新しい包帯、蜂蜜《はちみつ》が並んでいる。マリアンはできるだけ熱いお湯を使って石炭酸せっけんで丹念に手を洗った。患者の脚は布団をはいでむき出しにしてある。マリアンはブランデーの瓶に目をやった。先ほどグラスに適当な量をついで準備しておいた。これで消毒すると、患者にかなりの痛みを与えることになる。

マリアンはナイフを取って暖炉の火にかざし、先端が赤くなるまで焼いてからベッドに戻った。

傷口は今や心臓の鼓動に合わせて激しく脈打っている。癒着した傷口の下が腐敗していることが、見た目にもはっきりとわかる。マリアンは深呼吸をしてから、一気に傷口にナイフを入れて切り開いた。

傷口から膿が噴き出した。その光景とにおいで、マリアンは吐き気を催した。だが、そんなことにはかまわずにすばやく迷いのない手つきで膿を出し、傷口をきれいに拭《ふ》いた。膿を出しきったことを念入りに確かめてから、グラスを取って、開いた傷口にブランデーを流し込んだ。

ベッドの患者が苦痛の叫びをあげ、目を開けてマリアンを見た。ベルフィールドの主人は、今回は目の前の女がだれなのか、はっきりと気づいたようだ。だが、傷口の痛みが激しかったのだろう。すぐにまた意識を失い、そのおかげでマリアンは落ち着いて蜂蜜を使い、消毒した傷口に包帯を巻くことができた。

マリアンは寝室に漂うブランデーの香りと熱と自分自身の不安のなかで後片づけをすませた。

一時間たち、さらにまた一時間たった。主人はまだ眠っている。先ほどよりもいくらか楽そうに見える。そろそろ階下に戻らなくてはならない。赤ん坊のことが心配だし、ほかにもしなくてはならない仕事がある。マリアンは、睡眠がいちばんの治療だと叔母が言っていたのを思い出した。でも、睡眠が命を奪うこともある……。いいえ、そのことは考えないようにしよう。

　マリアンは厨房で赤ん坊にミルクを飲ませ、彼が父親からどれだけ愛されていたか、なぜ自分が彼をここに連れてきたかを、子守り歌の代わりに話した。

　赤ん坊は彼女の腕のなかで眠った。赤ん坊に優しく語った自分の話が、心のなかに尾を引いている。こうして時機を待つのは間違いなのだろうか？　最初にベルフィールドの主人に会ったときに、はっきりとほんとうのことを言うべきだったのだろうか？

「お父さんがあなたをここに連れてくるように言ったのは、ここがお父さんのおうちだったからよ」マリアンは眠っている赤ん坊に優しく語りかけた。ここに来たほんとうの目的と、自分の良心を苦しめる罪の意識を口に出して言わずにはいられなかった。

　ミロはベルフィールド・ホールの思い出を何度もマリアンに話してくれた。この屋敷は、子どものころの彼にとって幸せな家だった。父親のことは覚えていないらしい。暴走する馬車に轢《ひ》かれてマンチェスターで死んだのだという。だがミロは、母親がお産で赤ん坊とともに亡くなったときの苦しみや、義父に対して抱く怒りと苦い思いについても話してくれた。

「母が死んだのは義父のせいだと思った。義父が愛していたのは工場で、母ではなかった。

あのころ、ぼくはそれがわかっていなかったが……。人が愛のためにどれだけのことをやってのけるか、ぼくは知らなかったんだ」

マリアンはミロとの会話を思い出しながら、涙がこぼれないように目をしばたたかせた。「ぼくはもうすぐ死ぬ」ミロはマリアンに言った。「それはきみにもわかっているはずだ。マイルズを義父のところに連れていってほしい。そして、この手紙を彼に渡してほしい。ぼくが彼に宛《あ》てて書いた手紙だ。義父は厳格で気難しいところはあるが、公正な人間だ。彼なら、ぼくの息子に何をすべきかわかるはず。あんな別れ方をしても、ぼくは彼の相続人なのだし、マイルズはぼくの跡継ぎなんだから」

マリアンは命にかかわるほどの大けがをしている人間と難しい話はしたくなかった。ここに来たほんとうの目的や、マイルズの父親がだれかといったことを打ち明けるのは、赤ん坊がここでどう扱われるかを確かめてからにしよう。事情はどうあれ、ここの主人はミロを家から追い出した。ベルフィールドの主人になるために、愛してもいない女性と結婚した。彼は働き盛りの活力にあふれた男性だ。もし彼が再婚して、別の子どもをもうけたら、どうなるだろう？　マリアンがこれから彼に委《ゆだ》ねようとしている赤ん坊の運命は、どんなものになるのだろう？

マリアンは夫との約束を果たすための手順を慎重に決めていたが、昨夜の出来事だけは予想外だった。あんなことが起こって、これほど気持ちが揺れるようになるとは、まったく予測していなかった。
マリアンは赤ん坊を抱いたまま立ち上がり、厨房を歩きまわって心を落ち着かせた。

その日は時間がたつのが遅かった。果てしない時間が一分また一分と、ゆっくりと過ぎていった。ベルフィールドの主人が眠っている横で、マリアンは良心と格闘した。確信を持てるようになってから真実を告げたいと思うのは間違いなのだろうか？　わたしは赤ん坊が無事でいられるようにするとミロに約束したのだから。

妻は死に、義理の息子も死に、自分が後見人になった娘は姿を消した。この人は、無力な子どもを託すのにふさわしい相手なのだろうか？

それだけではない。今やわたし自身の気持ちも問題だ。財産目当てで結婚し、妻と死別した男性。若い娘に報われない愛をひたすらに注いだと噂《うわさ》される男性。そんな男性に、傷つきやすい心を託していいものだろうか？

マリアンの心はすでに彼に奪われている。今さら救い出すことは不可能だ。でも、自分自身は救えなくても、この子のためなら、勇気を振りしぼって最後まで闘うつもりだ。

傷口は夕方になってようやくきれいになり、ベルフィールドの主人の眠りは深くなった。このまま順調に回復しそうだ。

これでこの人に対する務めは果たした。次はいよいよ、ここに来た目的を果たさなくてはならない。

ミロの義父に対しては、悪く言う人間と賞賛する人間がいる。ミロ自身は、義父は母親と結婚してしばらくのあいだはとても優しく接してくれたと言っていた。

「ぼくに対する態度が変わったのは、母が亡くなったあとだ。アメリアと結婚したいと言ったとたんに、彼の態度が変わったんだ」ミロはマリアンに言った。「おまえたちはまだ若すぎる、と言われたよ。金もないくせに、とも言われた。実際、彼からもらう小遣い以外に、ぼくには金がなかった。ぼくは義父にわめき散らして、ママをだましてぼくの財産を巻き上げたくせに、と叫んだんだ」

8

わずか三日間でこれほどまでに変わってしまうものだろうか。山の上を除いて、町からもベルフィールド・ホールからも雪が消え、今では太陽が明るく輝いている。ベルフィールドの主人はみるみる体力を回復していった。傷口は治ってきれいになってきており、熱も下がった。

彼はこれまで、マリアンが恐れていた話題を持ち出そうとしなかった。あの高熱に浮かされた秘め事のことを覚えていないのだろう。そうとわかって、マリアンはほんとうにほっとした。あとは、心に感じる愚かな痛みを、家政婦部屋を掃除するのと同じように、胸のなかから勢いよく掃き出してしまえばよい。

この日は、ベルフィールドの主人が危険な状態を脱したという知らせが町じゅうに広がったことと天気が回復したことが重なって、朝から続々と見舞客がやってきた。

いつも陽気なチャーリーが、ていねいにしっかりと包装して紐《ひも》を結んだ包みを持ってきた。なかを開けると、〝ベルフィールドの主人の指示に従って支給いたします〟と書かれた工場長からのメモの下に、女性用のドレスと、それに合ったエプロンが入っていた。主人を訪ねてくる人たちの地位を考えると、マリアンはきちんとした家政婦の服装をしていたかったので、これはちょうどよかった。訪問者の大半は、ほかの工場の所有者をはじめとする町の有力者ばかりだった。だがそのなかに、あの医者は含まれていなかった。ありがたいことに、あの看護師も訪ねてはこなかった。

新しい服を着て、厨房《ちゅうぼう》でお茶のトレーや陶器のカップの用意を終えると、マリアンの胸に家政婦としての自信がわいてきた。これなら、主人がいないあいだに町長が訪ねてきても、堂々と応対できそうな気がする。

しかし、町長の顔は正面から見られても、ベルフィールドの主人と目を合わせる自信は持てなかった。彼はますますマリアンに探るような視線を向けるようになっていたのだ。

玄関でノックの音がした。また新たな訪問者が来たらしい。今度の来訪者は工場主仲間ではなく、ピーター・ジョンソンと名乗る牧師だった。長身で猫背の男で、頬はこけている。宗教的情熱に輝く瞳を見て、マリアンはこれがミロの言っていた牧師だとわかった。ミロは、この牧師がどれだけ厳格で熱心な聖職者か、どれだけアメリアが彼のことを恐れていたか話していた。この牧師は、若いころには宣教師として働くことにあこがれていたらしい。だが、その夢がかなわなかったことに失望して気持ちがひねくれ、信徒をつかまえては、神の道からはずれた者には地獄が待っていると説教してまわるようになったのだという。

　ミロはまた、教会で自分や町の若者たちが折り返しのついたはやりのズボンをはいているのを見て、この牧師が説教壇から痛烈な言葉を浴びせかけたという話を笑いながらしてくれた。

　そういう話を思い出したからかどうかはわからないが、牧師から射るような視線を向けられたとたん、マリアンは自分の罪を見抜かれたような気がして恐れを感じた。

「牧師さまがいらしたことをミスター・デンショーに伝えてまいります」マリアンはそう言って、牧師を図書室に案内しようとした。図書室はすでに塵《ちり》ひとつなく掃除して、暖炉では火が暖かく燃えている。

　だが、牧師は首を振り、鋭い口調でマリアンに言った。「緊急の用件です。すぐに彼のところに連れていっていただきたい」

　その言葉には有無を言わさぬ響きがあった。マリアンは胸の鼓動を感じながら、牧師の先に立って階段を上り、主人の寝室のドアをノックした。

　入れという声がしたので、マリアンはドアを開けた。

　ベルフィールドの主人は机に向かっていた。その机は、傷が治るまでここで仕事ができるように、工場から屈強な男をふたり呼んで運び込ませたものだった。

「旦那《だんな》さま、ジョンソン牧師がいらっしゃいました」マリアンは訪問者の来訪を告げ、ドアから出ていこうとした。

「待ちたまえ」牧師は彼女にそう命じてから、ベルフィールドの主人に向かって言った。「この女性にもわたしの話を聞いてもらわねばなりません。これは彼女にも関係のある話だ。なにしろ、この女性は独身男性の家に暮らしているのですからな」

マリアンは両手を強く組み合わせた。彼女は主人の視線を感じながらも、ふたりの男の顔をどちらもまともに見られなかった。

「ご主人、男やもめのあなたが若い女性に看護師のようなまねをさせて、およそまっとうな人間が聞いたら嫌悪感を覚え、憤慨するような親密なふるまいを許しているとは、いったいどういうことです？　最初にその話を聞かされたとき、わたしは耳を疑いましたぞ。さあ、この女性にはただちに屋敷から出ていってもらいなさい。そして自らが犯した罪を悔い改めるのです」牧師の声は最後には雷のようにとどろいた。広い教会で説教壇から会衆に向かって怒鳴っているような大声だった。

マリアンは顔を上げて牧師を見た。牧師は怒りに満ちた目で彼女をにらみつけている。

マリアンは視線を合わせたことを後悔した。

「あなた方のような男と女が同じ屋根の下に暮らすのは、神の教えに背く――」

「訪ねてきてくださって、よかったです、ジョンソン牧師。実は、うちの工場長に言って、あなたにお越しいただくよう、こちらからお願いしようと思っていたところです」主人の声は穏やかだが冷たかった。

「わたしに会いたかったと？」

「はい。あなたにお会いして、ミセス・ブラウンと結婚するつもりだということをお伝えし、できるだけ早く婚姻の承認をお願いしたいと考えていました」

マリアンはジョンソン牧師と同じく、主人の言葉に耳を疑った。

ふたりは同時にベルフィールドの主人を見つめた。主人は立ち上がり、足を引きずりながらマリアンに近づいた。そして手を取って優しく撫《な》でながら、愛情よりも警告を含んだ言葉を意味ありげに言った。「わたしの言ったとおりだろう、マリアン？　やはりもっと早く発表すべきだったんだ。そうしなければ、人々の誤解を招くのは目に見えていたからね」

「あなた方が結婚する？」

牧師の顔が真っ赤になった。ひょっとしたらこの牧師は、真の聖職者にはあるまじきことだが、神の名を借りてふたりを叱《しか》りつける機会を奪われた状況に腹を立てているのかもしれない。

「あなたに最初にお知らせしたのですよ、牧師。あなたにお任せすれば、妙な噂《うわさ》が広まることもないでしょうから」

「それで……結婚式はいつ執り行うつもりなんだね？」

牧師の声は硬かった。この結婚がよほど気に入らないのだろう。

「できるだけ早くお願いしたい。クリスマスは夫婦で祝いたいと考えていますので、遅くともそれまでにはと思っています。さて、そろそろお引き取り願えますかな？　花嫁といろいろ話し合わなくてはならないことがありますので。玄関まではお送りしなくてよろしいですね？」

これほどショックを受けていなければ、マリアンはジョンソン牧師の表情を見て笑い出していたかもしれない。

牧師が怒りと当惑の表情を浮かべてドアを閉めて出ていくと、すぐにマリアンは主人のほうを向き、説明を求めようとした。だが、口を開く間もなく、主人は彼女を腕に抱き、あらがいようもないほどの勢いで容赦なくキスの雨を降らせた。

マリアンの全身はがくがくと震えた。ようやく主人の腕から解放されても、彼女は身を離すどころか、彼の胸に寄りかかって立っているのが精いっぱいだった。

「わたしは……。あなたは……。わたしたちは……。まさか本気で結婚なさるおつもりでは……」マリアンはどうにかそれだけ言った。

「もちろん本気だ、ミセス・ブラウン。あんなひどいことをしてしまったのだから、今はなおさら本気だよ。プロポーズを受けてくれるね？　はからずもわたしは、きみの弱い立場につけ込んで最低のことをしてしまった。結婚の申し出もしていない女性になれなれしいまねをしてしまっただろう？　あれは男として許されるふるまいではない」

「キスのことをおっしゃっているのですね？」マリアンは言った。「でも――」

「さっきのキスはただの婚約の儀式だ」彼は穏やかに言った。「わたしが言っているのは、あのベッドの上で、わたしの腕のなかで起こったことだ。あのとき……」

マリアンの顔が焼けるように熱くなった。彼女は両手で耳をふさぎ、激しく首を振って泣き出しそうな声で言った。「お願いです……その話はなさらないでください。あれはなかったことに……」

主人の表情が変わり、勝ち誇ったような表情になった。

「だが、あれは実際に起こったことだ。単なる想像の産物ではない。いいかね、ミセス・ブラウン、もはやあの出来事から逃れることはできないのだ。わたしたちは互いに惹《ひ》かれ合うように運命づけられている。それぞれの肉体と罪を背負って、結婚という聖なる義務を果たさねばならない。ジョンソン牧師なら、真っ先にそう言うにちがいない」

この人はこんなときに笑おうというのだろうか？　どうやらそうらしい。

マリアンの心は激しく揺れ動き、ふたつに引き裂かれた。自分の気持ちを正直に認めるなら、すでに心を与えた相手にこの身を捧《ささ》げたい。妻になることができるなら、それ以上の幸せはない。でもその一方で、自分が彼を欺き、真実を隠していることにひどく心が痛む。

「あなたがわたしと結婚したいはずがありません、ミスター・デンショー」マリアンは主人の腕から離れながら言った。それ以外に言うべき言葉が見つからなかった。

「きみは、わたしがきみと結婚したいわけがないと言うが、きみ自身がわたしの花嫁になりたくないとは、ひと言も言っていない。それはつまり、ミセス・ブラウン、きみのほうには異論はないということだ」

マリアンの顔が真っ赤になった。

「わたしは……こちらの家政婦です。使用人です。当然ながら……」

「当然ながら、わたしの妻になることを拒むつもりはない。そう言おうとしたのだな？　言っておくが、わたしが妻にしたいのは、赤ん坊を抱えた慎み深い寡婦のミセス・ブラウンではない。わたしが妻にしようとしているのは、あのときのように、このベッドとこの腕のなかで甘く身をとろけさせるかわいい女だ。ジョンソン牧師がこれを聞いたら、わたしに神の鉄槌《てっつい》が下され、地獄の業火に焼かれるように祈るだろう。だが、もちろんその心配はない。わたしがそんなことをささやく相手は、マリアン、きみだけだからだ。それをささやきながら、ふたりきりで夫婦のベッドに入り、絹のようになめらかな震える肌の隅々にまでキスをして、きみの甘い喜びの声をわたしの歓喜の叫びでかき消して……」

「旦那さま……。ミスター・デンショー……」

「ヘイウッドだ、マリアン。わたしの名前はヘイウッドだよ。この数日間は、きみの声がその名を呼ぶのを聞きたくてたまらなかった」

彼の言葉にマリアンはめまいを感じ、うっとりと酔いしれた。今この瞬間に主人が彼女の手を取ってベッドに誘い、喜びの世界に連れていってくれるとしたら、何もかも捨てて彼に身を任せるだろう。

「あなたは……ほんとうにわたしと結婚なさりたいんですね、旦那さま……ヘイウッド……そして……正式にわたしを妻になさりたいんですね?」希望がふくらんで胸がいっぱいになり、マリアンの声は震えた。

「そのとおりだ、マリアン」

「でも、わたしたちは知り合ったばかりです。わたしのことはほとんど何もご存じないのに……」

「きみはわたしの命を救ってくれた。それに、有能な主婦であることもわかっている」

マリアンは顔を上げた。彼の表情を見ると、最後の言葉はマリアンをからかうためのものだったようだ。突然、彼の灰色の瞳がいたずらっぽく笑った。マリアンの胸のなかで心臓が引っくり返った。

「さらに、きみは母親としても有能だ」

マリアンの心は石のように重たくなった。

「旦那さま……ヘイウッド……」

「あの子は名前はなんという?」

「マイルズです」マリアンは静かな声で答えた。

「マイルズか」

ヘイウッドがこちらを見ているのはわかっていたが、マリアンは視線を上げて目を合わせることができなかった。気恥ずかしさだけではない。罪の意識を感じていたのだ。最初に話してしまえばよかった。今さらどうやって彼にすべてを打ち明けたらいいのだろう?

「あの子は……マイルズは父親の名前を受け継いでいるのです」そのことだけは言い添えておかなくてはならない気がした。

寝室に沈黙が広がった。マリアンの耳に自分の不規則な心臓の音が聞こえそうなほどの静けさだった。

話さなくてはならない。

「旦那さま……いいえ、ヘイウッド……お話ししなくてはならないことが……」

「アーチー・グレッディルが来たようだ。彼を連れてきてくれるかな、マリアン? わたしの勘違いでなければ、彼は大切な知らせを持ってきているはずだ」

マリアンはぼんやりとうなずく以外になかった。今はまだ彼に秘密を打ち明けるべきときではないのだろう。

9

あと二日でマリアンはベルフィールドの主人の花嫁になる。その一週間後はクリスマスだ。マリアンの心は喜びと不安のあいだで激しく揺れた。ジョンソン牧師が訪ねてきた日の午後から、目がまわるほど忙しくなった。

ヘイウッドは工場長に指示して、数日のうちにマリアンの嫁入り衣装の寸法をとった。彼は又いとこにあたる年輩の優しい女性に付き添い人役を頼み、結婚式が終わるまでハロゲートの温泉保養地にあるすてきな家を離れてベルフィールド・ホールに滞在してくれるように説得した。

マリアンは家政婦部屋から、主寝室と反対側の廊下を進んだ先にある、きれいに飾られた二階の部屋に移った。付き添い人の説明によると、かつてそこは、マリアンの思ったとおり、主人が後見人を務めていた娘の使っていた部屋だった。

「ほんとうにかわいい娘だったのよ。ヘイウッドは彼女と義理の息子が家を出ていったことで、ひどく取り乱していたわ。あんな悲劇が起こるなんて。あれっきり、ふたりとも行方が知れないのよ」

マリアンは無言でうなずいた。だが、このときの付き添い人との会話を思い出すと、良心の呵責《かしゃく》に胸が痛む。

ヘイウッドは、恋する女が婚約者に望みうるすべてをそなえた男性だった。昼食のあと付き添い人が午睡をしに寝室に戻り、彼とふたりきりになっても、マリアンはなんの不満も感じなかった。

人の目を盗んでするキスはどこまでも甘く、愛撫《あいぶ》はさらに甘美だった。ヘイウッドの硬くて温かい手が胸に触れたときのことを思い出し、彼の体が自分に強く押しつけられたときの感触を思い返すだけで、マリアンの体はとろけるような快感に打ち震えた。

昨日、ヘイウッドはマリアンを強く腕に抱き、激しく迫るように言った。「愛していると言ってくれ、マリアン」

「言わなくてもわかっているはずよ」マリアンはささやいた。

「ああ、わかっている」彼はマリアンの心を幸せで満たすような微笑《ほほえ》みを浮かべて言った。「きみの気持ちは、最初にキスをした夜にわかったよ。それでも、きみの口からその言葉を聞きたいんだ」

「愛しているわ、ヘイウッド・デンショー」マリアンはそう言って、優しく笑った。その笑顔に、ヘイウッドは繰り返しキスをした。

そうした貴重で幸福な記憶だけは、彼が真実を知ったあともマリアンの心から奪われることはないだろう。

マリアンの胸が痛みに震えた。このままではいけない。彼に真実を隠したまま、教会で牧師の前に立つことはできない。たとえ彼を失う結果になっても。

時計は午後四時を指している。付き添い人は自室でぐっすり眠っていた。ヘイウッドは図書室にいるはずだ。けがをした脚はすでにかなり回復し、階段を楽々と上り下りできるようになっている。マイルズは子ども部屋で、ヘイウッドが雇った若いメイドに子守りをされて眠っている。

マリアンは手で何度も神経質に髪を撫《な》でつけ、深呼吸をした。

図書室のドアを開けると、ヘイウッドは机に座って書類に目を通していた。彼が顔を上げるまでのあいだ、マリアンは心ゆくまで婚約者を見つめ、この世でただひとり愛する男性の姿を指の先まで目と心に焼きつけた。

「少しお話ししたいことがあるんです。でも、お邪魔でしたら、そうおっしゃって――」

彼女が切り出した言葉は、ヘイウッドの笑い声で中断された。彼は立ち上がり、マリアンのところへ歩いてきた。

「きみはいつもわたしの邪魔をしているよ、マリアン。わたしをいちばん喜ばせるようなやり方でね。ただし、ロールズデンの子ども全員にクリスマスのプレゼントを届けたいという話をもう一度するつもりなら――」

「全員ではありません、ヘイウッド。あなたの工場で働いている人の子どもだけです」マリアンは彼の言葉を訂正した。だが、ここに来たのはその話をするためではない。

「十人だろうと千人だろうと、ほんとうはどちらでもかまわない。きみが優しく微笑んでくれさえすれば、何人にでもプレゼントを届けよう。あと二日待てば、きみはほんとうにわたしのものに……」

マリアンの頭のなかで小さな声が聞こえた。たとえ彼を失うことになっても、その前に彼から特別な贈り物をもらっておこう。真実は結婚の日までに話せばいいことだ。その前に、この体を彼に捧《ささ》げてしまおう。

マリアンはヘイウッドに身を預けた。だがヘイウッドは彼女の期待を裏切るように、マリアンを優しく押し返した。その様子は、まるでふたりの欲望をなだめる必要があると感じたかのようだった。

「もちろんきみはわたしの邪魔などしていないよ、マリアン。それどころか、わたしはこの三十分のあいだ、最後にきみに会ってからどれだけ時間がたったのだろうとばかり考えていたんだ」

「昼食のときにご一緒して以来です」マリアンは小さく微笑んで答えた。

「ずいぶんと昔のことだな」ヘイウッドはいかにも重々しい声を作って言った。

マリアンが言葉を返さずにいると、ヘイウッドは表情を変え、真剣に彼女を気遣って言った。

「苦しそうな顔をしているね。だれかにいやなことでも言われたのなら――」

「だれにもそんなことは言われていません。でも、わたしは人にひどいことを言われて当然なのかもしれません。なぜなら」マリアンは彼の腕から離れて、部屋のなかを歩きはじめた。声と顔に緊張がにじみ出ているだろう。「実は、ヘイウッド、わたしはあなたをだましていたんです」

「ほんとうはわたしを愛していないんだね？」

「まさか。そんなことではありません。あなたのことは心から愛しています。いつまでも、ずっと」マリアンはほとんど叫ぶように言った。

「それなら、どうしてわたしをだましているなんて言うんだ？」ヘイウッドは静かに尋ねた。

マリアンは唇を噛《か》んだ。「話せば長くなるのですが」彼女はかすれた声で話しはじめた。

「実は……」

「実は、その話はこんなふうに始まるのかな？　優しくて義理堅い若い娘が、死の床にある若者の願いをかなえるために、彼と結婚することに同意した」

「ご存じだったんですか？　でも、なぜ――」

ヘイウッドは首を振って彼女を制し、言葉を続けた。「非常に不幸な事情で、きみは救貧院に入れられ、そこで出会った若い女性と友人になった。驚くほどかわいらしいその娘は、きみに秘密を打ち明け、恋人と駆け落ちしてきたのだと言った。彼女は恋人と結婚するつもりだったが、自然の摂理と互いを思う気持ちの強さゆえに、はからずも身ごもってしまった。金もなく、自活する手段もないふたりは、当局に捕らえられ、救貧院に送られて、慣例に従って離れ離れにされた。男は男子用の宿舎に、娘は女性用の宿舎に入れられたというわけだ。だが、男のほうはなんとかして施設を出る許可を取りつけ、仕事を探しに行った。娘はひとりで不安を抱えていた。おなかには赤ん坊がいる。それで彼女はきみを頼り、秘密を打ち明けて、友人になった。

何週間かが過ぎ、何カ月かが過ぎた。若い娘の体はひどく衰弱した。きみは必死になって彼女のために十分な食べ物を手に入れた。臨月が近づくと、自分の食べ物さえも分け与えた。彼女は何日も陣痛に苦しんだあと、子どもが生まれた。男の子だった。だが、彼女は子どもの命と引き替えに自分の命を失った。きみが救貧院の規則を破って赤ん坊を取り上げていなければ、その子もまた死んでいただろう。きみは途方に暮れた。このままでは赤ん坊を奪われて、赤ん坊は孤児院に入れられてしまう。

そんなとき、ある若者が死んだ娘を訪ねて救貧院にやってきた。その若者は彼女の恋人で、農場の仕事を見つけて娘を迎えに来たのだと言った。仕事はつらく、毎日、何時間も働かされた。だが、ようやく彼は娘を迎えに来られるだけの金をためたのだ。きみから彼女のことを聞かされると、若者はがっくりとうなだれた。彼の生きる目的は子どもだけになった。若者はきみに一緒に農場に来てくれないかと頼んだ。農場にある彼の小屋で子どもの世話をしてほしいと頼んだのだ。死んだ友人を思う気持ちから、きみは若者の願いを受け入れた。

だがその後、彼も病気になり、死ぬ運命であることがわかった。若者はきみに結婚してくれと懇願した。子どもを守ってもらうためだ。きみはその願いを受け入れざるをえないと感じた。若者は死の床で子どものころのことや生家のことを語った。そして彼は、子どもをその家に連れていき、しかるべき男に引き渡すよう、きみに頼んだ。きみは若者に言われたとおりにすると約束した。だがきみは、その男の冷酷さが引き起こした悲惨な話を聞いていた。だから、その男の家にやってきてからも、子どもが無事でいられるという確信が持てるまで、その子の身元は明かさないようにしようと決めたのだ」

マリアンは我慢できずに口を開いた。「知っていたのね？　どうして今まで……？　いつそのことを……？　わたしは……」

「最初から知っていたよ。きみがここに来る前からね。あと一日でもきみの到着が遅れたら、わたしが雇った男がきみを捜し出して、ここに連れてきただろう」

「あなたの雇った男？　その人にわたしを捜させていたというの？」マリアンの声に不安

がにじみ出た。

ヘイウッドの目は苦悩と悲しみで暗くなった。「きみがわたしに関してどんな話を聞いていたかは想像がつく。だが、わたしはミロとアメリアのことを深く気にかけていたのだ。あのふたりを見つけて、無事に家に連れ戻すことができるなら、わたしは力の及ぶかぎり、あらゆる手を尽くすつもりだった。こんなことを聞かされても、最初はきみも信じられなかっただろう。だが、こうして一緒に過ごすうちに、わたしのなかにミロから聞いていたのとは違った一面を少しは感じ取ってくれたはずだ」

「お願いです、ご自分のことをそんなふうに言わないでください。そんなふうにお考えになってはいけません」マリアンは即座に彼の懸念を打ち消した。「ミロとアメリアがこの屋敷を出たときには、確かにふたりは怒りと悲しみに満ちていました。特にアメリアのほうが、ミロよりもそういう気持ちは強かったと思います」

「そうだろう。アメリアのあの優しさの下には、常に強い意志が隠れていた」

「アメリアは、あなたが彼女をミロ以外の男性と結婚させるのではないかと恐れていたんです。彼女は自分に相続権がないことを知っていました。ですから、駆け落ちをしてでも結婚したいと言い張ったのは、彼女のほうだと思います。ミロのほうは、アメリアとの結婚を禁じられるまで、あなたについては幸福な思い出ばかりだと言っていました。ただ、あなたから厳しいことを言われたのがお母さまを亡くした直後のことだったので、そのときの印象が特に強く残ったのでしょう」

「あのふたりはほんとうに若かった。ルシンダもふたりの様子を見て心配していた。結婚するにしても、ふたりがもう少し大人になって、お互いの気持ちを確かめてからにしたほうがいいと言っていたよ。そうしたことを、わたしの口からミロにもっときちんと説明していればよかったんだ。だが、あのころは工場で問題が起こっていてね。ほかの工場の労働者がストライキを起こして、わたしも団体交渉の席に引っ張り出されて、マンチェスターまで出向くといった面倒なことが重なったんだ。そのうえ、身重のルシンダを置いて家を空けたことで、わたしは罪の意識に押しつぶされそうになっていた。それでわたしはミロに辛抱強く接することができなかったのだ。あの時期、わたしはルシンダを亡くして、心に穴が開いていた。彼女はいつも落ち着いてこの家を守り、穏やかに家族に接してくれた。心のきれいな女性だったよ。わたしのことでいろいろな噂《うわさ》が流れているのは知っている。わたしがルシンダと結婚した理由について、おかしなことを言う者がたくさんいるのも知っている。だが、わたしは彼女を人として心から敬愛していた。ただ、女性として愛することは――血の通った男として彼女を愛することは、わたしにはできなかった」

　短い沈黙があった。マリアンは目が涙で熱くなるのを感じた。

「ミロとアメリアが家を出たとわかってから、わたしはふたりを捜そうとした。だが、時間がたつとともに、彼らの足取りを追うのは困難になっていった。ふたりとも偽名を使って巧みに足跡を消していたからね。ミロがブラウンという名前を使ったのは、特に効果的だったよ。だがわたしは、ついにふたりの居所を突き止めた。しかし、そのときにはもう手遅れだった。雇った男たちからの報告で、わたしはミロが死の床にあることと、マリアン・ウェストールという名の若い女性と結婚し、その娘に子どもを託したことを知った。わたしは男たちに、きみと接触するよう指示した。どうしてもきみに会いたいと思ったからだ。だがそのころには、きみはすでにここに向かって出発していた。きみがどこに向かって旅をしているのか、何をしようと考えているのか、最初はわからなかった。そこでわたしは雇った男にきみを尾行するように言った。しかし彼はロッチデールできみを見失った。鉄道の切符のことで、少し厄介なことがあったのだろう?」

マリアンはうなずいた。

「そのことは、雇った男から電話で連絡があって知ったよ。その時点では、きみがベルフィールドに向かっていることは容易に推測できた。雇った男からの報告を総合すると、きみは勇気と不屈の精神をそなえたすばらしい女性らしいことがわかった。しかも、おそらく誠実で正直な娘だ。そうしたことがわかるうちに、わたしはその若い娘のことをもっと知りたくなった。実はわたしは、ある意味できみのことをすでに知っているような気持ちになっていたんだよ。優しげで落ち着いた表情、弱い者や傷つきやすい者への気遣い。わたしの想像はふくらんでいった。愚かにもわたしは、その娘がこの屋敷にミロの子どもを連れてきて、わたしにミロとアメリアへの償いの機会を与えてくれるだけでなく、この家とわたし自身に欠けている温かさと笑いと愛を運んできてくれるかもしれないとまで夢想するようになった」

マリアンは言葉に詰まった。胸がいっぱいになり、やっとのことで声を絞り出した。

「わたしがここに来ることを知っていたのに、どうしてあなたは最初に何も言ってくれなかったの？　わたしはひと晩で追い出されると思っていたのよ。あの夜はほんとうに不安で――」

「正直に言うと、最初はきみがだれかわからなかったんだ。赤ん坊を見て初めて気がついた。だがそのときには、きみにひどい言葉を投げつけていた。それでも、きみのほうから何か言ってくれれば……」

「わたしは……言おうと思いました。でも、確かめたかったんです。ほんとうにマイルズをここに置いていってよいものかどうか……」マリアンは声を詰まらせた。「ごめんなさい。あなたを信じるべきでした。少なくとも、あなたを愛しはじめたときに、思いきってあなたに言うべきだったのかもしれません。でも、愛したからこそ、ますます言えなくなって……」

「マリアン、泣かないでくれ。わたしのほうから話を切り出すべきだった。あの事故さえなければ、そうしていたはずだ」

「まだわたしを愛してくださるのね？　こんなわたしを……」

「きみは最愛の人だ。この世に、いや、それどころか、生まれ変わってもきみを愛する心に変わりはない」

「でも、どうしてマイルズのことについてまで、何もおっしゃらずにいたの？」

「きみのほうこそ、なぜ？」

「わたしは、あなたとのことが変わってしまうのを恐れたからです。あなたの愛を失うのが怖かった」

「わたしも同じだ。きみはわたしを愛するようになったものの、マイルズの幸福を考えると、完全にわたしを信用できずにいた。残念ながら、少なくともわたしはそう感じていたよ。ミロとアメリアはきみを心から信頼していた。きみは、わたしに関して恐ろしい噂が流れているのを耳にした。責任感の強いきみのことだ、彼らの信頼に応《こた》えようとして慎重になるのも無理からぬことだろう」

「町の噂では、あなたがふたりの結婚に反対したのは、あなた自身がアメリアを自分のものにしたいと思っていたからだと言われています」マリアンは短くため息をついた。「でもわたしは、アメリアからあなたのことを聞いていましたから、もちろんその噂は間違いだろうと思いました」

「ふたりにあんなにつらくあたらなければよかったと、どれだけ後悔したことか……」

マリアンはヘイウッドのそばに寄り、彼の唇に指を当てて言った。「だめよ、あなた。自分を責めてはいけないわ。ミロはほんとうは帰りたかったの。でも、アメリアがいやがったんです。彼女はミロと違って、あなたが結婚を許してくれるとは思えなかったのよ。子どもを身ごもってから、ますます彼女はかたくなになったわ。ミロがあなたに援助を頼みたいとアメリアに相談したことがあったらしいの。そのときには、彼女は急に興奮して、そんなことをしたら死んでやると言ったそうよ。彼女の頭にはジョンソン牧師のことがあったのでしょう。アメリアはあの人のことをとても怖がっていたから」

ヘイウッドは表情を曇らせた。「ふたりがあんなことになったのには、あの牧師と卑劣漢のホリングズヘッドにも大いに責任がある。牧師は自然な愛の営みであるセックスに神の恐怖を刻印し、やぶ医者のほうは、その営みによって死ぬ人間がいるのだという恐怖感を若い心に植えつけた。わたしにその権限があるなら、あのふたりはこの町から追放してやりたいところだ」

「ミロからあなたに宛《あ》てた手紙を預かっています。わたしの寝室にしまってありますが、それを読めば、彼の気持ちがすべてわかるはずです。手紙には、あなたに許してほしいと書いてあります。それと……マイルズを愛してほしいとも……」マリアンはドアに向かいかけた。だが、ヘイウッドは手を伸ばして彼女を抱き寄せた。

「取りに行く必要はない。許しを請わねばならないのはわたしのほうだ。今となっては、それすらかなわないのが残念でならない。マイルズのことは心配ない。わたしの息子として育てるつもりだ。ミロの母親が彼の相続分を信託財産にしてある。その財産はいつでもマイルズに引き継ぐことができる。ミロとアメリアはわたしのもとに、わたしが生涯をともにする最愛の花嫁を届けてくれた。そのことをふたりに心から感謝している」

「ベルフィールドの花嫁に迎えてもらえて、光栄です」マリアンは優しくささいた。だがそのとき、まだ大切なことをひとつ伝えていなかったことに気がついて、彼の腕のなかで身を硬くし、顔を赤らめた。

「どうしたのだ?」マリアンの不安げな顔つきを見てヘイウッドが尋ねた。

「もうひとつお話ししなくてはならないことがあるの……つまり、わたしは……ミロとわたしは夫婦にはなったけれど、彼は重い病気で……わたしはほんとうの意味で一度も彼の妻にはしてもらえなかったのです」マリアンはささやくようにしてどうにか言った。「ですからわたしは、まだあのことは何も……一度も……」彼女は目を伏せ、ヘイウッドのシャツのボタンを指でもてあそんだ。「あなたは確か……何かのときのわたしのふるまいを見て、わたしが経験のある女だと思ったはずです。だから、違うとわかったら、がっかりさせてしまうかも……」

ヘイウッドの大きな笑い声がマリアンの言葉をかき消した。

「わたしのかわいいマリアン、それはまったくの思い違いだ。わたしは最初からわかっていたんだよ。いくらきみが自分をミセスだと言い張っても、たとえ結婚証明書があろうとも、きみが純潔だということは、会う前からわかっていたんだ。だが、そうでなくても、わたしが軽く触れただけで、きみはあんなふうに身を震わせて、吐息をもらしただろう？　わたしの体に反応して、困ったような目でかわいらしく恥ずかしそうにわたしを見ただろう？　経験のある女があんな顔をするはずがない。しかし、仮にそうしたきみの反応を見逃したとしても、わたしが裸で寝ていることを知ったときの当惑した顔を見れば、きみが経験がないということは、いやでもわかったはずだ」

「あのときはどうしていいかわかりませんでした」マリアンは素直に認めた。

「それはわたしも同じだよ」ヘイウッドはからかうように言って、頬をほんのりと赤く染めたマリアンをふたたび腕に抱き、時間をかけてゆっくりとキスをした。


　クリスマスイブになった。ベルフィールド・ホールの女主人はどの家庭の女性とも同じように忙しく立ち働き、クリスマスを祝うための準備を進めた。

　ハムを焼き、七面鳥は羽根をむしってフックに吊《つ》り下げた。プディングも買ってある。今年ばかりは時間がなくてプディングを焼く暇がなかったのだ。ありがたいことに、主人の工場で働く労働者の家から娘たちが手伝いに来てくれた。彼女たちはきれいに手を洗い、かわいらしいタータンチェックのドレスと白いエプロンを身につけて、屋敷に招待された町の小さな子どもたちが巨大なクリスマスツリーを見て大騒ぎするのを抑えてまわった。きれいに飾りつけられたツリーは、てっぺんに飾った天使が天井に届くほど高く、子どもたちがまわりを囲んで見上げる場所を探すのに苦労するくらい広間を占領していた。

「ねえ、子どもたちの顔が見えるでしょう、ヘイウッド」マリアンは二階の回廊の陰から小さな客たちを見守りながらささやいた。「あの子たちを招待してくださるなんて、あなたってほんとうに優しいのね」

「きみのためなら喜んでなんでもさせてもらうよ。そうさ、なんだってする」ヘイウッドは感情をこめて言った。

「でも、わたしの作ったサンタクロースの赤い服と白い髭《ひげ》はつけてくださらなかったわ」マリアンはからかうように言った。

「ああ、そうだな。ああいう楽しい役目をアーチーから取り上げるのは申し訳ないと思ったのさ」ヘイウッドは冗談半分に言った。「わたしがきみをどれだけ愛しているか、今日はもう言ったかな、マリアン?」彼はそう言いながらマリアンに顔を近づけた。

階下の広間に集まった子どものひとりが二階を見上げて、ふたりの姿を目ざとく見つけた。「上を見て！　ご主人が奥さまにキスしてるよ！」

子どもたちがいっせいにふたりを見上げた。ベルフィールドの主人とその妻は子どもたちの声に引きずり出されるようにして広間に下りた。小さな招待客たちは歓声をあげてふたりを迎え、口々に感謝の言葉をかけ、ふたりを抱き締め、幸せなキスを浴びせた。

マリアンは微笑みながら幸せを噛み締めた。もちろん、これからもっといろいろな幸福を味わうことだろう。ヘイウッドの妻になってからまだ数日しかたっていない。だがひょっとしたら、来年のクリスマスにはベルフィールド・ミルの花嫁は母親になり、何よりも特別なクリスマス・プレゼントを夫に贈れるかもしれない。

にぎやかな広間で工場長が特製のパンチを入れたグラスを手に持って、声を張りあげた。

「さあ、みんな、クリスマスの乾杯だ！　ベルフィールドのご主人と奥さまに乾杯！　おふたりに神のご加護がありますように」

「幸せかい？」ヘイウッドがマリアンの耳にささやいた。

「もちろんよ。あなたと一緒ですもの」マリアンは愛をこめて答えた。

恋に落ちたマリア

ルーシー・ゴードン

槙 由子 訳

おもな登場人物

ソニア――――英国出身の女性
フランチェスコ――――ソニアの夫
トマソ――――フランチェスコの父親
ジョバンナ――――フランチェスコの母親

1

まもなく列車はベネチアに着く。あと十分、あと五分……。二度と足を踏み入れまいと心に誓った街。列車が潟《ラグーナ》を渡るあいだも、ソニアは窓の外に目を向けようとしなかった。目を向ければ何が見えるかわかっている。まずは冬の日差しを浴びてきらめく青い水面《みなも》。続いて水平線のもやのなかに、瓦《かわら》屋根と金色のドームがしだいに浮かびあがってくる。非の打ちどころのない、どこか魔法めいた、胸躍る風景。それでも彼女は見る気になれなかった。

ベネチア。イタリアでいちばん、いいえ、世界でいちばんすてきな街。かつてソニアはこの街を訪れ、のちに、すべてを運命の過ちのせいにして逃げだした。でも実際、この街の夏の美しさに惑わされたりしなければ、フランチェスコ・バルティーニとの破滅的な結婚に踏みきりはしなかっただろう。今ならそれがよくわかる。彼女はフランチェスコから、そして彼と出会った切ないまでに美しいこの街から、逃げだした。今後二度と、彼にも街にも誘惑されまいと心に誓って。

彼をかつてと同じ目で見てはいけない。ソニアは自分を戒めた。かつてのフランチェスコはいつも笑顔で、自分に対しても、周囲の人間に対しても、肩肘を張っていなかった。ハンサムというわけではない。ハンサムと呼ぶには鼻が大きすぎるし、口も大きすぎる。けれど黒い瞳はうっとりするほどいたずらっぽく輝き、フランチェスコが笑うと、魅惑的な笑顔にあらがうことはできなかった。ソニアは彼の魅力と屈託のなさに、すっかり心を奪われた。同じくフランチェスコもあっというまに彼女に恋をした。まるで、彼女が現れた瞬間、運命の恋人だとわかったように。

〝だって、本当にそうなんだから〟フランチェスコは言った。〝せっかく運命の女性に出会えたのに、どうしてぐずぐずしなければいけないんだ？〟

きみは運命の女性に間違いないと、彼があまりにも自信たっぷりなので、ソニアもそれを信じこんだ。しかしベネチアの美しさと、街のいたるところにちりばめられたロマンチックな輝きが、それを後押ししたのも事実だ。彼女を欺き、休日の戯れを永遠の愛と思いこませたベネチア。その仕打ちを彼女は一生許さないだろう。

だったらなぜ、ふたたび戻ってきたの？

それはフランチェスコの父親のトマソに頼みこまれたからだ。ソニアは彼が好きだった。結婚生活が最悪な状態だったころでも、少し短気で小柄な義父は、いつも愛情を感じさせてくれた。ソニアが出ていく日、彼は泣いた。〝どうかソニア……行かないでくれ……後生だから……お願いだ《ティ・プレーゴ》……〟

名目上は、自分の気持ちを確かめるためにしばらくイギリスへ戻るだけ、ということになっていた。そんなことを誰が信じるだろう。とりわけトマソは。ソニアには戻る気がないことを、彼はちゃんと見抜いていた。

トマソはソニアにとりすがり、人目もかまわず泣きつづけた。その姿を、妻のジョバンナはばかにした顔で眺めていた。愚かなイギリス人の嫁が出ていくからといって、何を泣く必要があるの？　最初から彼女は間違いだったのだ。ようやくフランチェスコが目を覚ましてくれて、やれやれよ。

妻に何を言われてもトマソは泣きやまず、そのうちソニアも一緒になって泣きだした。それでも彼女はフランチェスコの家を出た。ほかにどうしようもなかったから。それなのに、彼女は今、戻ってきた。トマソに頼みこまれて。

「ジョバンナが重い病気なんだ」ロンドンのアパートメントを訪ねてきた日、トマソは言った。「きみに対する態度が間違っていたのは妻もわかっていて、後悔している。家に戻ってきて、和解してやってくれないか」

「家ではないわ。私にとっては、最初から自分の家ではなかった」

「だが、私たちはみんな、きみを愛していた」

たしかにそうだ。ただひとりの例外を除いて、彼らはみんな愛してくれた。あるいは少なくとも好意を持ってくれた。フランチェスコの兄嫁たちも、三人の兄たちも、叔母や叔父、無数のいとこも、みんな笑顔で迎えてくれた。フランチェスコの母親ジョバンナだけが眉根を寄せ、疑わしげな表情でソニアを迎えた。

今さらどうやって戻れというの？　もうすぐクリスマスだというのに。旅行には最悪の季節だ。しかも、フランチェスコとふたたび顔を合わせるなんて。ロンドンでのあの惨めな再会のあとで、いったいどんな言葉を交わせと？　二人の結婚をやり直そうと、彼は最後にもう一度だけ、彼女のあとを追ってきた。そして試みが失敗に終わるや、辛辣《しんらつ》に言葉を吐き捨てた。

〝わかったよ、もう頼まない〟フランチェスコは怒りを爆発させた。〝僕たちの愛には救うだけの価値があるのは、きみにもわかるだろうと思っていたのに。きみに愛の何がわかるというんだ？〟

〝わかっているのは、私たちの愛が間違いだったということだけよ〟ソニアは叫んだ。〝もしあれが愛だったというのならね。ときどき、本当に愛だったのかしらとまで思うわ。ただのきれいな幻影だったんじゃないかと〟

彼は声をあげて自分を笑った。〝なんて都合よく愛を否定できるんだろうな。きみに女性の心があると思った僕のほうがよっぽどばかだ。よくわかった。僕はもう必要ないというわけだ。僕もきみなんかもう必要ない。勝手に地獄へ行くがいい。僕も勝手に地獄へ行くさ〟

フランチェスコのそんな態度を見たのは初めてだった。短い結婚生活のあいだ、彼が腹を立てる場面は何度もあったが、ラテン系らしい短気なところはあっても、一瞬後には怒ったことなどけろっと忘れていた。けれどそのときのつらく決定的な拒絶は、そういう怒りとは違っていた。自分の決意がようやく受け入れられて喜ぶべきなのに、ソニアが感じたのは計り知れない孤独だけだった。

彼女は理性的になろうとした。要するに終わったのだ。これで結婚に幕が引ける。

ところがまさにその翌朝、吐き気をおぼえて目が覚め、状況が一変したことに気づいた。検査を受けたが、結果は疑いようもなかった。ソニアはフランチェスコの子供をおなかに宿していた。その事実を、きみなどもう必要ないと彼が宣言して飛びだした翌日に知ったのだ。

フランチェスコの最後の言葉が、頭のなかで何度もこだました。赤ん坊のことを打ち明けようと電話に手を伸ばすたびに、その声が聞こえた。そしてそのつど手をひっこめ、ついに電話をかけるのをあきらめたのだった。

そういうわけで、ロンドンに着いたトマソは目の前の光景に愕然《がくぜん》とした。

「自分の子供が生まれるというのに、息子は何も知らないのか？」彼は訴えた。

赤ん坊がフランチェスコの子供であることをみじんも疑わない態度に、ソニアは胸を打たれた。そうだった。トマソはどんなときでもこちらの言動を好意的に解釈してくれた。それを思うと、彼の頼みは断りづらかったが、とりあえず彼女は言ってみた。「こんな状態で戻れると思います？」ソニアはせりだしたおなかに手をやった。「フランチェスコが見たら、またしても同じことの繰り返しだわ。忘れるのがいちばんよ」

「心配には及ばない」トマソは請けあった。「フランチェスコは別の誰かを追いかけている」

もう？　ソニアは心のなかの小さな叫び声を押し殺した。フランチェスコみたいな情熱的な男性が長いあいだひとりでいるはずがない。結局、ソニアは彼のもとを去ったわけだから、とやかく言う権利はなかった。

それでも出発前にフランチェスコに知らせるべきだというソニアの主張に、トマソは息子に電話をかけ、彼女には聞きとれないベネチアの方言で何やらしゃべっていた。電話を切ると、彼は言った。「大丈夫。フランチェスコも、子供はきみのものだと言っている。よけいな口出しはしないそうだ」

「よかった」喜んでいると聞こえるように、ソニアは言った。

だって、本当にそうだもの。そうなってほしいと思っていたのだから。フランチェスコが自分の子供に興味がないのは、彼女にとっても好都合だった。それが理性的な考えでないとしても、なんだというの。今や妊娠八カ月になろうとしているのだから、理性的でなくて当然だ。

臨月が近いので飛行機には乗れず、二十四時間かかる列車の旅を選択するしかなかった。初めてのときもそうだった。ぎりぎりになって中しこんだせいで、飛行機の予約がとれなかったのだ。そこでラグーナを列車で渡ってベネチアに入り、輝く街が海のなかに忽然《こつぜん》と姿を現すさまを目にしたのだった。

座席に座ったまま窓際へ寄ろうとしないソニアにトマソが目をやった。「久しぶりに戻ってきたのに、きみを迎えるベネチアの街を見ようとは思わないのかい？」

「だって、美しい幻想にすぎないもの」ソニアは異議を唱えつつも、言葉のとげをとろうと笑みを添えた。「ベネチアは幻想を売るのが商売なのに、私は本気にしてしまった。それが間違いだったの」

「そして今度は、街が美しいからといって非難するのか？　それもまた過ちだ」彼は言い返した。

「街の美しさに恋するあまり、そのことと、ひとりの男性に恋することを混同してしまったのよ」

トマソはそれ以上何も言わず、悲しそうに彼女を見つめている。

「わかりました、見てみるわ」ソニアはトマソを喜ばせるために言った。

ところが目の前の光景は、彼女の予想とまるで違っていた。陽光に輝く金色のドームが、魔法のようにだんだん姿を現すはずではなかった？　そういえば、どうして忘れていたのか。今は十二月の後半。海上に居座った湿っぽい霧のせいで、街の姿はどこにも見えない。しぶしぶながら、ようやくその姿を現したときも、ソニアの心を反映したかのように街は暗く陰鬱《いんうつ》な姿をさらしていた。

駅に着いて荷物を運ぼうとすると、トマソがたちまち怒りだしたので、荷物は彼にまかせるしかなかった。彼は水上タクシーを呼び、運転手にホテルの名前を告げた。コルヌコピアまで、と。

もちろんトマソは、それこそソニアが最初に泊まったホテルだとは知らないはずだ。いいわ。もう一度コルヌコピアに足を運んで、過去の亡霊を消し去るしかない。

駅を出て大運河《カナル・グランデ》が見えたとき、ソニアはなんとか自分を鼓舞した。鉄道駅には水辺に下りていく広い石段があり、対岸にはサン・シメオーネ教会が荘厳な姿を見せていた。三年前、初めてその姿を目にしたとき、ソニアは思わず息をのんだものだ。そしてわずか数週間後、花嫁としてゴンドラに乗り、その場所にたどり着いたときも。けれど今、水路が道代わりのこの街で、トマソに手を引かれて用心深く水上タクシーに乗りこみながら、ソニアはそちらを見ないように気をつけた。

ボートの揺れに軽い吐き気をおぼえたので、両岸をすべるように過ぎていく宮殿《パラッツォ》やホテルは見なくてすんだ。とはいえ、実際に見るまでもなく、水路沿いの建物はよく覚えている。〝リオ〟と呼ばれるひとつひとつの小さい運河も。リオ・デッラ・ペルゴーラ、リオ・デッラ・ドゥエ・トッリ、リオ・ディ・ノアーレ。ボートはしだいにコルヌコピアに近づき、ついにホテルの姿が見えてきた。

コルヌコピアはもともとベネチア貴族の館《やかた》だったところで、それを企業が買いとってホテルに改装し、往年の栄華をとり戻していた。中世的な荘厳さをたたえた外観でありながら内部には近代的な設備が整っているが、全体の雰囲気をそこなわないような心配りがされている。

ソニアの部屋は三階の快適なスイートルームだった。

「疲れた顔をしているよ」トマソが言った。「大変な旅だったね。少し休んだほうがいい。私はいったん家に帰る。何時間かしたらまた迎えに来るから、ジョバンナに会うのはそれからにしよう」

彼は頬にキスをして帰っていった。ひとりになると、ソニアはほっとした。シャワーを浴びて旅の疲れを落とし、重い体をベッドに横たえる。

少なくとも前回とは違う部屋だった。あのときはベネチアガラスの見本市が開かれていて、ホテルは満室だった。ぎりぎりに予約したソニアにあてがわれたのは、誰も泊まりたがらない、建物の最上階だった。

そこはほとんど屋根裏のような部屋だった。それでもバスルームはついていて、ソニアは真っ先にシャワーを浴び、旅の疲れを洗い流した。その後、彼女は初めての海外出張と初めてのベネチアに興奮し、狭い部屋をぐるぐるまわった。そして、この高さなら誰にも見られないと思い、バスタオルをほうり投げて、窓からさしこむ光の筋のなかでうっとりと腕を伸ばした。

ドアが開いてひとりの男性が入ってきた。

ソニアは文字どおり一糸まとわぬ姿だった。しかも伸びをしたポーズは、完璧《かんぺき》な体と長い脚、細いウエスト、豊かな胸を強調していた。そのすばらしい眺めから、彼は二メートルと離れていなかった。

永遠かと思えるほど長いあいだ二人は見つめあったまま、身動きもしなかった。

やがて男性の顔が赤くなった。赤面したのが彼のほうだったことを思うと、ソニアは今でもつい笑ってしまう。

「失礼《スクージ》、シニョリーナ、失礼《スクージ》、失礼《スクージ》……」彼はあわてて後ろへ下がり、ドアを閉めた。

ソニアはじっとドアを見つめた。けれど彼女の目に映っていたのは、たった今出ていった男性の顔だった。なんて表情豊かな、生き生きとした、世界がかすんで見えそうな魅力的な顔。それから彼女ははたと、怒ることを思い出した。

「ちょっと!」ソニアは大声で言い、タオルをつかんでドアへ駆け寄った。廊下には大きな箱がいくつも積みあげられ、屈強そうな男性が二人と、先ほどの男性がいた。「人の部屋にいきなり入ってくるなんて、どういうつもり？」

「でも、ここは僕の部屋だ」男性は抗議した。「少なくとも、そういうことになっていたはずだ。きみがいるなんて誰も教えてくれなかったし、聞いていたら……」彼女の全身を見る彼の目が光った。息をするのもやっとという感じだ。「聞いていたら、もっと早く来ていた」

ソニアの口元がぴくりと動いた。怒りもさることながら、その種のお世辞に慣れていなかったし、彼のまなざしにお世辞以上の何かを感じたのだ。

間の悪いことに、体に巻いたタオルがだんだんずれてきた。二人の作業員がじっと見ているのに気づいて、男性が噛《か》みつくように何か言うと、二人はそそくさといなくなった。

「何かはおってくるわ」ソニアは言い、部屋に戻ってバスローブを手にとった。催眠術にでもかかったかのように男性がついてくる。ソニアはバスルームに入ってもよかったのだが、ふたたび怒りをおぼえた。

「見ないよ」男性はすぐに気づいて、訴えた。

後ろを向いて大げさに目を覆う様子がおかしくて、ソニアは怒っているにもかかわらず、つい笑ってしまった。

「のぞき見もしない」男性が肩越しに言う。「僕は紳士だからね」

「だったら、どうして部屋のなかまでついてくるのよ。とても紳士の行為とは思えないわ」

「これは男としての行為だ」その答えは意味深長だった。

ソニアはローブのひもをしっかり結んだ。「オーケー、もういいわよ」

男性は振り返った。「本当だ」残念そうな声だった。

「私の部屋でいったい何をするつもりだったの？」

「明日からベネチアガラスの見本市が始まるんだけど、このホテルはその最大の会場になる。ここの支配人は僕の友達で、どうせこの部屋には誰も泊まらないから、ガラス製品の保管場所に使ってかまわないと言ってくれたんだ」

「ぎりぎりになって借りることが決まったのよ。たぶんホテルはどこも満室で、街じゅうで空いていたのはここだけじゃないかしら」

「ごめん。事前に確認すればよかった」すまなそうに笑った彼の顔は、最高に魅力的だった。「でもそうしたら、僕たちは出会えなかったわけだね。それは悲劇だ」

全身が喜びに歌いだすのを見破られないよう、ソニアはローブの前をかきあわせた。彼の声にはそういう力がそなわっていた。たった二、三の言葉と目の輝きだけで、彼女は全身を愛撫《あいぶ》されたような感覚に陥った。

彼はほっそりしたしなやかな体つきで、黒い瞳がすてきだった。引きしまった褐色の顔には少年っぽさが残り、これからもずっとそうなのだろうという気がした。ソニア自身も背は高いほうだが、少し癖のある彼の黒髪を見るには、上を向かなければならなかった。

「じゃあ、あなたは見本市の出展者なの？」

「そういうこと。小さな工場を持っていて、展示場所の準備に来たんだ」

「私も見本市が目当てで来たのよ。イギリスのバイヤーなの」

彼の顔が輝いた。「それじゃ、ぜひうちの工場を見学してもらわなくちゃ。ここなんだけど」彼はポケットから名刺をとりだした。「特別な客だけを招待する貴重な見学ツアーで――」

「その前に服を着てもいいかしら」

「もちろんだよ、ごめん。それに僕も、ガラス製品の置き場所を探さなくちゃ」

「階下《した》の展示場所に置かないの？」

「いくらかは置くけど、売れたり、客にあげたり、壊れたりする場合もあるから、予備を近くに置いておく必要があるんだ」

「ホテルは保管場所を提供してくれないの？」

「もちろん提供してくれたけど、持ってきたのがちょっと多すぎたみたいで。なんとかなると思ったものだから」

のちにソニアは、それが彼のいつものやり方なのだと思い知った。とりあえずルールを曲げておいて、実際的な問題についてはあとから心配する。しかもたいていは、それでなんとかなっていた。なぜなら、彼にはそれだけの魅力と自信があったから。そのときも、会ってまだ十分ほどしかたっていないにもかかわらず、ソニアは気がつくと自分から申し出ていた。「私ならかまわないわよ、そんなにたくさんでなければ」

「大した量じゃないんだ。ほんのちょっと。たぶん、あっても気がつかないよ」

実際には、大きな箱が十箱あった。けれど彼女がその危険性に気づいたのは、本当にすべてを運びこみ、部屋のなかで身動きがとれなくなってからだった。そして気づいたときには、やっぱり箱は外に出してほしいとは言えなかった。それどころか、彼女は自分も箱を運ぶ手伝いをしていた。みずから手伝うと申し出たのだ。

「気にしないで」ソニアは明るく請けあった。「展示場所の準備ができたら、それほどでもなくなるでしょう」

「展示場所の準備はできてるんだ。これはすべて予備だよ。たしかにちょっと部屋が狭くなったかな」

ソニアは恨みがましく彼をにらんだ。

「まあ、仕方がない」彼がため息をついた。「食事でもおごるしかないだろうな」

「無理よ」ソニアはむっつりと答えた。

「どうして？」

「だって私の服はみんな衣装だんすのなかだし、その衣装だんすはあなたの箱で完全にふさがっているもの」

衣装だんすの扉の前を空けるのに、十分かかった。その後も彼は、ソニアが服を選ぶのをほうっておいてはくれなかった。

「それじゃない」彼は、ソニアが今回の旅行のために買った濃い青のシルクのドレスを却下した。「そのシンプルな白い服。そっちのほうがずっときみに似合っている」

そのころまでには、ソニアは議論する気をなくしていた。それどころか、口をきく気力もなくなっていた。

「一時間後に電話する」彼はドアを半分出たところで振り返った。「ところで、きみの名前を教えてくれないか？」

「ソニアよ」彼女はぼうっとした頭で答えた。「ソニア・クローフォード」

「ありがとう《グラツィエ》、ソニア。僕はフランチェスコ・バルティーニ」

「やっと教えてくれたわね」

彼はにっこりした。「そう、お互いもっときちんと自己紹介するべきだったね。その、きみがああいうことになる前に、というより僕がああいうことになる——」

「出ていって」ソニアは猛然とどなった。「自分の身が安全なうちに出ていって」

「美しいシニョリーナ、あのドアを開けてからというもの、僕の安全は失われてしまったよ。そしてはっきり言うなら、きみの安全もね」

「出ていってよ！」

「一時間後だからね」

彼はいなくなった。そのとたん、部屋の明かりも消えたような気がした。閉じたドアを見つめながら、ソニアは何か投げつけたい衝動にかられる一方、このまま彼の笑顔に屈したいという、より大きな衝動にさいなまれていた。

そしてさらに腹立たしいことに、シンプルな白のドレスは、たしかに彼女にぴったりだった。


気がつくと、ソニアは笑みを浮かべていた。たとえ終わりは悲惨でも、愛の始まりは日差しと喜びに満ちあふれていた。フランチェスコはあのとき三十三歳だったにもかかわらず、お調子者で、楽天的で、衝動的で、まるで少年のようだった。のちに家庭の暴君となった彼や、最後に会ったときの辛辣な態度の彼を覚えているより、最初のころの彼を覚えていたほうがいい。

そうはいっても、終わりはやはり避けられなかったでしょうとささやく声を、どうすることもできない。フランチェスコが彼女の体をじっと見つめたあの瞬間、称賛の笑みを浮かべていたあの瞬間から、二人のあいだに芽生えたものは誤りだった。

今でも意識を集中すれば、わびしいこの部屋を視界から消して、彼の顔にはっきりと見てとれたショックと欲望の芽生えを思い出すことができる。彼を見るだけで感じた幸せを感じることができる……。

ソニアはかろうじて現実に立ち戻った。そんなことを考えてどうなるというの？

ドアをノックする音に、彼女ははっとした。どれくらい時間がたったのだろう。病院へ連れていくためにトマソが迎えに来たに違いない。彼女はゆっくり戸口へ向かい、ドアを開けた。

しかし、それはトマソではなかった。フランチェスコ。そして、妊娠したおなかにそそがれた彼の目は、またしても激しいショックを表していた。

2

「なんてことだ《ミオ・ディオ》！」フランチェスコは小さくつぶやいた。息をするのもやっとという感じだった。「ああ、まったく！」

部屋に入ってドアを閉めながら、彼はソニアに非難のまなざしを投げつけた。

「よくも黙っていられたものだな」

「だって……知っていたはずでしょう」彼女は抗議した。「あなたのお父さんが電話で話していたじゃない。あのとき……」彼女ははっと気づいた。「言わなかったのね？」

「ひと言も聞いていない」

「まったく、お義父《とう》さんのやりそうなことだわ！　本当に、あなたたち家族ときたら！　だからベネチア方言で話したのね。よほどゆっくり話さないと私には聞きとれないとわかっていたから。電話のあと、お義父さんはあなたに子供のことを話したと言っていたのよ。別に興味はないらしいって」

「それで、きみは信じたわけか？」その声には非難がこもっていた。

「そうよ。だって、あなたにはすでに別の誰かがいると言っていたもの。それに……ああ、信じられない！」

「たぶん父は、僕にも知る権利があると思ったんだろう」フランチェスコは皮肉をこめて言った。

ソニアは、〝僕の子供なのか？〟ときかれるのを待った。けれど彼はきかない。トマソと同じく、フランチェスコはおなかの子供が自分の子だとみじんも疑っていない。ソニアの胸に、ささやかなぬくもりがよみがえった。本当に善良な人たち。親切で、どんなことも善意で解釈しようとする。それなのに、どうしてこの人たちと暮らすのがあんなに難しかったのだろう？

「言っておくけど、父を責めるつもりはない」フランチェスコは言った。「きみを連れてくるには、嘘《うそ》をつくしかなかったんだろう」

「じゃあ、あなたのお母さまが病気だという話も嘘なの？」

「いや、それは本当だ。心臓が弱っていて、数日前に倒れたんだ。きみを病院まで連れてきてほしいと、母に頼まれた」

ソニアは、いつもせわしなく立ち働いていた大柄な女性を思い出した。ジョバンナはつねに家族を支配していた。ソニアだけはそれを拒んだ。ジョバンナの支配は、家族の暮らしの隅々にまで及んだ。ほかのみんなはそれを自然なこととして受け入れ、ときには笑いの種にし、肩をすくめてやりすごした。しかし十六歳からひとりで生きてきたうえに、それよりはるか以前から自分のことは自分で決めてきたソニアにとっては、耐えがたかった。そんなジョバンナの疲れを知らない心臓が、力を失いつつある。まるでこの世の終わりだ。

「命に別状はないんでしょう?」彼女は尋ねた。

「わからない。あんなに疲れた様子を見るのは初めてだ。なんというか、戦う気力がうせてしまった感じで」

「あなたのお母さんが?」

「ああ」フランチェスコは沈鬱《ちんうつ》な面持ちで答えた。「僕の覚えているかぎり、母はいつも何かしら誰かに突っかかっていたのに、今はただベッドに横になって、きみに会いたいと繰り返すばかりだ」

「どうして? 私のことは最初から気に入らなかったのに」

「きみだって母を気に入っていなかっただろう」

「お母さま自身が好かれたがっていなかったからよ。ねえ、また同じ議論の蒸し返しだわ」

「たしかに、さんざんやったな」

「しかも、答えはいつも出なかった」

こうして最初の数分間は気まずい口論のうちに過ぎ、第一ラウンドが終わった今、二人はそれぞれのコーナーに戻って力なく互いを見つめた。

最後に会ったときから半年のあいだに、フランチェスコは少し太ったようだ。彼のまなざしには、これまで見たことのない疲れた感じがうかがえ、ソニアの胸は痛んだ。彼の瞳はいつも喜びに輝き、いたずらっぽく踊っていたのに。それを見ると、彼女まで踊りだしたくなった。それが今や、彼の瞳はダンスをやめ、輝きも消えて、あたりは寒々とした空気に包まれている。

「あなたのお母さまはどこにいるの？」ソニアは尋ねた。

「サン・ドメニコ病院だ。そんなに遠くない」

ほかの街なら車で行くところだが、水路が道代わりのこの街に車は走っていない。そこで二人はホテルを出てから広場を横切り、迷路のような狭い路地に入りこんだ。

ソニアはコートの前をかきあわせ、身を震わせた。濃い霧がたちこめ、薄暗い路地で前方を見きわめるのは難しい。家々の窓辺に灯《とも》る明かりとクリスマス用に飾られたカラフルな照明だけははっきりと見える。包みを抱えた人々が、笑みを浮かべて、せわしなく通りを行き来している。クリスマスのこの時季、たとえ天気は陰鬱でも、ベネチアの人たちはお祭り気分に浮かれているようだ。

角を曲がると、狭い水路のそばに出た。雨粒が水面に落ちている。ここには街灯も、人けもなく、湿気をおびた寒さだけがたれこめていた。

ふと、自分たちが向かっている方向に気づいてソニアは指摘した。「道が違うわ」

「病院へはこっちのほうが近道だ」

二人はさらに角を曲がり、ソニアの見たくなかった場所にたどり着いた。リストランテ・ジミノーラ。初めて見たときと、まったく変わっていない。フランチェスコが振り返った。

「なるほど、口で言うほど何も感じていないわけではないんだな」

それでは、どれだけ感じているかは知っているのだろうか。ソニアは思った。やっぱり戻ってくるんじゃなかった。つらすぎる。彼女は鋭く息を吸った。弱気になってはだめ。ソニアはなんとか肩をすくめてみせた。

「たしかにこれがいちばんの近道ね。さっさと行きましょう」

レストランの前を通りすぎるときも、彼女はそちらを見ないようにした。フランチェスコに初めて連れてこられて、互いに恋に落ちた晩のことを思い出したくなかったから。今から二年半前。あれは別の世界の出来事だ。太陽が光り輝き、この世に不可能なことなど何もなかった。

フランチェスコの言ったとおり、シンプルな白のドレスは彼女にとてもよく似合っていった。ソニアは三つのアクセサリーを試したあと、最終的に、銀の台座にトルコ石をあしらったネックレスを選んだ。

　続いて髪にとりかかった。彼女の髪は明るい茶色で、ウエーブのかかった豊かな髪が背中のなかほどまで伸びている。上げるべきか、下ろすべきか。下ろしたところは、もちろん、さっき彼も見た。厳密にいえば、髪を見ていたわけではないけれど。ソニアは思い出して、笑みを浮かべた。決めた、アップにしよう。

　ソニアは自分の顔をじっくりと眺めた。フランチェスコには最高の姿を見せたかった。家族の支えも足かせもなかった彼女は、十六歳になった三日後には、ひとりで世の中に踏みだしていた。以来、ずっと仕事中心に生きてきた。美しい肌と均整のとれた顔立ち。表情豊かな大きな青い瞳。自然が与えてくれたそれらの資産を、ソニアはメイクアップの力を借りて強調することに慣れていた。ところがそのときは、そうやって自分の顔をじっくり観察したにもかかわらず、きたるべきトラブルの兆候にまったく気づかなかった。すなわち、美しいけれども、わずかにかたくなな唇。それはあまりにも若くして、あまりにも多くの困難を生き抜いてきた女性の唇だった。不幸ゆえにソニアの唇はかたくなで意固地になり、彼女がもっとも求めてやまないものを、逆に遠ざけていた。

　とはいえ、その時点では、兆候はさほど目につかなかった。夢に見たあこがれの街で、喜びと興奮に包まれ、唇はいつでも笑みを浮かべる用意ができている――そう考えたあと、ソニアは訂正した。いいえ、笑みにかぎらず、何が待ち受けていようと心の準備はできている。

約束の五分前にドアをノックする音がした。ドアを開けると、そこには誰の姿もなく、足元にみごとな赤いばらが置いてあった。それを苦心して髪に飾ったところへ、二度目のノックが聞こえた。

今度はフランチェスコがいた。彼はすぐにばらに目をとめた。

「ありがとう」彼はあっさり言った。

ソニアは行き先をきかなかった。場所なんかどうでもよかった。階段を下りると、フランチェスコは彼女の手をとり、陽光のなかへ連れだした。ソニアは生まれて初めて日の光を知ったような気がした。二人は広場を横切って日差しの届かない路地に入り、角をいくつか曲がって、さらにいくつかの通りを歩いた。どの通りも前の通りとそっくりだった。

「いったいどうやって道を覚えるの?」ソニアは不思議に思った。

「カッレのことは、生まれたときから知っているからね」

「カッレ?」ソニアは聞きなれない言葉の響きを味わった。

「路地と言えばいいのかな。散歩したり、近所の人と立ち話をしたりする、小さな通りのことだよ」

フランチェスコの声の響きに何かを感じて、ソニアはふと尋ねた。「そのカッレを、あなたは愛しているのね？」

「石や煉瓦《れんが》のひとつひとつまでね」

最後のカッレを抜けると、ソニアは思わず足を止め、大運河《カナル・グランデ》に映る日差しのまぶしさに目をしばたたいた。フランチェスコはつないだ手に力をこめ、彼女を人目につかない水際のテーブルに引っ張っていった。彼がコーヒーを注文するあいだ、彼女は運河をせわしなく行き交う船を眺めていた。ベネチアじゅうの船が繰りだしているのではないかと思うほどだった。運河の上に大きな橋がかかり、橋の両側に建物が並んでいる。

「あれがリアルト橋だよ」フランチェスコが説明した。「きみの国のシェイクスピアが書いた戯曲を覚えているかい？『ベニスの商人』にシャイロックという高利貸しが出てくるだろう」

「〝リアルト橋の今日の話題は？〟というせりふがあったわね」ソニアは思い出した。

「当時は商業の一大中心地で、金銭の取り引きはすべてここで行われていたんだ。今はほとんどが雑貨や食料品の店だけどね」

「それにしても、すごい船の数ね」彼女は声をあげた。「ゴンドラやモーターボートがこれだけひしめいていて、よくぶつからないものだわ。白い屋根のついたあの長い船は何？」

「あれはバポレット。水上バスだよ。カナル・グランデを定期運行しているんだ」

その後、ソニアが人々の生活と鮮やかな色彩にぼうっと見とれているあいだ、フランチェスコはずっと押し黙っていた。ソニアは彼にききたいことが山ほどあったが、今はまだそのときではないという気がした。今はここにいるだけで充分だった。周囲の美しい眺めと魔法にうっとりとなり、それとは別の、もっと古い普遍的な魔法が忍び寄るのを感じているだけで。ソニアは横目で彼の様子をうかがった。だがそうするまでもなく、彼が笑みを浮かべてこちらを見ていることは知っていた。

「コーヒーを飲みおわったのなら、もう少し歩こうか」ようやくフランチェスコが言った。

二人は立ちあがってふたたび手をつなぎ、リアルト橋へ向かった。

先ほど彼が話したとおり、橋の上は活気に満ちた市場になっていて、ちょうど店じまいの時間にさしかかるところだった。フランチェスコは小さな出店に立ち寄り、桃を二個とって、ソニアにひとつ手渡した。丸々と太った店主は満面の笑みを浮かべている。フランチェスコの続く言葉を聞いても、まるで気にする様子もない。

「おまえのところの桃は相変わらずだな。でもまあ、僕が二個引きとってやるよ」その言葉を残し、フランチェスコは歩きつづけた。

「ちょっと」ソニアはあわてて追いかけた。「お金を払わなくていいの?」

「お金?」彼は驚いたようにきき返した。「自分のいとこに金を払うのか?」

「今の人、いとこなの?」

「ジョバンニだよ。あいつは奥さんに怒られるたびに、うちに来るんだ。そのたびに僕は、奥さんのご機嫌をとるためのきれいなガラス細工をひとつやるのさ」

「その奥さんはよく怒るの？」

フランチェスコは少し考えてから答えた。「あいつはそれなりに良き夫ではあるんだが……女性に目がなくてね。ガラス細工の在庫が底をつきそうだし、果物代はもう何年も払っていないな」

ソニアはくすくす笑った。とてもまともな話とは思えない。それでも、まるで別の惑星に来たように生活のルールがまったく違うこの街で、彼女はふだんの緊張と警戒心を解き、のびのびとした気分を味わえた。

その後も、最初の夜には忘れられない出来事が山ほどあった。それらは漠然とつながって感じられることもあれば、ひとつひとつの詳細が鮮明に思い浮かぶこともあった。ベネチアの通りは曲がるたびにどれもそっくりで、まるで街全体が一本の小さな通りでできているような印象を受ける。けれどその晩、フランチェスコに連れられて食事に出かけたリストランテ・ジミノーラのことは、今も彼女の脳裏にはっきり焼きついていた。

こぢんまりした店に入ると、店主がフランチェスコに大声で挨拶《あいさつ》し、二人を窓際のテーブルに案内した。メニューを見て、ソニアは笑いだした。それは三カ国語で書かれていた。英語の部分はかなりいい加減に訳されている。

「〝スカンブ・エッグ〟って、いったい何？」彼女は笑った。

「〝スクランブル・エッグ〟じゃないかと思うよ。自信はないけど」

「〝グリーム・ビーンズ〟は？」

「たぶん同じ人間のしわざだろう。〝ローツ・ポテト〟も」

彼はワインと生ハムを注文した。

「きみのことを教えてくれないか」フランチェスコは言った。「きみのすべてを知りたい」

ソニアは冗談で答えた。「私のすべてなら、その目でとっくに見たでしょう」

「頼むよ」フランチェスコは懇願した。「思い出させないでくれ」

「そんなにおぞましい記憶なの？」ソニアはからかった。

フランチェスコはたっぷりと含みをこめて彼女を見つめた。「本気で答えを知りたいのかい？　それなら教えてあげるよ。ただし、もっとあとで、二人きりになってから」

ソニアは走る列車にしがみついているような錯覚に陥った。ほんの二時間前には出会ってもいなかったのに。二人は今、まっしぐらに情熱への道を突き進もうとしている。

フランチェスコが彼女の体を目にした瞬間から、情熱はそこにあった。彼の目には、ショックと称賛があらわになっていた。

「いいわ、私のことね」その声は、どことなく不安定な響きをおびていた。「私はイギリス人よ。小物を扱うチェーン店で働いてる。ギフト商品や、ノベルティグッズ、ガラス製品や陶器などを扱う店よ。つい最近、事業拡大を狙《ねら》うグループに買収されて、ベネチアガラスに手を広げてみることになったの。話は今週決まったばかりで、私の出張がぎりぎりになって決まったのも、そういうわけ。私にとっては初めての大きな任務だし、絶対に成功させるつもりよ。ベネチアを見るのも生まれて初めて」

「順序が逆だよ」彼はむっつりと指摘した。「ベネチアを初めて見たことのほうが重要だ」

「それは、あなたがベネチアの人だから――」

「そう、僕はベネチアの人間だ。だから、この街が世界の奇跡だということも知っている。きみもひと目見たからには、一生忘れられないはずだよ」先ほどまでの陽気な感じが薄れ、何か根源的なことを話しているのは察しがついた。ソニアはもっと聞いていたかったが、フランチェスコは笑みを浮かべて言った。「続きを聞かせてくれ。家族は?」

「家族はいないわ。両親とも亡くなったの。ガラス製品については、芸術に関する大学の夜間コースで勉強したのよ。夢は、いつか自分の店を持って、世界じゅうから最高のガラス製品を集めること」

彼はわざと顔をしかめてみせた。「ベネチアガラスだけで充分じゃないか。ほかのガラスなんかほうっておけばいい」

「でも、ほかの国にもいいガラスはあるわ」

「ベネチアの比ではない」彼は断言した。

フランチェスコが本気かどうか見きわめるのは無理だった。けれど彼の目は、ずっといたずらっぽく輝いている。ソニアは結論づけた。とりあえず、この魅力的な男性の言うことはすべて割り引いて聞いたほうが安全だと。

「私の意見は、保留ということにしておくわ」ソニアは言った。そう簡単に勝ちを譲るわけにはいかない。

「もちろん」彼はあっさり同意した。「そのほうが、ベネチアガラスが最高だということを自分で発見できるからね」

「あなたがそう言うのなら。ねえ、今度はあなたのことを聞かせて」

「僕はフランチェスコ・バルティーニ。両親はトマソとジョバンナ・バルティーニ――」

「ひとりっ子でしょう」ソニアはすかさず言葉をはさんだ。

「もちろん。ただし、兄のルッジエロとマルティーノとジュゼッペを別にすればね」

「絶対に嘘よ」ソニアは笑った。

「まさか。本当だよ。なぜ僕がひとりっ子だと思うんだい?」

「だって、あまりにも自信たっぷりなんだもの。まるで――」

「甘やかされて育ったと言いたいのか?」彼は挑戦的になった。「当たっているかもしれないな。ひとりっ子ではないけど、末っ子だからね。ほとんど同じようなものだ」

「甘やかされて育ったの?」ソニアは笑いながら尋ねた。

「腐るほどね。だからこそ、外の世界に飛びだす最初のチャンスに飛びついて、独立したのさ。銀行からいくらか融資を受けて、ムラーノにあった工場を買ったんだ」

「ムラーノって？」

「潟《ラグーナ》にある島のひとつだよ。ここでは島ごとに専門の技術を持っているんだ。トルチェッロは漁業、ブラーノはレース製品、ムラーノはガラスというふうに。その工場はもう生産をやめていたんだけど、僕はなんとかしてみせると銀行の支配人に持ちかけた。信じてもらえなかったよ。なにしろ当時、僕はまだ二十二歳だったから。それでも何度もしつこく相談に行くうちに、とうとう僕を黙らせるためにイエスと言わざるをえなくなったのさ」

「信じられないわ」ソニアは笑ったが、本当は信じていた。

フランチェスコに穏やかに尋ねられ、彼女は気がつくと、これまで誰にも話したことのない生い立ちを話していた。両親とも亡くなったという言葉だけでは、五歳のときに父が自分と母を捨てて出ていったときの計り知れない痛みは伝わらない。以来、ソニアはずっとひとりだった。母は精神のバランスを崩して自分の殻に閉じこもり、二度ともとには戻らなかった。最初の数年は母も努力し、幼い娘の世話をしようと奮起することもあったが、たいていは逆に娘から世話をされていた。

父にいたっては、本当に死んだのかどうかさえわからない。二十年近くなんの音沙汰《おとさた》もないから。母はソニアが十二歳のときに亡くなり、それ以後彼女が福祉の世話になったのは、むしろ幸運だったのかもしれない。

「里親になってくれた人たちに同情するわ」ソニアは苦々しげな口調で告げた。「私は自分のことも母のことも管理する癖が身についていたから、人に管理されるのが我慢できなかったの。三つの里親家庭を経験したけど、どこの家も、私が出ていくときは大喜びしていたわ」

「そんなことはないと思うよ」

しかし、実際そうだった。とはいえ、ソニアは混乱続きの人生をこまかく説明する気はなかった。子供のころに強すぎるほどの独立心を培った彼女は、結局それを放棄することができず、十六歳で独り立ちした。勉強ができたことが身を助けた。それだけで充分な気がした。美しく才能あふれるソニアは、またたくまに周囲の称賛を集めた。人間関係が長続きしないのは仕事のせいで、仕方のないことだと思っていた。ほかにも理由があるかもしれないとは、当時まだ気づいていなかった。そしてまさにその魔法の夜、生まれて初めて心のとろけるような感覚を味わった彼女は、いつも身にまとっている固い殻をあっさり脱ぎ捨てた。

新鮮な自由の感覚に恍惚《こうこつ》となり、ソニアはいつまでも話しつづけた。ふと見上げると、フランチェスコがじっと見つめていた。彼女の喉元に何かがこみあげた。世界が静止したような感覚のなかで、二人は見つめあった。

その後、ソニアは反撃に転じた。言葉を並べたてることで、真実を覆い隠そうとしたのだ。けれど心のなかでは、もうあとには戻れないとわかっていた。

レストランを出たときには、すでに外は暗かった。フランチェスコは、それまでどんな男性もしたことのない行動に出た。ごく自然に、まるで意識する様子もなく彼女の手をとり、裏通りにある小さな教会へ連れていったのだ。

「おいで、友達に会わせたいんだ」彼はそれしか言わなかったので、ソニアは当然のように司祭の姿を探した。

ところがフランチェスコに案内されたのは、祭壇の近くにある、花瓶などを置くための小さなくぼみだった。そこには聖母マリアと幼子イエスの像があり、像の足元にはろうそくが灯っていた。

「子供のころ、このマリア像が気に入って、よく来るようになったんだ」彼は打ち明けた。「彼女は特別なんだよ」

彼の言いたいことはソニアにもわかった。その像は、ほかのマリア像のように、悲しげでよそよそしい感じがまったくなかった。ぽっちゃりとして、陽気で、たくましい家庭の主婦のようだ。腕に抱いた赤ん坊も、楽しそうに笑いながら外の世界に手を伸ばしている。

「何か特別な友達のような気がして、彼女にならなんでも話せた」フランチェスコは言った。「僕の悩みをじっと聞いてくれて、絶対に文句なんか言わなかった。たとえ僕が悪いときでも」

「ずいぶん悪さをしたの？」

「それはもう。彼女はいつも残業さ」

フランチェスコは自分もろうそくに火を灯し、そこにあったろうそくの列に加えた。それから笑みを浮かべ、あろうことかウインクをして、教会をあとにした。

「聖母マリアにウインクしたの？」外に出ながらソニアは尋ねた。

「彼女なら気にしないよ。僕を知っているから」フランチェスコはふいにソニアの両手をとった。「今までこれは誰にも話したことがないんだ。僕は頭が変だと思うかい？」

「いいえ」ソニアは静かに答えた。「すてきだと思うわ」

そのあとはどこを歩いたのだろう。ソニアはいまだにわかっていなかった。観光客が訪れる場所からはずれた狭い裏通りにこそ、本当のベネチアは息づいている。彼女が覚えているのは、敷石に響く足音と、暗く細いカッレ。街灯から街灯までの距離が離れているので、あいだには必ず闇《やみ》があり、恋人たちに場所を提供していた。

そんな闇のどこかで、フランチェスコはソニアを腕に抱き寄せ、唇で彼女の唇を探りあてた。それはいわば、その日の午後に始まった一連の出来事の頂点であり、ソニアは喜んで受け入れた。

それまで彼女は、最初のデートでこれほどあっさり男性の腕に抱かれたことはなかった。けれど水路の流れとともにたちまち過ぎゆく時間のなかで、急いでつかまえなければ、魔法は消えてしまう。それにフランチェスコは、ほかのどんな男性とも違っていた。キスが激しさと勢いを増すにつれ、彼に抱きしめられたいという思いはさらにつのった。

フランチェスコが顔を上げ、薄明かりのなかで彼女を見つめたとき、彼の表情の何かがソニアの胸を高鳴らせた。彼の震えを察し、ソニアは抱きしめられるのを待った。それなのに、彼は意志の力で自分を制した。

「行かなきゃ」フランチェスコが言った。

二人は裏路地をさまよいつづけたあと、ふいにカナル・グランデのそばに出た。小さな石段が水のなかに続いている。ソニアが石段を下りると、フランチェスコもあとに続いた。清く正しい決意は早くも崩れ去り、もう一度キスするつもりだった。そうしてお互いの腕に抱かれて立っているところへ、大きな船が運河の向こうから近づいてきた。岸に波が広がり、彼女の両足が水につかった。

大枚をはたいて買った靴なのに。だが魅惑的なその夜、ソニアは急に、靴を駄目にしたこともひどく滑稽《こっけい》に思えてきた。とまどいながら謝るフランチェスコをよそに、ソニアは彼に寄りかかり、身を震わせて笑った。

「僕がきみに恋したのは、あのときだよ」ハネムーンの際に彼は打ち明けた。

「あら、初めて見たときではなかったの？」ソニアはからかった。

「いや、きみのきれいな体を見たときは、絶対にベッドに連れこもうと思っただけだった。でも靴が濡《ぬ》れて笑いだしたきみを見たとき、僕は完全に心を奪われた。それで結婚しようと決心したんだ」

「本当に？　本心から？」

「そうとも。要するに、きみに選択の余地はなかったのさ。さあ、おいで」

ソニアは笑いながら彼の腕に抱かれた。フランチェスコがなんでも自分の思いどおりにしようとすることも、そのころは楽しいジョークにすぎなかった。どうして気にする必要があるだろう。ソニアも同じことを望んでいたのだから。もちろん、ずっとそうだと思っていた。だから、あえて口に出すこともなかったのだ。

3

　翌日からガラス製品見本市が始まった。朝食を終えてソニアがコルヌコピアの大広間に入っていくと、そこでは大勢の人々が開始間際の準備に追われていた。フランチェスコはすぐに見つかった。携帯電話で話している。ソニアに手を振り、そばへ来るよう合図したので、彼女は笑みを浮かべて近づいていった。これだけの人前では彼もキスしないだろうけれど、彼女だけに輝くまなざしを向けてくれるかもしれない。もしかしたら何か特別な、親密な言葉をかけてくれるかもしれない。

　ところが、彼は開口いちばん言った。「出かけるなら部屋の鍵《かぎ》を貸してくれないか。必要なものを出せるように」

「え、ええ」ソニアはおぼつかない思いで答え、なんとか気をとり直して、鍵をとりだした。「はい、どうぞ」

「ありがとう。ゆうべはよく眠れたかい？」

「それほどでも。夜中に箱が落ちてきて目が覚めたわ」

「それは大変だ！　何か壊れなかった？」

「大丈夫、これっぽっちも傷ついてないから」その口調にはいくらかとげがあった。

「私も含めて。ご心配ありがとう！」

フランチェスコはにやりと笑ったが、答える前に電話が鳴った。「それじゃ、またあとで」彼は背を向けてしまった。

私は何を期待していたのだろう。ゆうべの恋人が、今朝はすっかりビジネスマンに戻ってしまった。私との時間は……〝またあとで〟。

見本市は全部で五つのホテルが会場になっていた。ソニアは残る四つの会場を入念に見てまわった。営業担当者と話をし、在庫を確認して、いくらか注文もした。そのあいだ、彼女はひたすら機械のように動いていた。頭のなかにはある男性が居座ったきり、出ていこうとしない。彼はそこに腰を据えたまま、いたずらっぽく笑みを向け、しょっちゅう昨夜のことを思い出させる。彼の唇に押しつけられた感覚を思い出してソニアの唇がうずき、きたるべき夜を待ちこがれた。

その日彼女は、ありったけの自制心をかき集めて、コルヌコピアに帰る時間を遅らせた。そして一日の終わりに、ようやく自由の身になった。見本市は盛況で、大広間は今も人でごった返している。ソニアは〈バルティーニ・ファイン・ガラス〉の展示場所を目指して進み、期待のこもった目でフランチェスコを捜した。

いない。

眼鏡をかけた若い男性がひとりと、事務的な感じの若い女性が二人いて、熱心に客と話しこんでいる。しかし、フランチェスコの姿はどこにも見当たらない。

片方の女性が客との話を終えたのを見計らい、ソニアは名刺を見せて、そつなく尋ねた。

「シニョール・バルティーニとお話ししたいんですけど」

「申し訳ありませんが、今日はもう戻りません。顧客と食事の約束がありまして」

ソニアはみぞおちに一撃を食らった気がした。私に会うまで待たずに消えてしまうなんて。彼女はふいに、自分がどうしようもない愚か者に思えてきた。フランチェスコは私の部屋を使いたかっただけなのだ。ロマンチックで大げさな態度は、それを手に入れるための手っとり早い手段にすぎなかった。とどのつまり、彼はイタリア人だもの。そうでしょう?

月の光とゴンドラと魔法。でも要するに、彼はあのとき、あそこ以外に箱を置く場所がなかったというだけのことだ。

急いで部屋に戻ってみると、案の定、箱はひとつ残らず消えていた。フランチェスコは都合のいい部分だけ手に入れて、お礼のひと言もなく行ってしまった。

ソニアはぱらぱらと手帳をめくった。今日は一日、仕事に精を出したし、これ以上、ここに残る理由は何もない。発《た》つのは早ければ早いほどいい。彼女は憤然として荷造りにとりかかり、持ってきた服をおそろしく整然と片づけていった。今夜彼のために着るつもりだったドレスは、これ以上ないほど薄くたたんだ。そんなふうにして怒りを発散させたあと、彼女はフロントに下りていった。

「チェックアウトをお願い。モーターボートを呼んでもらえないかしら」

いくらも待たずに、ソニアは鉄道の駅へ向かっていた。次の列車に乗って、何もかもきれいさっぱり忘れてしまおう。彼女は理性的に自分に言い聞かせた。

しかし、駅で問題が待ち受けていた。列車は五分前に出たばかりで、次の列車まであと三時間もあるという。

ああ、ほんとに最高。

ほかにすることもないので、ソニアはプラットフォームに座り、フランチェスコの悪口をぶつぶつと並べたてていた。そしてもう一度最初から言ってやろうとしたとき、必死で彼女を呼ぶ声がした。「ソニア！」見ると、プラットフォームをフランチェスコが全速力で駆けてくる。腕を振りまわし、最後の望みが消えてしまうと言わんばかりのあわてぶりだ。

一瞬、ソニアはその光景を楽しんだ。何か得をしたような気分だった。立ちあがり、苦笑いを浮かべて彼と向きあった。

フランチェスコは鋭く息を吸い、一気に言葉を吐きだした。「どこへ行く気だ？　ずっと捜していたんだぞ。一日じゅう待っていたんだからな。ホテルにきいたら、チェックアウトしたというじゃないか。気が変になるかと思ったよ」彼は、ほぼひと息でそれだけ言いおえた。

「ずっと仕事をしていたのよ」ソニアは憤りとともに答えた。「見本市の会場をひとめぐりして、最後にあなたの展示場所を訪ねたら、帰ったと言われたわ。お客さんを接待するんでしょう。こんなところで何をしているの？」

「目の前の不器用で短気な女性を捜していたんだよ。男が自分に恋していることにも気づかない、鈍い女性をね。明日は一緒に過ごすために、今日のうちにできるだけ仕事を片づけようと頑張ったら、きみが消えてしまった」

「私が消えた？　消えたのはあなたのほうよ」

「電話するよう伝言を残したはずだ」

「聞いてないわ」

「きみの部屋へ行ってみたら、もぬけの殻だった。きみを失ったんじゃないかと思って、ここまで走ってきたんだよ……」フランチェスコは彼女の両手をとった。「でも、やっと見つけた。もう二度と放すものか」

　彼の腕に抱き寄せられ、ソニアはひしとしがみついた。安堵《あんど》感と幸福感にのみこまれそうだった。もしもまだきみが充分に理解していないと困るからと、フランチェスコは決然と唇を重ねた。そしてソニアも、にやりとして通りすぎていく人々にかまわず、キスを返した。

「あなたって、頭がどうかしているわ」ソニアの声はかすれた。「本当にどうかしているわよ」

「わかってるよ、いとしい人」フランチェスコは彼女の髪にささやきかけた。「わかってる」ソニアの荷物を持ちあげる。「急いで戻ろう。今から着替えてディナーに行ける」

「でもあなたは――」

「みんなにきみを紹介するんだよ。見せびらかしたいんだ」フランチェスコはしっかり彼女を抱き寄せ、プラットフォームを歩くあいだ、腰にまわした腕をずっと離そうとしなかった。

ところがホテルに戻ると、問題が待ち受けていた。ソニアが出ていったあと、ほかの客が部屋にチェックインしていたのだ。

「というわけで」彼女はがっかりした。「もう部屋はなくなったわ」

「泊まる場所ならあるよ」フランチェスコはおずおずと申し出た。「僕のアパートメントに誰も使っていない部屋がある」

「ええと……」

「大丈夫、教会のなかと同じくらい安全だよ。ドアの鍵はきみに渡して、僕は冷たいシャワーで頭を冷やすから」

「ばかなこと言わないで」ソニアは吹きださないよう懸命にこらえた。

「頭を冷やさなくてもいいのかい？　すごい！　それじゃ、僕たちは――」

「だめよ」ソニアはきっぱりと言ったが、かすかに後悔していることは否めなかった。

「あまりいい考えとは思えないわ」

フランチェスコはすかさず彼女に腕をまわした。「いや、すばらしい考えだよ。なにしろ僕は、きみを手放すつもりはないんだから。さあ、急いで。時間がない」

「ちょっと、どこへ行くつもり？」

「言っただろう、僕の家だよ」彼はソニアの荷物を持ちあげ、ホテルの外に出た。

フランチェスコは、小運河《リオ》を見下ろすアパートメントの三階に住んでいた。部屋は小さく、キッチンとバスルーム、メインルーム、あとは……。

「もうひとつの部屋は？」ソニアは疑わしげに尋ねた。

彼は無邪気に答えた。「ないよ」

「予備の部屋があると言ったじゃない」

「いや」フランチェスコはいかにも抜け目なく答えた。「僕は今現在、誰も使っていない部屋があると言ったんだよ。事実、僕は今その部屋を使っていない……ほら、空っぽだ」

「それはちょっと……」

「僕はソファで寝るよ。ね、簡単だろう」

まるで何匹もの猿を相手に話をしているようなものだ。とはいえ、ソニアも本当は出ていきたくなかった。彼の顧客と食事もしたくない。できればこのままここにいて……。「服を着替えるわ。それから出かけましょう」ソニアはきっぱりと言った。「部屋の鍵をちょうだい。約束したわよね？」

フランチェスコは後ろめたそうな顔をした。「その、実を言うと……」

「鍵はない。そうなのね？　反省する気があるなら、今すぐ出ていって！」

「冷たいシャワーを浴びてくるよ」フランチェスコはすばやくその場から消えた。

部屋に残ったソニアは、戸口のそばでほほ笑んだ。自分でもどうしようもなかった。彼は本当にどうかしている。油断もすきもあったものじゃない。それでも彼は、なんて生き生きと輝いているの。それにさっき彼は駅で心躍る言葉を口にした。

〝男が自分に恋していることにも気づかない、鈍い女性〟と。

彼が私に恋している……。でもやっぱり、それも彼の作戦に違いない。これからはよほど気をつけてかからなければ。

はたして三十分後に顔を合わせたとき、ソニアはうっかり称賛の言葉をつぶやきそうになった。ディナージャケットをはおり、黒い蝶《ちょう》ネクタイを締めた彼は、許せないほどハンサムだった。

ソニアは濃い青のシルクドレスを着ていた。ゆうべ彼が却下した服だ。けれどフランチェスコは覚えていないようだった。

「きれいだよ」彼は言った。「ほら、きみのために買ったんだ」

それは繊細な銀のペンダントで、息をのむほど美しかった。彼がそれを首にかける際に、指が軽く触れた。ペンダントをかけたあとも、彼はそばを離れるでもなく、ソニアの肩に両手をのせたまま立っている。温かい吐息が彼女の肌にささやきかけた。彼女もじっとその場に立ったまま、彼に抱き寄せられる瞬間を待った。

「そろそろ行ったほうがいい」フランチェスコはやっとのことで口にした。「遅れるわけにはいかないから」

「そうね」頭のなかが真っ白で、自分がなんと答えたか、ソニアはほとんどわかっていなかった。

二人はモーターボートでコルヌコピアに戻った。フランチェスコの客がすでに待っていた。

「お待たせしてすみません」客に頭を下げ、フランチェスコはソニアに笑顔を向けてつけ加えた。「彼女のせいなんです」

全員が笑った。ひととおり紹介が終わると、一同は大運河《カナル・グランデ》を望む屋外のレストランに移動した。対岸に、照明に映しだされた教会が見える。闇《やみ》のなかで教会はまるで宙に浮いているように見え、ソニアはうっとりと眺めた。

客は全部で八人いて、ほとんどが外国から来たガラス製品のバイヤーだった。ベネチアで同じくバイヤーをしている人物も二人いた。ソニアはそのうちのひとりのそばに座った。みごとな英語を話す男性だ。ほどなくソニアはその男性との会話に没頭した。意外にも、彼女はひとりでも平気だった。

食事のあと、一同はテーブルを離れ、バルコニーに沿って歩きはじめた。イギリス人のバイヤーが彼女のそばに近づいてきた。

「さっきの話を聞いていましたよ」なめらかな口ぶりで言う。「ガラスのことを本当によくご存じなんですね」

「どういたしまして」そんなに接近しないでほしい。アフターシェーブ・ローションの香りにくらくらしそうだ。

「私はロンドンのデパートでガラス製品の仕入れの責任者をしていまして……」彼はロンドンの高級デパートの名を口にした。「今日はフランチェスコに、彼がこれまで受けたことのない大量の注文をしたところなんです」

「彼なら期待は裏切らないでしょう」

「まあ、若い才能は伸ばしてやるべきですからね。才能といえば、うちの店では常時、新しい人材を探しているんです。よかったら口添えしてあげましょうか」

「どうもありがとう。でも、今の職場が気に入っていますから」

彼は一瞬考えたあと、照明に浮かびあがった教会を手で示した。「こういう風景は、イギリスにはありませんね」

でもきっと、イギリスには奥さんがいるんでしょう。ソニアはむっつりと考えた。

「そうですね」彼女は心持ち彼から離れた。

彼が近づく。「国を離れるとなんだか寂しくなる。あなたもそうじゃないかな」

片手を上げ、ソニアの腕を指でなぞる。次の瞬間、彼はその手を強くつかまれていた。

フランチェスコが親しげな、それでいて容赦ない目つきでまっすぐ相手の目を見据えている。

「きみのすてきな奥さんは元気かい、ジョン？」

「妻は……その……ああ、おかげさまで」彼は痛そうに手首を曲げた。

「それはよかった。電話してみたら？」

ジョンは笑ってみせた。「おいおい、それが得意客に対する態度かい？」

「ガラスは売っても、フィアンセは売らない」

ジョンは降参のしるしに両手を上げた。「わかった、わかった。誤解だよ……」彼はこそこそとその場を離れていった。

ソニアはじっとフランチェスコを見つめた。「今、なんて……」

「言葉のあやだよ」フランチェスコはあわてて言い訳した。「彼につべこべ言わせないように」

「でも、あんなことをしたら注文をとり消すかもしれないわよ。お得意さまなんでしょう？」

「かまうものか。あれ以上きみにさわったら、運河に投げこんでやるところだった」フランチェスコは挑発するように言った。

「ご親切に。でも私は大人だもの、ああいうばかな人くらい、自分でなんとかできるわ」

「そういう言い方はないだろう」彼は不平をもらした。「僕が白馬に乗って参上して、うれしかったと言ってくれよ」

「まさか」ソニアは意固地になった。

フランチェスコが異議を唱える前に、ゲストのひとりがその場をとりなし、今夜のもてなしと〝すてきな花嫁〟に会わせてもらってありがとうと礼を述べた。

ソニアは訂正しようと口を開きかけたが、結局思い直した。

「悪かった」客と別れ、アパートメントを目指して歩きながら、フランチェスコが謝った。

「さっきの僕の言葉を聞いていたんだろうな」

「きっと本気にしたのね」

「そんなことはないよ。もう一杯飲むための口実さ。みんなすぐに忘れるだろう」

彼がどことなくそわそわしていることにソニアは気づかなかった。それより、屋根のあいだに見え隠れする月に心を奪われていたのだ。

アパートメントの前でフランチェスコは彼女を抱き寄せ、名残惜しそうにたっぷりキスをした。

「なかに入ったほうがいいわ」彼女はもうろうとしながらつぶやいた。

「いや。なかに入ってしまったら、もうきみには触れられない」

「どうして？」

「だって」声が震えている。「僕は約束を守る男だから」

その宣言をフランチェスコは決して破ろうとしなかった。プライバシーの確保された自分のアパートメントに入り、何が起きて何が起こらなかったか誰にもわからない状況のなか、彼はソニアを部屋に追いたて、清らかな夜を宣言して、ドアをぴたりと閉めた。まもなくシャワーの水音が聞こえてきた。欲求不満を枕《まくら》にぶつけながらも、ソニアは笑みをもらした。

〝ジョン〟は、翌朝注文をキャンセルして帰国した。フランチェスコは肩をすくめてやりすごし、見本市の展示場所をアシスタントにまかせて、ソニアを自分の工場へ案内すると言った。

「正真正銘のベネチアガラスの製造現場を視察してきたと言えば、きっと上司が感心するよ」フランチェスコは請けあった。「どうかしたのかい？」

「別に」ソニアはあたりを見まわした。「ただ、今、向こうのほうで女の人が私たちを見ていたような気がしたから」

フランチェスコが目を上げた瞬間、その女性は物陰に隠れてしまった。

「気にしなくていい」彼はソニアを急《せ》きたてた。

「反対側からも誰か見ていたわ」

「知っている。僕も見た」

「いったい誰なの？」

「最初のは叔母のチェリアで、二番目のは姪《めい》のベッティーナ。ジュゼッペにも会ってるよ。気にしないで。どうせまだまだいるんだから」

「私たちのことをスパイしているの？」

「ベネチアではスパイとは言わない。身内としての関心だよ。向こうで窓から身を乗りだしているのは、いちばん上の兄のルッジエロだ」

「もしかして……ゆうべのこと？」

「実を言うと、ベネチアじゅうに広まっている」彼は認めた。「末の息子がようやく婚約したとね」

「でも本当のところ、あれは単なる――」

「ボートが来た」フランチェスコがあわててさえぎった。「走って」

彼はソニアの手をつかみ、水上タクシーの近づいてくる桟橋を目指して駆けだした。操縦者はフランチェスコを名前で呼び、本人が何も言わないうちに尋ねた。「ムラーノかい？」

明らかに、フランチェスコはベネチアじゅうで知られているようだ。

ムラーノは、潟《ラグーナ》に浮かぶ島のひとつだった。ソニアは風に髪をなびかせながら、まっすぐに陽光のなかへ進んでいく錯覚に陥った。陽光はそこらじゅうにあふれ、水面で輝き、かなたで躍り、夢でさえ見たことのない美しく胸が高鳴る場所へと彼女をいざなう。ソニアはフランチェスコと目を合わせ、声をたてて笑い、彼に手を伸ばした。

ガラス製作の伝統工法を重視しているという工場は、かまどのなかにいるような暑さだった。ひとりの男性がガラスに息を吹きこみ、パイプを何度もまわしながら花瓶に仕上げていく様子を、ソニアはうっとりと眺めた。そんな彼女の姿を別の誰かがすばやくスケッチしていたことは、まったく気づきもしなかった。スケッチは、彼女の頭部を描いた装飾用プレートとして仕上げられた。完璧《かんぺき》な訪問の最後を締めくくる完璧な演出。そのときですらソニアは、完璧すぎる、ロマンチックすぎる、自分の手には余ると感じただろうか？魅了されたあげく、突き進んでしまったと思っていただろうか？

それまでの人生で、彼女を魅了するものなどごくわずかだった。そんな彼女が、魔がさしたように誘惑に屈した自分を、本当に責めるだろうか？　心臓が止まるかと思うほどまばゆい幸せな数日間を、本当に後悔するものだろうか？

その後、二人はランチをとりにベネチアの中心部へ戻り、通りを歩きまわって食べる場所を探した。どこにいても、ソニアは見られていることに気がついた。一度は黒い肌の美しい女性が手を振り、さっと姿を消した。

「兄嫁のウェンダだ」フランチェスコが言う。「ジャマイカ人なんだ」

「たぶん、あの店の陰からじっと見ている東洋の女性も、あなたの身内なんでしょうね」ソニアはやり返した。

彼女は皮肉を言ったつもりだったが、フランチェスコはあっさり答えた。「あれはリン・スー。韓国人で、叔父のベニートと結婚した」

ソニアは吹きだした。「いったい、あなたの親戚《しんせき》にはイタリア人と結婚した人はいるの？」

「なかにはね。どうも僕たちは、旅に出た先で花嫁を見つけてくる傾向があるらしい。全員が集まると、まるで国連会議だ」

二人は小さな食堂《トラットリア》で昼食をとった。そこのオーナーもフランチェスコを名前で呼んだ。そうした現象に、ソニアはしだいに慣れてきた。

「あなた、ベネチアじゅうの人と知りあいみたいね」彼女はいかにも不思議そうに言った。

逆にフランチェスコは驚いたようだ。「そりゃそうさ。生まれたときから住んでいるんだから」

「私も生まれたときからロンドンに住んでいるけど、そんなに知っている人はいないわ」

「それはロンドンが大都会だからだよ。ベネチアは世界的な財産だから〝市〟と呼ばれているけど、実際は小さな村と変わりない。道がわかれば、一方の端からもう一方の端まで三十分で歩けてしまうし、角を曲がるたびに友達に出会う」

コーヒーを飲んでいると、フランチェスコの携帯電話が鳴りだした。会話はほぼ同じことの繰り返しだった。「わかった《シ》、父さん《パパ》、わかった《シ》よ！」電話が終わると、彼は言った。

「今夜、きみを夕食に連れてくるよう指令が出た」

「お父さまから？」

「まさか！　母だよ。父はただの連絡係さ」

ソニアはおかしくなった。「私がいやだと言ったら？」

「いやなのは僕だって同じさ。だけど母が何か言いだしたら、僕らはみんな従うしかない」ソニアが斜に構えているのに気づいて、フランチェスコはそわそわしだした。「母の言うことには逆らわないほうがいい」

「わかったわ。ゴンドラで連れていってくれるなら、行ってもいいわよ」

「でもゴンドラは交通手段じゃないんだ。あれは観光客のために周遊するだけだから」

「つまり、ゴンドラの船頭《ゴンドリエ》たちのなかには、融通をきかせてくれる友達はいないということね？」ソニアはからかった。

もちろん、そういう友達はいた。フランチェスコと学校に通った仲だというマルコは、彼のために喜んで特別ルートに乗せてくれた。

「どうして一本のオールだけで漕《こ》げるの？」ソニアはそれが不思議でならなかった。「ぐるぐるまわってしまいそうなのに」

「ボートの左右の長さが違うんだよ」フランチェスコが真剣な顔で説明する。

「なるほど、そういうわけなのね」

「ああ。一方がもう一方よりふくらんでいて、それで帳尻が合う仕組みになっているんだ。ベネチアでは一事が万事そうさ。住んでいる人間も含めて。何もかもちぐはぐなんだ！」

ソニアは笑いだした。フランチェスコも笑った。そして彼の両親が住むリオ・ディ・サン・バルナバ通りを目指して揺れながら、気がつくとソニアは彼の肩に頭をもたせていた。

船を降りる二人に手を貸したマルコは称賛のまなざしでソニアを見つめ、視界から消えていく二人をじっと眺めていた。それから彼は威勢よくゴンドラを漕ぎだし、またひとり、いい男が骨抜きになったというニュースを広めに急いだ。

今ではゴンドラの姿はほとんど見えなかった。水上バス《バポレット》が大きな音をたてて蒸気を吐きながら、カナル・グランデを行き来している。久しぶりのベネチアはクリスマスを目前に控え、あわただしく準備に追われる人たちでごった返しているものの、通りは奇妙なほどのんびりしていた。車の走らない通りを行き交う人はみな笑みを浮かべ、足を止めては誰かと話しこみ、しばし買い物を休んでバールに入っていく。

角に一軒のバールがあり、薄暗い通りに明かりを投げかけていた。にぎやかな乾杯の声が、表の人々を誘っている。

「いつもここでコーヒーを飲んでから行くんだ」フランチェスコが言った。

「いいわよ」ソニアは応じた。きたるべき対面を少しでも先に延ばしてくれるなら、なんでもありがたかった。

薄雪が降りだしたなか、二人は店に入り、ソニアはテーブルに着いた。フランチェスコがコーヒーを運んでくる。イタリアのバールは、アメリカのバーやイギリスのパブとはずいぶん勝手が違う。店にはワインやビールだけでなく、コーヒーやアイスクリームやケーキも置いてあり、家族全員の憩いの場になっていた。

この店も、小さなテーブルを囲んでクリスマスの乾杯をする人たちでにぎわっている。

「なんて幸せそうなのかしら」ソニアはうらやましくなってつぶやいた。

隅のテーブルで大きな笑い声が起こり、目をやったソニアは眉をひそめた。フランチェスコの叔父の妻、リン・スーだ。

家族からスーと呼ばれている彼女は、十歳くらいの子供を二人連れていた。イタリアと東洋の血がまじったきれいな顔の子供たちで、黒い目が興奮に輝いている。ソニアに気づいて、二人の表情がぱっと明るくなった。

「ソニアおばさん！」二人は駆け寄ってきて、彼女に抱きついた。

スーもやってきてソニアに腕をまわし、ジュゼッペの妻のテレーザもあとに続いた。

「私たち、お義母《かあ》さんのところへ行ってきたところなの」テレーザは言った。「お見舞いのあとは、いつもここに立ち寄るのよ」

なるほど、そういうこと。ソニアはフランチェスコに皮肉なまなざしを向けたが、彼はまったく気づいていないようだ。

「なんて偶然かしら」ソニアはつぶやいた。とはいえ、彼女たちのことは好きだし、ここで会えたのは本当にうれしかった。

二人はそのまま椅子に座り、ジョバンナの入院の原因になっためまいの発作について話しはじめた。心臓発作じゃないわ、と二人は主張した。

「二、三日もすれば退院できると思っていたのに」スーが嘆く。「なんだか生きることに疲れてしまったみたいに、ベッドに横になったきりなのよ」

とっさの機転をきかせたのか、二人はソニアの妊娠のことにはいっさい触れなかった。

おそらくトマソが注意したのだろう。またしても携帯電話で連絡が行き交い、ソニアが来ると知らせが広まったに違いない。だからどこに行ってもバルティーニ家の誰かが待ち受けているのだ。かつては息がつまりそうに感じたが、今回は、おかげであれこれ説明せずにすむのがありがたかった。結局のところ、ソニアのことを無条件に受け入れ、陰で心配してくれているわけだから。

　しばらくすると、フランチェスコが引き止めているにもかかわらず、リン・スーとテレーザは子供たちを連れて行ってしまった。

「引き止めちゃだめよ」彼女たちがいなくなったあと、ソニアは面白がるように言った。「あなたのお父さんに電話して、私たちがもうすぐ着くことを知らせる魂胆なんだから」

「実はもう、きみたちがおしゃべりしているあいだに連絡したんだ」フランチェスコが白状した。

　ソニアは笑いだした。「まるでＣＩＡの監視下に置かれているみたい」

「でもスパイしているわけじゃない」フランチェスコはあわてて弁解した。「様子を見てるんだよ。きみが戻ってきて、みんな本当に喜んでいる。そりゃ、いい知らせはあっというまに広がるさ」

「みんなに会いに連れていかれた夜のことを思い出すわ。初対面のはずなのに、全員、私がどんな格好をしているか知っているんですもの。ベネチアじゅうどこを歩いていても、必ずバルティーニ家の誰かが私たちのことをうかがっていて、報告に戻っていたのよね。そんな秘密の情報網があるなんて、思いもよらなかった」

「いちばん会いたがっていたのは父かな。きみがどれだけ美人か、ルッジエロとジュゼッぺがそろって報告していたから」

「あなたのお父さんには、いつもよくしてもらったわ」ソニアは思い出して笑みを浮かべた。

そういえば、あのとき最初に挨拶《あいさつ》したのはトマソだった。頭のはげた小柄な男性で、丸い顔にこぼれんばかりの笑みを浮かべ、両手を広げて近づいてきた。彼はソニアを〝私の娘〟と呼んだ。まだ、フランチェスコとの結婚に同意したわけでもなかったのに。それどころか、考えてさえいなかった。

トマソの後ろには、ジョバンナが控えていた。大柄で、威圧的で、顔には歓迎の笑みらしきものを浮かべていたが、生来の超然とした部分は隠しきれていなかった。

そこには家族全員がそろっていた。しかもバルティーニ家で言うところの〝全員〟とは、相当な数を意味した。フランチェスコの兄たちとその妻たちに加えて、トマソの兄弟姉妹、ジョバンナの兄弟姉妹まで。それ以外に、甥《おい》や姪も、それぞれ理由を見つけては思い思いのときに立ち寄ってソニアに挨拶し、彼女を眺めまわして、歓迎の笑みを浮かべた。小さな家に、一時は三十人が入っていたかもしれない。

トマソはいくらか英語が話せたが、ジョバンナはまったく話せなかった。機関銃のように質問を浴びせるジョバンナの通訳は、ウェンダが引き受けた。そういう状況下で、自分たちが実際には婚約などしていないことを説明するのは、とにかく不可能だった。ソニアは自分たちが二日前に出会ったばかりだという点を懸命に強調したが、トマソはそれを聞いて、自分とジョバンナもひと目惚《めぼ》れだったと思い出したように言った。

一同は、色とりどりのランプをぶらさげた小さな庭で食事をした。食事はまさに壮観で、完璧なベネチア料理が次から次へと運ばれ、ソニアは圧倒されるばかりだった。

たぶんそれが狙《ねら》いなのかもしれない、とソニアは思った。ジョバンナがずっと観察するように見ている。でも、それを言うなら、全員が見ていたのだが。全員が何かしら食べ物を持ち寄り、キッチンと庭を行き来していた。それでも彼らの笑顔は本物で、ソニアといる喜びをすなおに表現するので、彼女もじきに緊張を解き、自分が〝見世物〟であることも忘れた。ソニアが帰るときには、全員がひとりずつキスをし、またすぐに会いましょうというような言葉を口にした。ソニアも漠然と似たような言葉を返した。

みんなは戸口や窓にひしめきあい、ソニアに別れの手を振った。通りの角を曲がるところで、彼女は最後にもう一度手を振った。まるで全世界がそこにあって、彼女にほほ笑みかけているような気がした。けれど二階を見ると、窓辺にジョバンナがひとり立っていた。

4

そのころになると、ソニアもベネチアの秘密の情報網に慣れつつあった。だから角を曲がるとマルコがいて、ゴンドラで二人を待っているのを目にしても、不思議には思わなかった。

「彼は私たちをあなたのアパートメントまで連れていってくれるつもりなのね？」ソニアは笑みを浮かべて尋ねた。

「その前に、いくつか寄る場所があるけど」

すでに夜も更け、ベネチアの街はほとんど眠りについている。三人は小運河《リオ》をほぼ独り占めにできた。ほかには二、三のゴンドラがいるだけだ。ソニアはこのとき初めて、見通しのきかない曲がり角に近づくときゴンドラの船頭《ゴンドリエ》が警告のために発するかけ声を聞いた。暖かい夜気のなか、かけ声はこだましながら水路の上を行き交い、やがて小さなささやきとなって沈黙のなかに消えていった。ソニアはじっと耳を澄ました。その音に、ベネチアの街に、フランチェスコとの愛に、恍惚《こうこつ》となった。

「明日は帰らなくちゃ」フランチェスコの腕のなかでソニアは言った。

「どうして？」

「これ以上滞在を延ばすのは無理よ。出張のはずが休暇になってしまったわ」

フランチェスコはそれには答えず、物思いに沈んだ表情になった。これが一緒に過ごす最後の時間だとわかったのだろう。今宵《こよい》二人は、一生忘れられない美しい休日のロマンスに封印をする。

だって、それ以外にありえないもの。これは休日のロマンス。それ以外の何かだと考えるのは、正気の沙汰《さた》ではない。

そのころまでには、ソニアはフランチェスコの人となりがわかったような気がした。魅力的な楽天家で、あらゆる手管を身につけていて、どんな状況も自分の有利なように変えてしまう。けれど彼は、自分で宣言したように、約束を守る男でもある。その点に関しては意外なほど頑固だった。アパートメントに着くと、その晩も前の晩と同じだった。清らかなキスと、ぴったり閉じた寝室のドア。

それなら、私から行動を起こすしかない。

家のなかが静かになるのを待って、ソニアは寝室を抜けだし、メインルームに足を踏み入れた。フランチェスコはソファで眠っていた。毛布をかけているので、顔しか見えない。彼の寝顔には、いたずらっぽい魅力と矛盾する純真さがあった。ソニアはひざまずき、彼に唇を重ねた。

次の瞬間、フランチェスコは目を開け、彼女に腕をまわした。通りの暗闇《くらやみ》にまぎれて交わしたのとはまったく違うキスだった。そこには、避けられない結論に達したかのような明確な意図が感じられた。ソニアは立ちあがって彼の手をとり、寝室へといざなった。

いったん求められていることがわかると、フランチェスコはわずかに身につけていたものと一緒にそれまでの自制心をかなぐり捨て、彼女のナイトドレスを肩から脱がせた。ドレスが床にすべり落ち、美しい体があらわになる。

首筋と胸に押しあてられた最初のキスは、まるで自己紹介でもするような優しいキスだった。けれど彼に触れられてソニアの魅力が輝きを増すや、キスは性急になった。至福の喜びに、ソニアは警戒心を解き放った。警戒するのはあとでもかまわない。今は愛しあうとき。たとえつかのまの愛でも。

愛とはこうあるべきだとソニアは思った。この激しい感情と官能には、二度とめぐり会えないに違いない。だからいつまでも心の宝物にしておこう。まるで私がこの世で最初の、ただひとりの女性だと言わんばかりの愛撫《あいぶ》と、そこにこめられた感情によって情熱の言葉だとわかる不思議な外国語のささやきを、決して忘れないでおこう。

暑い夏の夜、二人は窓を開けて愛しあった。静かに流れる水が意識のなかまで流れこみ、体ごとさらわれていきそうな気がした。月明かりが彼の体を縁どり、彼女の体を包んでいる。だがそれよりもソニアは、体の奥にある深い喜びのほうを意識していた。彼の愛撫は巧みだったが、ソニアはむしろ、次の瞬間、相手が腕のなかから消えてしまうのではないかと恐れるような、うやうやしいとさえいえる彼の態度に胸を打たれた。

その後、寄り添って寝転びながら、フランチェスコはソニアの知らない言葉をささやいた。

「なんて言ったの?」

「テ・ボジャ・ベン。テ・ボジャ・ベン」

「どういう意味?」ソニアは彼の肌にささやきかけた。

「ベネチアの言葉で、〝アイ・ラブ・ユー〟という意味だよ」

沈黙がたれこめた。フランチェスコはソニアも同じように繰り返すのを待っている。でも、ありえない。彼のことなどほとんど知らないのに。今すぐ逃げださなければ――もとの安全な人生に。

「テ・ボジャ・ベン」彼女はささやいた。

声に出すつもりはなかった。出してしまった瞬間、とり消すべきだと気づいた。しかし、ソニアにはできなかった。完璧《かんぺき》を完璧なままにしておくことの大切さは知っている。それを台なしにして、後悔したくない。

「テ・ボジャ・ベン」彼女はふたたびつぶやき、眠りに落ちた。

目が覚めると、キッチンのほうから物音が聞こえてきた。フランチェスコが朝食の支度をしているようだ。ソニアはしばらく笑みを浮かべて思い出に浸り、物音に耳を傾けていた。だがやがて、これで最後なのだと思い出した。

「急いで荷物を詰めなくちゃ」朝食をとりながら彼女は言った。

「そうだね」フランチェスコはあっさり答えた。

あまりにもあっさりしている。ソニアは気持ちが沈んでいくのを感じた。ゆうべのあとだもの、もう少し何か言ってくれてもいいのに。

「午後の列車にまにあえば充分だろう。午前中は一緒に散歩でもしようよ」

フランチェスコは彼女を連れて、光を受けて輝く潟《ラグーナ》と宮殿《パラッツォ》にはさまれた水辺を歩き、ガリバルディ・ガーデンと呼ばれる公園に着いた。公園のまんなかに、街路樹にはさまれた大きな道が走っていて、十メートルごとに石のベンチが並んでいる。彼はソニアと並んでベンチに座った。時間は刻々と過ぎていくばかりで、相変わらず彼は何も言わない。

ずいぶんたってから、フランチェスコはようやく口を開いた。「ゆうべは母の勢いに圧倒されてしまった。悪かった」

「あなたが自分で言ったんでしょう、私たちが結婚するなんて」

「直接言ったわけじゃないよ」彼は弁明した。「僕はただ……」

「ただ、相手かまわず言ったのね」

「そんなところかな。母はそれが自分の希望にぴったり一致したものだから、うのみにしたんだ。すっかりその気になっている」

「私が帰ったあとで説明するしかないわね」

フランチェスコの顔に警戒心が浮かんだ。「でも、いとしい人、僕は母の言うことならなんでも聞いてきたんだ」

その意味するところにソニアが気づくまで、しばらく時間がかかった。「なんですって？」

彼は哀れっぽい表情になった。「きみと結婚しなかったら、きっと母に叩《たた》かれる。きみだってそんなのは困るだろう？」

「まったく……あなたって人は！」ソニアは笑って、彼に一発お見舞いしようとした。けれど彼に両腕をつかまれた。

「だめだよ」フランチェスコはきっぱりと言った。「僕を殴りたいなら、まずは結婚してからだ。そういうのは身内の特権だからね」

ソニアはもう少しで彼の腕に身を投げだすところだった。しかし、ふいに理性の波が押し寄せてきて、このところその機能が停止していたことに気づいた。ふだんはきわめて理性的な分、反動がすさまじかったのかもしれない。

「無理よ」ソニアはあわてて否定した。「結婚なんて、考えるだけでもどうかしてるわ。

お互いに相手のことを何も知らないのに」

「愛しあっていることはわかるよ」

「でも、あなたは本当の私を知らないわ。本当の私は、あなたがこの数日間見てきた人間とは全然違うのよ。こんなふうにしょっちゅう笑ったり、のびのびしたりする人間じゃないし、物事を成り行きにまかせたりもしない。成り行きにまかせるなんて、ありえないもの。何事も事前に計画を立ててから行動するのよ。そのほうが安心だから。でもこの街であなたといると、どうしても違うふうになってしまう」

「でも、それはいいことだ――」

「違うふうになってしまうのは、これが私にとって休日だからよ」ソニアは叫んだ。「いつもの私に戻ったら……私はまったくの別人だわ。たぶんあなたから見て、好きでもなんでもないただの人間よ」

どうして、ああ、どうして彼は私の言うことを聞いてくれなかったのだろう。ずっとあとになってから、ソニアは思った。あのときの私の言葉は、不思議な洞察力でもあったかのように、一語一句正しかったのに。

けれどフランチェスコは、理性的になるどころか、彼女を見つめて優しく言った。「それは、僕を愛していないという意味かい？」

「いいえ……いいえ、愛してはいるけど……」

「だったら、ほかはなんとでもなる」

　それ以上の抵抗はとても無理だった。ソニアは彼が欲しくてたまらなかった。しかもこの美しい街では、どんな問題でも本当に解決できると、いとも簡単に信じられた。

「テ・ボジャ・ベン」彼は繰り返した。「愛しているよ」

　ソニアは眉間《みけん》にしわを寄せた。「〝愛〟を意味するのはどの言葉なの？」

「愛という言葉が含まれているわけじゃない。直訳すると、〝あなたが幸せでありますように〟という感じかな」フランチェスコはひしと彼女を抱きしめた。「きみが幸せでありますように、ソニア」それから彼は天を振り仰ぎ、声高らかに叫んだ。「きみが幸せでありますように」

　ソニアは笑いだした。おかしかったからではなく、うれしかったからだ。フランチェスコも一緒になって笑いだし、すべては笑いと幸せに包まれた。

「イエスと答えてくれ」彼はなおも叫んだ。「考える前に、早く。ほら言って、ほら」

「イエス」ソニアは笑った。「イエス、イエス、イエス！」

「おいで！」フランチェスコは彼女の手をつかんで駆けだした。

「どこへ行くの？」ソニアは息を切らしながら彼について走った。

「僕の家族のところへ。みんな喜ぶよ」

「でも――」

「急いで。全員の家をまわるには時間がかかるんだから」

本当に何時間もかかった。あとになってからソニアは思った。そのときでさえ、彼が真っ先に考えたのは家族のことだった。

けれど、あの日は私にとって人生でいちばん幸せな日だった。

そして二年と数カ月がたった今、かつてないほどお互いに離れてしまった二人は、フランチェスコの母親を見舞うため、病院を目指して歩いていた。寒さは心のなかにあるような気がしたが、同時に、外からも滲《し》みてきた。イギリスで感じる身の引きしまるような寒さではなく、じめじめとした気のめいる寒さだ。

「冬のベネチアは、きっと世界じゅうでいちばん惨めな街ね」身震いしながらソニアは言った。

「冬がいちばんなんてところはないよ」

「でも、ほかの街にはこれだけの水はないでしょう。ここはどこもかしこも水だらけ。だから、こんなにじめじめしているのよ。冬のベネチアはどうしても好きになれなかったわ」

「そうだね、きみは本当のベネチアの人間ではないから」フランチェスコは認めた。「地元の人間は、今の季節がいちばん好きなんだよ。観光客がいなくなって、お互いのための時間ができるから。でもまあ、きみはいつも僕たちのための時間を持とうとしなかったけど」

「だってその機会がなかったのよ。まるで親族が全員一緒に住んでいるみたいなんですもの。全部で五十人、それとも六十人だったかしら？　私とあなたの住むアパートメントまで、お母さんが決めたわね」

「僕の独身者向きのアパートメントでは狭すぎたからね。でもきみだって、母が見つけたと聞くまでは、新しい家を気に入っていたじゃないか」

「それでも、あなたの実家から通り二本しか離れていなかったわ」

「ベネチアは小さな街だから、誰からも通り数本以上離れようがない」フランチェスコはまじめな口調でつけ加えた。「だけど、今は充分に離れているだろう？」

　数分も歩くと、二人はサン・ドメニコ病院に着いた。こぢんまりとした病院だが、設備はきちんと整っていて、白い廊下は明るく快適だった。光り輝くクリスマス・デコレーションのおかげで、今はとくにそうなのだろう。ジョバンナの病室へ向かう途中、産科があり、ちょうど二人がさしかかったとき、小柄でふくよかな修道女がファイルの束を抱えて出てきた。ソニアのせりだしたおなかを見て、修道女の顔が輝いた。

「ほらね、絶対に勝つと思っていたわ！」修道女はうれしそうに言った。「私はマザー・ルチア。産科の責任者よ。あなたが絶好のタイミングでいらしたものだから」

「タイミング?」ソニアは驚いて尋ねた。

「そう、わが産科にクリスマス・ベビーが誕生するタイミング。ドクター・アントニオと賭《かけ》をしたのよ」

「賭ですって?」ソニアはきき返し、小柄な修道女をまじまじと見つめた。

無言の問いかけを察して、マザー・ルチアはくすくす笑った。「チョコレートバーをね。うちにクリスマス・ベビーが生まれるほうに。でも彼は、出産予定者はいないと言い張るのよ。きっとあなたのことを忘れていたんだわ」

「いいえ、私はここの患者ではありませんから」ソニアはあわてて説明した。「イギリスから訪ねてきただけです」

「まあ!」小柄な修道女は、滑稽《こっけい》なほどがっかりした表情になった。

「それに、まだ妊娠八カ月ですし」

「もう少しよく考えたほうがよかったかしら」マザー・ルチアはまじめな顔つきで言った。

「それでも、勝つかもしれないわ。階下《した》のマリアさまにろうそくを灯《とも》してみましょう。よく問題を解決してくださるのよ」

聖母マリアを宗教の対象というより気のいいおばさんのように見なすイタリア人には、ソニアも慣れていたが、それでも今の発言には開いた口がふさがらなかった。マザー・ルチアは最後にもう一度、ソニアのおなかを推し量るように見て、せわしなく立ち去った。

ジョバンナは三階の病室で夫に手をあずけて横になっていた。トマソは妻の傍らに座り、握った手をときおりそっと叩いては、なにがしかの反応を期待して妻の顔を見つめている。だが、ジョバンナは夫に気づく様子もなく、その目は心の内側の遠い世界に向けられたままだ。目の前にいるトマソの顔ほど痛ましい表情を、ソニアは見たことがなかった。彼は、永遠に自分の手からすり抜けていってしまうかもしれない妻を懸命に呼び戻そうとしている。

顔を上げたトマソがかすかに笑みを浮かべ、二人のほうに近づいてきた。

「本当は怒りたいところよ」ソニアは言った。「フランチェスコにはちゃんと説明したと、あのとき言っていたのに……」彼女はふくらんだおなかに手をやった。

トマソは実にイタリア人らしいしぐさで、肩をすくめた。「本当のことを話したほうがいいときもあるが」彼は巧みに言葉を返した。「場合によっては、わざわざ言わないほうがいいこともある。きみが来てくれて、きっとジョバンナも喜ぶだろう」ソニアが口をはさむ前に、彼は急いでつけ加えた。「みんなも見舞いに来てくれたが、本人が会いたがっていたのはきみだからね」

ベッドのそばに近づいたソニアは、すっかり痩《や》せ細ったジョバンナの姿にショックを受けた。大柄で、肩幅があって、全世界を敵にまわしてもびくともしない雰囲気があったのに。どこか縮んでしまったような感じだ。ジョバンナのまぶたが開き、その目がソニアを見つめた。

「来たんだね」彼女はつぶやいた。驚いているようだ。

「ええ、もちろん」ソニアは答えた。ほかになんと言えるだろう。

「断ると……思ったわ」ジョバンナは片言の英語で話している。

「いいえ、あなたが私に会いたがっていると聞いて、飛んできたんです」ソニアは言った。厳密には違うけれど、トマソの言うとおり、場合によってはわざわざ言わないほうがいいこともある。

「あなたはいなくなってはだめよ」ジョバンナがつぶやいた。「いなくなるのは私……悪かったのは私。でも……そんなつもりはなかったの」

「お義母《かあ》さまのせいじゃないわ」ソニアは否定した。「私のせいです。私たちの結婚は最初から間違いでした。フランチェスコにはもっとふさわしい相手が見つかるわ」

「フランチェスコが愛している女性よりもふさわしい相手が？」ジョバンナはきき返した。

「息子の子供の母親よりもふさわしい相手が？」

妊娠のことには触れなかったが、彼女は気づいていたようだ。

「わかっていないんだね……」ジョバンナがつぶやく。

「わかっていないって、何が？」

「子供ができれば……何もかも変わるわ。変わらないものなどひとつもない。愛情も変わる。でもあなたは息子を愛していない。そうでしょう？」

「ええ……たぶん……さあ、どうかしら」

「私のせいよ」ジョバンナは疲れきったため息をついた。「努力したけど……でも、だめだった。遅すぎたわ」

「話がよくわからなくて」

「どうしてわかるの？　ずっと昔のことよ」もう一度ため息をつく。「もう、いいわ」

「よくないです」ソニアは年老いた女性の様子が気になった。何かを伝えようとしているのに、何を伝えようとしているのかわからない。二人はいつも互いに理解できなかった。

「話してみてください」

　ふいにソニアの手を握るジョバンナの手に力がこもり、何か差し迫った様子が伝わった。

「あなたは……私が……嫌い」彼女は激しい口調で訴えた。

「いいえ、好きです」ソニアは嘘をついた。「というより、好きになれたかも……」

「違うの！」何かを懸命に訴えようとしてジョバンナの顔がゆがんだ。「そうじゃなくて……」

　けれど彼女には荷が重すぎた。ジョバンナはソニアの手を放し、枕《まくら》に倒れこんで目を閉じた。

「ごめんなさい」ソニアはトマソとフランチェスコに謝った。「疲れさせてしまったみたい」

「きみはよくしてくれたよ」トマソが言う。「ここまで来てくれたんだ」

年老いたジョバンナが哀れでたまらず、ソニアは身をかがめてキスをした。

「ノ・エッセール・コメ・ミ」老女が静かにつぶやく声が聞こえた。

ソニアはジョバンナの顔を見つめた。けれど老女はじっと横になったままだ。今のは気のせいだろうか。ソニアは重い気分できびすを返した。訪問は完全な失敗に終わった。

病院を出て一緒に歩きながら、フランチェスコは彼女の肩に腕をまわして優しく言った。

「ありがとう。感謝しているよ」

「お母さまは助からないのかしら?」

「わからない。でももしそうだとしても、きみと話せて心穏やかにあの世へ逝けると思う」

それに対してソニアは何も言わなかった。物事はそれほど単純ではない。またしてもジョバンナとわかりあえなかったことで、ソニアはかつてと同じもどかしさを感じた。老女の最後の言葉はベネチア方言だった。ソニアにわかるはずもない。

「イギリスへ帰る前にもう一度、母に会いに来てもらえないか?」

「たぶん無理だと思うわ。明日の朝にはここを発《た》つから」

「そんなにすぐに? 僕はてっきり……その、希望としては……」

「無理よ。目的はもう果たしたんだもの。帰らなくちゃ」

「そんな状態で長旅を続けてもいいのかい？」

「夜たっぷり休むわ」

フランチェスコは肩をすくめた。「それじゃ、うちに残っている荷物を引きとってもらおうか」

「え？」

「アパートメントにいくつかきみのものが残っている。黙って捨てるのはいやだし、かといって置いておくのも場所をとるから」

新しい恋人のためね。ソニアは思った。まあ、かまわないけれど。

「まだ荷物が残っているとは知らなかった。あなたから何も連絡がなかったもの」

「たぶん、感傷的になっていたんだろう。でもすべてはもう過去のことだ。そうだろう？アパートメントに寄って、自分で確認するといい」

「そうね」ソニアは明るく答えた。「さっさと片づけてしまいましょう」

彼の言うとおり、感傷に浸る時期はもうおしまい。アパートメントに残っている私の最後の所持品を片づけたら、あとはお互いに少しずつ過去を忘れていけるはず。

小運河へ向かう道順は足が覚えていた。狭い通りを進み、知らなければ見落としてしまいそうな角を曲がると小さな水路があり、岸に沿って少し歩くと、オークのドアに突きあたる。

ソニアが初めて足を踏み入れたときから、建物はまったく変わっていなかった。あのとき、キッチン道具を腕に抱え、内装についてあれこれ計画を練りながらなかに入ると、部屋の色合いはフランチェスコの家族によってすでに決定ずみだった。たしかに趣味のいい配色だし、フランチェスコと二人で考えたのなら、ソニアももっと気に入っただろう。しかしそれはジョバンナが考え、トマソが手伝った結果だった。ベニートが勤め先から安い材料を仕入れ、ウェンダがバーゲンで申し分ないカーテン生地を手に入れた。ソニアに残された仕事といえば、部屋を眺めまわして勝手におめでとうを言う客をもてなすくらいだった。そのときでさえ、ケーキはジョバンナが焼いた。

思い出と怒りがこみあげてくるのを感じながら、ソニアは階段を上り、二人が暮らした部屋を目指した。何もかもかつてのままだった。キッチンも含めて。美しい青と白のタイルに囲まれた近代的な設備と、壁にぶらさがった銅の鍋《なべ》もそのままだ。

新しい恋人の存在を示すものがないかと、ソニアは部屋を見まわした。けれど目にとまったのは、自分たちの結婚写真だけだった。前と同じくサイドボードの上に置いてある。花嫁と花婿がまぶしいほど若々しく幸せに輝いている。

「あんなところに私たちの写真を置いて、彼女は気にしないの？」

「彼女って？」

「あなたの新しい友達よ。トマソが、あなたは別の誰かを追いかけていると言っていたわ」

静寂の漂う空気が変わったのに気づいて振り返ると、フランチェスコはソニアが見たこともない冷たいまなざしを向けていた。

「なんてばかなことを」彼は怒っている。

ソニアは鋭く息を吸った。そうね、もっと早く気づくべきだった。それもまた、私をここへ呼び寄せるためのトマソの方便にすぎなかったのだ。

「うかつだったわ。あなたのお父さんは――」

「僕がしつこく追いかけまわさないと保証しなければ、きみが来てくれないと思ったんだろう」フランチェスコは苦々しげに吐き捨て、キッチンへ向かった。

ソニアはひとりその場に残り、愚かな喜びに浸った。彼はほかの誰かを愛しているわけではなかったのだ。そして気づいた。だからといって、今さら何が違うというの？

ソニアはフランチェスコのあとを追ってキッチンへ行った。

「すまない」彼はすぐに謝った。「きみに怒るのは筋違いなのに。大丈夫かい？」彼の視線はソニアの大きなおなかに向けられている。

「ええ、大丈夫よ。あなたが少し不機嫌になったくらいで倒れたりしないわ。妊娠してからずっと、大方の女性より順調だもの」

「そうか、それはよかった」フランチェスコはぎこちない笑みを浮かべた。ソニアはふと気づいた——自分の口にしたことが、本来なら彼も当然知っているはずの内容だったと。いったい何を話せばいいの？　何を言っても、そこには地雷がひそんでいる。

「子供のことはいつわかったんだ？」フランチェスコが尋ねた。

「あなたが前回イギリスから帰った直後よ。ここを出たときには考えもしなかったわ」

「もし知っていたら、きみはどうしていたかな」彼がつぶやく。

「さあ。昔から〝もしも〟は考えないことにしているの。考えても仕方がないもの」

「そうでもないかもしれないよ」フランチェスコは考えこむように言った。「どこで間違えたのか、わかるかもしれない」

「それはすでにわかっているわ。最初からわかっていたはずよ、私のせいだって。ここのすばらしい暮らしに、みんなが助けあう暮らしに私がなじめなかっただけ。どうすればあんなふうに親しくなれるのか、私にはわからない。以前あなたにそう言ったけど、もしかしたらあれは自分への警告だったのかもしれない」ソニアは軽く笑った。「私ったら、自分自身の言うことにも耳を貸さなかったのね」

「たぶん、聞きたくなかったからだろう」

「ええ、聞きたくなかったわ。あなたの口にした美しい幻想を信じたかった。愛さえあれば何もかもうまくいくという幻想を。あなたは私を孤独が好きな冷たい女だと言ったけど」

「そんなことは言ってないだろう」フランチェスコは抗議した。

「言ったわ。最後に喧嘩《けんか》したときに。最後のころは、いったい何度喧嘩したかしら」

「どうでもいいだろう。わざわざ思い出すことでもないさ。僕にとってのきみは、僕が恋をしたときのきみだよ。かわいくて、寛大で、よく笑う」

「それは本当の私じゃなかったのよ。休日のあいだだけの私。もうこの世には存在しない。今の私は笑わないわ」

「笑うためには、僕が必要なんだよ」彼が静かにつぶやく。

ソニアはほほ笑んだ。「そうね。あなたはいつも笑わせてくれたわ」

フランチェスコはレンジのそばに戻った。鍋がぐつぐつ煮えている。

「何を作っているの？」ソニアは尋ねた。

「スカンブ・エッグなんてどうだい？」彼は陽気な口調を装った。

「それに、グリーム・ビーンズ？」ソニアもすかさず明るい声で言う。

けれど、そんなことをしても無駄だった。陽気なふりは続かない。まもなくフランチェスコは別の部屋へ行き、段ボール箱を抱えて戻ってきた。

「見てごらん」そっけなく言う。

箱のなかはがらくたばかりで、大したものは何もなかった。しかしどういうわけか、二人の愛の物語は、そういうがらくたのなかに詰まっていた。安物の木のブローチは、ソニアが結婚するためにベネチアへ戻ってきた日に、フランチェスコが市場で買ったものだった。四ペンスくらいの品だが、彼は大まじめにそれをソニアに贈り、結婚プレゼントはこれだから、ほかには何も期待しないでくれ、と宣言した。それから二人は壊れたように笑いだし、幸福感に浸った。

本番の結婚プレゼントは真珠のネックレスで、ソニアはそれをウエディングドレスと一緒に身につけた。だがドレスの下には木のブローチがとめてあり、それは二人だけの秘密だった。

伝統にのっとって、ソニアはベネチアの花嫁がするように花で飾ったゴンドラに乗り、式を挙げる教会へ向かった。彼女には身内がいないので、花嫁を花婿に引き渡す役はトマソが引き受けてくれた。彼は誇らしげに顔を輝かせ、彼女に手を貸して揺れる船に誘導し、白いサテンのドレスと長いベールを整えるのを手伝った。ゴンドリエは愛の歌を歌いながら、大運河《カナル・グランデ》の流れに沿って、二人をサン・シメオーネ教会へと運んでいった。教会の手前でアカデミア橋の下をくぐり抜けるとき、頭上の欄干から身を乗りだした子供たちの手から、花が滝のようにこぼれ落ちた。

教会の石段にたどり着き、トマソの手を借りて彼女がゴンドラから降りようとすると、ゴンドリエが幸運のおまじないとして頰にキスをしてくれた。すべてがあまりにもすばらしすぎて、とても現実とは思えなかった。

すばらしすぎて、やっぱり現実ではなかった。

人はあんなふうに結婚してはいけないのよ。ソニアはその後、何度もそう思った。賢い花嫁は、殺伐としたお役所で、寒い冬の日に式を挙げるもの。花や音楽や美しさに惑わされないように。

そして、背筋をまっすぐに伸ばして立つ長身の若者と、愛をたたえてほほ笑む瞳に惑わされないように。幻影の上に成り立つ愛が、いったいどれだけ続くというのだろう。

5

箱のなかには、そのほかにも〝宝物〟が入っていた。バルティーニ家の新たな一員を歓迎する、善意のこもったカードの束が。彼らの目からすれば、結婚とはまさにそういうことだった。ソニアはほかのすべての可能性を放棄して、バルティーニ家の一員になる。ソニア自身はそんなつもりはなかったということを、彼らは決して理解しなかった。

私のように孤独な環境で育てば、ふつうはそんなふうに熱烈に迎えてくれる家族を愛し、受け入れ、喜んで打ち解けるのだろう。

私はきっと不器用なのだ。ソニアは救いようのない気分になった。息苦しかった。

「日曜日のディナーはどうしていつも家族と一緒なの?」結婚してまだ日が浅いころ、ソニアはフランチェスコにきいたことがある。

「どうしてって、週末にしか集まれないだろう」彼は当惑顔で答えた。「みんながきみに会いたがっているんだから」

妊娠を祝うカードはもっとあった。そして妊娠が勘違いだったとわかるや、ちょっとしたからかいの言葉をしたためたカードがさらに集まった。

「どうして誰彼かまわず話すのよ」ソニアは息巻いた。「一週間遅れただけなのに。人に知らせるようなことではないでしょう?」

「喜びを分かちあいたかったんだ。勘違いだったとわかって、みんな慰めてくれているんだよ」

　慰めなんかいらない、とは言えなかった。そんなにすぐに子供ができたと思ったときには、正直、息がつまりそうだった。それが先延ばしになったとわかり、彼女は内心ほっとしていた。けれど、それもフランチェスコには言えなかった。心温かい、家族思いの彼には。気がついたときには、そんなふうに彼には言えないことが山ほどあった。

　ふたたび箱のなかをのぞくと、〈バルティーニ・ファイン・ガラス〉に関する小冊子が出てきた。観光客向けに何カ国語かで書かれたもので、英語の説明文はいつぞやのメニューと同様、とんでもない間違いだらけだった。それを見て二人で大笑いしたあと、ソニアは英語を手直しして完璧《かんぺき》な文章に仕上げ、彼のための初仕事を楽しんだ。

　何もかも簡単なはずだった。二人であらゆる計画を立てた。彼女はガラス製品の専門家で、彼はガラス作りの専門家。力を合わせて、すばらしい仕事ができるはずだった。けれども最初の一週間で、ソニアは苦い現実に気がついた。つまるところ、フランチェスコはガラス製品の専門家など必要としていなかったのだ。仕事のことなら、彼はすでに知りつくしている。そして彼の仕事とは、繊細なベネチアガラスを何世紀も受け継がれてきた伝統工法によって生産することだ。それを芸術全般のなかに位置づけるというソニアの能力は、彼が花瓶を作る手助けにはならなかった。

それでもフランチェスコが客を接待するときには、彼女は最高の能力を発揮した。そういう場面で、彼女の知識は大いに役立った。とはいえ、いくらやり手の工場経営者でも、毎晩誰かを接待するわけではない。そういう機会がないとき、ソニアにはほとんどすることがなかった。書類はすべてイタリア語なので、言葉のわからない彼女には、事務仕事は手伝えない。唯一、工場のなかで能力を発揮できるのは梱包《こんぽう》で、彼女はとてもきれいに品物を包むことができるのだが、経営者の妻である彼女がそういうことをすると、みんなが眉をつりあげた。

「大丈夫だよ、ダーリン、言葉を覚えたら状況はずっとよくなるさ」フランチェスコがなだめるように言う。

「どの言葉を覚えたら?」ソニアはむっつりと言い返した。物事が思うようにできないという不慣れな感覚に、彼女はいらだっていた。これまで、その気になればなんでもこなせた彼女にとって、この新たな経験には面食らった。

「イタリア語がなんの役に立つというの?」ソニアは訴えた。「あなたたちはみんな、ベネチアの方言しか話さないのに」

「だったら、ベネチアの方言を覚えればいいだろう」そのとき初めて、フランチェスコは彼女に怒ったようなものの言い方をした。

しかし実際に覚えようとすると、ベネチア方言というのは頭がおかしくなりそうな言葉だった。最初のうちは、方言なんて単語とアクセントが少し変わっているくらいだろう、と彼女はたかをくくっていた。ところが、この〝方言〟には、イタリア語では決して使われることのない〝J〟の字がそこらじゅうに出てくるのだ。

結局ソニアは、必要な言葉を学ぶために会社を離れることになった。イタリア語とベネチア方言に加えて、ある程度かじったことのあるドイツ語とフランス語も。

仕事に通わない生活というのは、十六歳のとき以来、初めてだった。イタリア語とベネチア方言はレッスンを受けに出かけたが、フランス語とドイツ語は家で勉強した。

「とらわれの身だわ」あるとき、ソニアは独り言をつぶやいた。「専業主婦のように家にとらわれてしまった」

必要な語学力が身につくまで、少しの辛抱だ。ソニアは自分に言い聞かせた。けれど語学は彼女に向いていないらしく、なかなか覚えられなかった。彼女はしばしば、自分が底なし沼でもがいているような錯覚にとらわれた。家の壁が刑務所の壁に見えてくる。

最悪なのは、彼女が家にいるせいで、いくらでも時間があるとみんなに思われたことだ。みんながそれぞれ気の向いたときに立ち寄り、なぜソニアは自分たちの家に来てくれないのかと不思議がる始末だ。ルッジエロの妻のウェンダは、自分がベネチアを好きなのは、この街が生まれ故郷のジャマイカに似ているからだと打ち明けた。

ソニアの驚いた顔を見て、彼女は説明した。「小さくて、どこへでも歩いていけて、みんな人なつっこいでしょう?」

ジョバンナもしょっちゅうやってきた。おしゃべりをしにという建前だが、実際は家のなかの粗探しをしているのではないかとソニアは疑っていた。面と向かって批判されたことはないけれど、手伝いを申し出られるたびに、ソニアには無言の批判としか映らなかった。

義母はある程度英語らしきものも話すようになった。兄嫁たちのためには決してそんな努力はしなかったのに。すっかり神経過敏になっていたソニアにとって、それは決定的な侮辱に思えた。

「きみを思ってのことじゃないか」フランチェスコは反論した。「あの年で新しい言葉を覚えるなんて、簡単なことじゃないんだよ。それでもきみと話がしたいんだ」

「そうかしら?　本当のところ、私がどんなに役立たずか強調したいだけなんじゃないの?　あなたのお母さんはあの年でも新しい言葉を覚えられるけど、私はこの年でも覚えられない。きっとそう言いたいのよ」

「絶対にそんなことはないって。英語がほかの言葉よりも覚えやすいことぐらい、誰でも知っているよ。文法が単純だから」

「それじゃ、なぜウェンダのためには覚えようとせず、彼女のほうがイタリア語とベネチア方言を覚えるまで待っていたの？　なぜならウェンダには言葉を操ることができて、私にはできないからよ」

　訪ねてきたときにソニアが勉強をしていると、ジョバンナはこれ見よがしにやり残しの家事を見つけては、片づけた。まもなく義母は、〝ここは私にまかせて、あなたは勉強に戻りなさい〟と英語らしき言葉で言えるまでに上達した。ソニアはまるで、罪名のない罪のために責められているような気分になった。

「食器までいちいち並べ直すんだから」彼女はいらだちをフランチェスコにぶつけた。

「洗い物をしたあとで、自分の好きなところに置くのよ」

「向こうはきみのほうが並べ替えていると感じるんだよ」フランチェスコは言った。「僕がいつも置いていたように戻しているだけなのさ」

「それじゃ、あなたはどうしてそんなふうに置くようになったの？」

　フランチェスコは力なくほほ笑んだ。「母がそうしていたから」

「そういうこと。誰もあなたのお母さんに逆らってはいけないのよ」

　フランチェスコは奇妙な表情になった。「頼むから母のことで言い争うのはやめよう」

　それがある種の警告だったと気づいたのは、もっとあとになってからだった。

そしてソニアにはもうひとつ、彼と議論できないまま、今日まで引きずっていることがあった。それは、ジョバンナが彼女の名前をきちんと呼ばず、きわめて巧妙なやり方で彼女を傷つけていたことだ。

始まりは、結婚式の前日、ジョバンナがソニアのパスポートを見たときのことだった。そこには彼女の名前がフルネームで書かれていた。ソニア・マリア・クローフォードと。「マリア」ジョバンナは驚いたように口にした。それから、何か重大なことを発見したかのようにもう一度口にした。「マリア！」

「いいえ、ソニアよ」ファーストネームを指さし、彼女はきっぱりと繰り返した。「ソニア」

しかしそれ以後、二人きりになると必ずジョバンナは彼女をマリアと呼んだ。ささいなことだが、水を奪われた魚のように不自由な思いが強まるにつれ、ソニアには重要な問題になっていった。この人たちは私を生殺しにするために、自分の名前さえ使わせまいとするのだ。

彼女の抗議に、フランチェスコは当惑した。

「でも僕は、母がきみのことをマリアと呼ぶのは聞いたことがない」彼の指摘は正しかった。

「それは、ほかに誰もいないときにしかそういう呼び方をしないからよ。なぜなの？」

彼が母親に直接尋ねた結果はさんざんだった。ジョバンナは顔を真っ赤にして、ベネチア方言で何やらまくしたて、猛然と部屋を出ていった。

「なんのことを言っているのかわからない、だってさ」フランチェスコは説明した。「本当に気のせいじゃないのかい？」

「気のせいなものですか」ソニアは彼をにらみつけた。「でもあなたがお母さんの肩を持つのなら、もう何も言わないわ」

「どうして僕が誰かの肩を持たなければならないんだ？」彼は憤然として言い返した。

「なんだってそんなに僕の家族に反発ばかりするんだ？」

「みんながいつまでもあなたを手放そうとしないからよ」ソニアは叫んだ。「あなた自身も、本当は離れたくないんだわ」

「ばかばかしい。まるでわかってないんだな。それは家族の絆《きずな》というものだろう」

「違うわ。あなたが末っ子で、その立場を最大限に利用しているだけよ！」

「末っ子なのはどうしようもないさ」

「いつか、家を出て事業を始めたことで独立を宣言したと、あなた言ったわね。でも、あなたの中身は、今も向こうの家にしかないのよ」

「僕は家族を愛している。そのことは変えられない。どちらかを選ぶようなまねはしたくない」

ここにはもういられないと決めたのはいつだったのだろう。ソニアはふと思ったが、疑問に答えるのは無理だった。実のところ、本当に決めたわけではなかったから。

「少しひとりにさせてほしいの」ある日、彼女は言った。「しばらくイギリスに行かせて。それで様子を見てみましょう」

フランチェスコは反対しなかった。だが一カ月後、あとを追ってイギリスまで来た彼は、ソニアに有無を言わさず帰るよう要求した。その結果、激しい口論となった。それでも、もしも彼が言葉を間違えなければ、結果は違っていたかもしれない。

「いい加減、目が覚めただろうと思ったのに」

ソニアはあきれた。「私の話をひと言も理解していなかったのね。あなたは私が単にすねているだけで、そのうち〝目が覚める〟としか思っていなかったの?」

「それじゃ、違うとでもいうのか?」

口論はそこから始まった。怒りはらせんを描いてみるみる高まり、ついにフランチェスコは出ていった。そして翌日、ソニアは今度こそ本当に妊娠していることを知ったのだった。けれどフランチェスコから連絡はなかった。

おなかが大きくなるにつれ、決断を急がなければならないのはわかっていたが、ソニアはずっと先延ばしにしていた。結局、状況に押されて産むしかなくなったとき、これはうれしいことなのだと彼女は自分に言い聞かせた。

「そろそろいいかな？」フランチェスコが皿を振って合図した。

彼の料理は味もよく、判断も的確だった。

「胃に負担をかけないよう、軽いものがいいだろうと思って」

「これまで何人の妊婦に料理を用意したの？」

「何人もだよ。兄嫁みんなにね。母から教わったんだ」

彼は料理をするのが好きだったとソニアは思い出した。とくに、私に食べさせるために作るのが。実際のところ、彼はいつもあれこれと世話を焼きたがった。妻の具合が悪いときに本領を発揮する、男性には珍しいタイプだ。料理はすんなりとソニアの喉を通った。

「向こうへ行ってからは何をしていたんだ？」彼女のカップにお茶をつぎながら、フランチェスコが尋ねた。「店に戻ったのかい？」

「パートタイムでね。今は産休中だけど、将来的にはまた戻る約束になっているわ。それまでは、ガラス製品の歴史に関する本を書いているの」

「ベネチアガラスはどういう位置づけになっているんだい？」彼は皮肉っぽく尋ねた。

「比べられるものがあると思う？」ソニアもやり返す。

「僕の意見は知っているだろう。何か手伝えることはあるかい？」

「そうね、ベネチアガラスに関する記述を読んで、感想を聞かせてもらえないかしら」

「いいとも。送ってくれよ。向こうへ……その、戻ったら」

「それよりいい考えがあるわ」ソニアはふと思いついた。「あなたのパソコンを貸してくれたら、私のにアクセスできるわ」

ほんの数分の作業で、画面に彼女のファイルが表示された。フランチェスコがプリンタのスイッチを入れた。紙が次々に排紙トレイに吐きだされる。そのあいだにソニアは食事に戻った。

「大丈夫かい?」彼女が食べおわると、フランチェスコは尋ねた。

「ええ、おいしかったわ」

「少し昼寝をしたほうがいい。今回のことはかなりストレスになっただろう」

優しい声は危険だ。その気になれば、彼は最高の同居人だもの。おかげで私は、覚えておいたほうがいいことをつい忘れてしまう。

「ホテルに戻らなくちゃ」彼女は口ごもった。

「頼むよ、ソニア。ほんの少しのあいだだけ、きみと、僕たちの子供の世話を焼かせてくれないか」

「わかったわ。ありがとう」

フランチェスコは彼女に腕を貸し、寝室まで一緒についていってベッドに寝かしつけた。

それから彼は鎧戸《よろいど》を閉めようとした。

「いいの、開けておいて」彼女は頼んだ。「空を見ていたいから」

たしかに休憩が必要だった。そう思いつつソニアは目を閉じ、早くも眠気に包まれた。眠りに落ちる直前、額に唇が押しあてられるのを感じた。

目が覚めたときには、まだ日中とはいえ、日は陰りはじめていた。ソニアは用心深くベッドをすべりおりて、眼下の小運河《リオ》を見ようと窓辺に立った。流れは静かで、水路沿いの通りにも人影はない。薄暮のなか、家々の窓が輝いている。クリスマスの準備をするため、みんな早めに帰宅したに違いない。そして今、閉じたドアが寒さを外に締めだし、ぬくもりをなかに閉じこめている。

リオに沿って左手に目をやると大運河《カナル・グランデ》にぶつかる。ちょうど水上バスが通過するところで、狭い水路に小さな波紋が広がり、対岸につないであるゴンドラが音をたててはずんだ。

最初の晩もそうだった。ソニアは思い出した。ホテルの窓の下に、一艘《そう》のゴンドラが係留してあった。カナル・グランデを船が通過するたびに、そのゴンドラに波が打ちつけていた。イギリスの家では寝室の窓が幹線道路に面しているのに、トラックが地響きをたてて通りすぎても、彼女は平気で眠っていられる。しかしベネチアの静けさのなかでは、そういうちょっとした物音のせいで、ずっと目が冴《さ》えていた。

それとも、あれは物音のせいではなく、その日出会って一生忘れられなくなった男性のせいだったのだろうか。その男性のキスは、彼がおやすみを言ったずっとあとまで、ソニアのなかに鮮明に残っていた。石畳の通りから響いてくる足音が消えてずいぶんたっても、彼女の体は彼を思い、生き生きと目覚めていた。

ソニアは窓辺に立ち、アパートメントの静けさに耳を傾けた。フランチェスコは出かけてしまった？　彼女は静かに戸口へ向かい、ドアを開けた。メインルームは小さな照明がひとつついているだけで薄暗く、肘掛け椅子に座っているフランチェスコをうっかり見落とすところだった。そっと近づいていくと、彼は頭をたれていた。目はつぶり、呼吸は深く規則正しい。

椅子のそばにスツールがある。ソニアは静かにそれを引き寄せ、自分もそばに座って、フランチェスコの顔を見上げた。

彼の顔から少年らしさは永遠に失われてしまったと気づいて、彼女の胸は痛んだ。かつてあんなに陽気だった表情豊かな口元には、どことなく険しさがのぞいている。結婚してたった二年半なのに、彼の顔には新たなしわが増えていた。しかもそれは笑いじわではない。両側のこめかみには、かすかに灰色のものさえうかがえる。

まだ三十六歳なのに。ソニアは動揺した。そして、次に浮かんだもうひとつの思いに、彼女の胸はさらに痛んだ。

私のせいだ。

フランチェスコは一方の腕を肘掛けにのせていた。その先にだらりとぶらさがった手を、ソニアはそっと両手で包んで観察した。なんて大きくて、力強くて、優しい手なの。どんなふうに愛撫《あいぶ》すれば女性に喜びを与えられるかを知っている手。一本の指に小さな切り傷があった。手当てもせずにほうってある。そういえば彼は、ガラス製作に熱心にかかわるあまり、いつもこういう切り傷を作っていた。彼は完成前の作品を手にとり、愛情をこめてじっくり眺めるのが好きだった。彼が帰ってくると、私が傷の手当てをした。彼はよく笑って言ったものだ。〝僕は壊れやしないよ。でも続けてくれ。きみに世話を焼かれるのはうれしいね〟

だけど、私はいったいどれだけ彼の世話を焼いたというのだろう。

ソニアはアパートメントの殺伐とした雰囲気に愕然《がくぜん》とした。クリスマスまであとわずかだというのに。飾りつけはどうしたの？　金銀のモールやひいらぎの枝を、フランチェスコは真っ先に飾っていた。まるで大きな子供ね、と彼女がからかったのは一年目のことだ。けれど二年目、一緒に過ごした最後のクリスマスには、同じジョークがむなしく響いた。結婚生活は崩壊し、きれいな明かりが空虚な部屋を照らしていた。

そして今はこのありさまだ——何もない。

アパートメントは汚れひとつなかった。フランチェスコは家事が得意だし、当然ながらジョバンナも喜んで手伝っただろう。でも〝世話を焼く〟というのは、それとは違う。急にソニアは胸の痛みをおぼえた。この寂しいアパートメントと笑っている写真のもとに、フランチェスコはひとりで帰ってくるのだ。小さな切り傷を心配してくれる人もいないこの部屋に。とっさにソニアは彼の手の甲に頰を押しあて、そっとこすった。なつかしい感触に、痛みが全身を貫く。この手でどんなに優しく、どんなにたびたび抱かれただろう。彼のいない人生の、なんとむなしいことか。

かすかな物音に気づいて目を上げると、フランチェスコが悲しそうな顔で見ていた。

「会いたかった」彼は言った。

「私も会いたかったわ」

「きみがここにいる姿は二度と見られないんじゃないかと思っていた」

「お願いよ、ダーリン。私が今ここにいることには、なんの意味もないわ。あなたを愛しているけど、一緒には暮らせない。私はあなたの世界にはなじめないし、あなたはここを離れたら幸せになれない。最初のころは何もかも簡単にいく気がして、現実を見ていなかったけど、もう目をそむけるわけにはいかないわ」

フランチェスコは彼女のふくらんだおなかに手で触れた。「これは現実じゃないのかい？」

〝ここにいたいの、二度とあなたのそばを離れたくない。あなたを愛しているんですもの、あとのことはなんとかなるわ〟――そう言ってしまうのはあまりにも簡単だ。同時にあまりにも難しすぎる。

崖《がけ》っ縁《ぷち》を歩いていることにいきなり気づいた人間のように、ソニアは鋭く息を吸い、体を引いて別の話題を探した。

そのときフランチェスコの手から一枚の紙が床に落ちた。熱心に読んだあとを物語るかのように書きこみがしてある。

「私の書いた文だわ。どう思った？」ソニアは落ち着きなく尋ねた。「あなたには無意味かもしれないけど」

「そんなことはないさ」現実に返ろうとするように、フランチェスコは目をこすった。「参考になるかもしれないと思って、いくつか書きこみをしたんだけど、みごとな仕事ぶりだ」彼は皮肉っぽくつけ加えた。「どうやら、ベネチアガラスのことは本当に理解したようだね」

私たちのあいだに地雷の隠されていない会話は存在しないのだろうか。彼は、私が理解しているのはベネチアガラスだけだと言いたいのだ。そこに住む人のことをいまだにわかっていないと。

彼女の思いに気づいて、フランチェスコはあわててつけ加えた。「そうじゃないんだ、ソニア、頼むよ、僕はそんなつもりで言ったわけじゃ……」

「いいのよ。あなたがどういうつもりだろうと本当のことだわ。しかも、お互いにそうだとわかっている」彼女は立ちあがった。「少し散歩しましょう」

「散歩だって？　どこへ？」

「ガリバルディ・ガーデン。どんなふうになったか、見てみたいの」

「寒くてじめじめしているよ。どこも同じさ」そう言いながらもフランチェスコは立ちあがった。「だから行きたいのかい？」

そこを最悪の状態のときに見てみたいというのは当たっていた。そうすれば、思い出を払拭《ふっしょく》できるかもしれない。ソニアはフランチェスコの勘がいいことを忘れていた。ときどき、思いがけず鋭くこちらの心を察知する。信じられないほど鈍感なときもあるのに。

二人は灰色にくすんだ水路沿いの道を歩いていった。潟《ラグーナ》は濃い霧に覆われている。

「あの日のことを本当に覚えているのかい？」フランチェスコがきいた。

「もちろんよ」ソニアは悲しい気分で答えた。「忘れたことは一度もないわ」

「僕がどんなふうにプロポーズしたかも？」

「面と向かってプロポーズなんかされなかったわ」ソニアは皮肉まじりに指摘した。「あなたは、私たちが婚約したと、ベネチアじゅうに言いふらしただけよ。誰も本気にはしないと言いながら、気がついたら全員で結婚式の準備を進めていたわ。あなたの義理のお姉さんたちなんて、私と会うより先にカーテンを選んでいたんだから」

「ベネチアではそういうふうに物事が進むんだ」フランチェスコは言った。

「わかってるわ」

沈黙がたれこめた。彼の言葉は悲しかった。ソニアは、自分が受け入れることのできなかったあらゆることを思い出した。

「きみに直接きくのが怖かったんだ」フランチェスコが言った。「本当にあっというまの出来事だったんで、きみも僕と同じように感じているとは信じられなかった。だから、先にきみのまわりに壁みたいなものを築いて、逃げられないようにしたんだ」わざと顔をしかめてみせる。「でも人間のまわりに壁を築くなんて、どだい無理な話だ。必ず抜けだしてしまう」

静けさのなかで、ぼんやりと輝く石畳に二人の足音がこだまする。小さな光の輪のなかで二人の影が寄り添い、ふたたび消えた。

「幽霊でも出てきそうね」ソニアはつぶやいた。それから、言わなければよかったと後悔した。消えてしまった愛も、言うなれば幽霊のようなものだ。あちこちの角からささやきかけては、忘れたほうがいいことを思い出させる。とはいえ、街が今も魔法に包まれていることに変わりはなかった。夏のようなきらめく魔法ではなくても、やわらかな街灯の明かりと思い出が、何かしら現実離れした雰囲気を生みだしている。

数分も歩くと、公園に着いた。ソニアは、柵《さく》に沿って点々と並ぶ石のベンチを思い描いた。柵の上には木の枝が張りだしていた。〝二人のベンチ〟は左から二番目。公園に入るとすぐに見える。しかし急に、彼女はそれを見たくなくなった。そこには計り知れない喜びがあったのに、今ではすべてが終わってしまった。入口を抜けると、ソニアは思わず目をそむけた。それでも、もはやそうしているのが不可能になったとき、彼女は自分を抱きしめ、ベンチに目を向けた。

ない。

「ここじゃないわ」ソニアは言った。「もっと向こうよ」

「いや、ここにあった二番目のベンチだ。ここだった。あの二つの石が地面から突き出ていた」

「でも、なくなってしまったのね」ソニアはささやいた。冷たい風に身を切られる思いがする。

「残念ながらそのようだ。ごめん、知らなかったんだ。二週間ほど前にはあったんだけど」

「なくなるなんてありえないわ」彼女は絶望的な思いで叫んだ。「私たちのものだったのに」

ベンチは消えてしまった。それが象徴していた感傷的な幻影のように。ここで自分の決断が正しかったことを証明するはずだったのに。恐ろしいほどの苦悩がこみあげ、ソニアの全身をのみこんだ。次の瞬間、張り裂けそうな胸の痛みに彼女はすすり泣いていた。

「ダーリン」フランチェスコは彼女を腕に抱き寄せた。「お願いだよ、ただのベンチじゃないか」

「違うわ」ソニアは泣いた。「あれはすべてだったのよ。すべて終わってしまった。わからないの？　何もかも終わってしまったわ。私たちのあいだにあった何もかもが」

「でも、とうの昔に終わっていたんじゃなかったのかい？」彼は優しく言った。

「そうよ。でも……今こそ本当に終わってしまったわ」悲しみのあまり息ができない。理屈も理性もなんの役にも立たなかった。何もかも消えうせ、すべてが空虚になってしまった。それと同時に、彼女の防御壁も崩れ去った。

フランチェスコの腕のなかで、ソニアは激しく嗚咽《おえつ》した。

「私たちにはあんなにもたくさんのものがあったのに」彼女は泣きじゃくった。「みんなどこへ消えてしまったの？」

「消えたわけじゃないさ」フランチェスコはあわてて訴えた。「今もちゃんとそこにある。手放すことはないいんだよ」

ソニアはかたくなに首を振った。「幻影はもうたくさん」

「幻影？」彼は怒ったようにきき返した。「きみは冬のさなかにここへ来れば、僕たちの愛が夏の幻影にすぎなかったと証明できると思ったんだろう。どうなんだ、証明できたかい？」

ソニアは黙って彼を見上げた。顔はまだ涙で濡《ぬ》れている。フランチェスコは態度をやわらげ、彼女の頬に指でそっと触れた。

「大きい声を出すつもりはなかった。家に帰って、もう少し話しあおう」

しかし彼女は首を振った。「ホテルに帰るわ。荷物を詰めなきゃ。明日には発《た》つんだもの」

「だめだよ。早すぎる」

ソニアは彼の顔を両手ではさんだ。「ダーリン、いとしいフランチェスコ、お願いだから聞いて。うまくいかなかったのは私のせいよ。ずっと前からわかっていたわ。私は家族と過ごした経験がない。そこへもってきて、あなたの家族は……ありあまるほどだった」

「〝ありあまる〟というのは僕にもわかるよ」フランチェスコは認めた。「でも、〝ありあまる〟ものにも、いろいろある。ありあまる干渉、ありあまる口出し、ありあまる友情、ありあまる愛」

「おそらく、私は親密さに耐えられなかったんだと思うわ。息がつまりそうになるのよ。家族とはどういうものかがわからないから。ずっと理解できなかった」

「それで、きみの答えは？　向こうで世捨て人のように暮らして、僕たちの子供にもそんなふうに生きろと教えるのか？」

「私が愛の受けとり方を知らないと言いたいのね。ええ、たぶんそのとおりよ」

「それなら、学べばいいじゃないか。今からだってまにあうよ。僕たちみんながきみに与えようとした愛を受けとればいい」

「簡単そうに言うけど、簡単じゃないことはわかっているでしょう。無理よ。私は変われない。またすぐ喧嘩《けんか》になるわ」

「きみは相当に強情な女性だな」フランチェスコの口調は苦々しげだった。「きみが言っていることは理由になっていない。自分のほうが間違っているとは認められないのか？」

「そうかもね」ソニアは悲しげに答えた。「ずっとそうだった、でしょう？　それであなたを不幸にしたんだわ」

「きみが僕を不幸にしたのは、きみが出ていった日だよ」彼は言った。「それより以前に不幸だったことは一度もない」

「それは嘘よ。私は何度あなたを怒らせたか」

「怒るのと不幸になるのとは違う。お互いに愛していれば、怒ったくらいで結婚は壊れない。怒りくらいで僕たちの仲は壊れやしない。だいたい、そんな体でどうやって旅をするというんだ？　おなかの子は――」

「予定日は三週間も先よ」

「今はクリスマス前なんだよ」

「だから急がなきゃならないのよ。明日ここを発てば、クリスマス・イブの前に家に着けるわ」

「そして、ひとりで空っぽのアパートメントに戻るわけだ。万一のことがあっても誰もいない部屋に。ここに残って自分の家族といるより、きみを愛する男といるより、そのほうがいいというわけだ。まったくうれしい話だよ」

言葉とは裏腹に、フランチェスコの心は沈んでいた。ソニアの目をのぞきこむと、そこには悲しみが映っているだけだった。気持ちが動いた様子は見られない。

「ホテルまで送っていくよ」ため息がもれる。

ホテルに着いたあとも、フランチェスコは部屋まで送り、ソニアがベッドに横になるのを見届けると言い張った。

「疲れただろう。こんなに歩かせるべきじゃなかった」

「大丈夫よ、本当に。何か食べたら、すぐにベッドに入るわ。駅に電話して、明日お昼ごろの列車があるか確認してもらえる?」

フランチェスコは言われたとおり電話をかけ、予約を入れた。

「明日また来て、駅まで送っていくよ」

「あなたがそうしたいのなら――」

フランチェスコは憤りもあらわに答えた。「とんでもない。見送りなんてまっぴらだ。僕の気持ちはわかっているはずだろう。だからといって、きみひとりに荷物を引きずっていかせるわけにはいかないじゃないか。十時半に迎えに来る」

　ホテルを出たフランチェスコは、街灯のもと、濡れて光る石畳を歩いた。静かな通りに、足音が沈鬱《ちんうつ》に響く。彼の心を知っているかのように、気がつくと、足どりはどんどん重くなっていた。空っぽのアパートメントになんか帰りたくない。かつては愛があふれ、今は空っぽの部屋には。

　足の向くままに歩いていくと、案の定、サン・ミケーレの小さな教会にたどり着いた。なかには誰もいなかった。フランチェスコはろうそくに火を灯《とも》し、力なく腰を下ろした。ふっくらしたなごやかな顔のマリア像と笑顔の赤ん坊が見下ろしている。わが子のことを思い、彼は目を閉じた。その笑い声を聞くことは決してないのだ。

「僕が今も奇跡を信じているとしたら、あとひとつだけお願いしたいことがあります……ごくささやかな願いが……」

　やがてフランチェスコは目を開けた。小さな教会は静けさに包まれている。見上げると、聖母像がなんとなく色あせて見えた。ああ、これはただの木の塊だ。フランチェスコはふいに、自分がばかみたいに思えてきた。

　彼は陰鬱な気分で立ちあがった。僕はどうなってしまったんだ。奇跡を信じるには、彼は年をとりすぎていた。

6

ホテルでソニアはルームサービスを頼み、夕食を運んでもらった。食欲はほとんどなかったが、明日の旅にそなえて体力をつけておかなければならない。できるだけ食べたあと、彼女は窓辺に座り、ナイトドレスに着替える力を奮い起こそうとした。

けれど、体調ではなく、気持ちが落ち着かないことが問題だった。彼女にはまだやり残したことがあった。ベネチアを永久に去る前に、最後の締めくくりはきちんとしておきたい。ソニアは意を決して立ちあがり、コートをはおってホテルを出た。雪が舞い、あたりはぼんやりとかすんで見えた。だが、今では彼女も地元の人間と同じくらい街の通りを知りつくしている。サン・ドメニコ病院までは、難なくたどり着いた。

「シニョーラ・バルティーニの義理の娘です」ソニアは当直の看護師に告げた。「しばらく付き添っていてもかまいませんか?」

「今はおやすみになっていますけど……」看護師は警戒するように答えた。

「決して起こさないようにしますから」

ジョバンナは目を閉じてベッドに横になっていた。その顔は、かつてないほど小さく縮んで見えた。ソニアはそばに近づいて静かに腰を下ろし、老女の瘦《や》せた手を握った。すぐにジョバンナが握り返し、もぞもぞと体を動かした。だが目を開ける気配はない。ソニアは息をひそめた。二人の女性はそのまま長いあいだ身じろぎもしなかった。

やがて看護師がお茶を運んできた。

「失礼ですが、シニョリーナ、お名前をうかがってもいいでしょうか？」

「ソニアです」

「まあ」看護師はがっかりしたようだ。「あなたこそマリアに違いないと思っていたのに」

ソニアはとっさに身構えた。「どうしてそんなことを？」

「シニョーラ・バルティーニはときどき意識が混乱して、マリアのことをお話しになるんです。でもどちらのマリアか、よくわからなくて」

「どちらのというと？」

「ご自分の娘さんのことだと、はっきりわかるときもあります。生まれてすぐに亡くなられた赤ちゃんの名前がマリアだったとか。写真を見せてもらいました。五十年たった今も、きのうのことのように覚えていらっしゃるんですね。もちろん、あなたはご存じでしょうけど。でもその赤ちゃんとは別に、ご本人はマリアという義理の娘さんが会いに来てくれると信じていらっしゃるみたいなんです。でも義理の娘さんたちは、たぶん全員いらしたはずだし、そのなかにマリアという名前の方はひとりもいらっしゃらなくて」

看護師はせわしなく出ていった。残されたソニアは、苦しい試練を受けている思いがした。頭のなかで扉が次々と開き、扉の向こうにいくつもの映像が浮かびあがった。それまで決してわからなかったことが、痛いほどはっきり理解できた。

五十年前、ジョバンナは初めての子を生まれてすぐに亡くしたのだ。その後何人もの子供に恵まれたので、彼女が今も心のなかで、はるか昔に生まれた初めての子のことを嘆き悲しんでいようとは、誰にもわからなかったに違いない。それに、自分は今も苦しんでいるなんて、どうして人に言えるだろう。負けず嫌いでプライドが高く、自分も人を愛し、人を必要としていると、なかなか認めることのできないジョバンナに。

私のように？

ソニアはあわててその考えをわきへ押しやったが、義母が彼女なりの不器用なやり方で自分に手をさしのべようとしていたことは理解できた。看護師が何げなく口にした言葉が、非難がましく胸に突き刺さる。〝もちろん、あなたはご存じでしょうけど〟ジョバンナはこのことを他人には話せても、本当に話したかった義理の娘には話せなかったのだ。

私がもっと優しく接していれば、打ち明けられたかもしれないのに。ソニアは打ちひしがれた。せっかく私を選んでくれたのに。

看護師は写真を見せてもらったと言っていた。ソニアは急いで引き出しを開け、そこにあった写真を手にとった。それは白黒の写真で、多少色あせているものの、若い女性が赤ん坊を胸に抱き、誇りと喜びに顔を輝かせているのははっきりわかった。その喜びがあまりにもあっけなく奪われたことを思うと、まぶたの裏が涙で熱くなった。

ソニアはため息をついた。結婚生活のさまざまな場面が浮かんでは消えていく。異なる明かりを当てたせいで、それらはすべて違って見えた。粗探しだとばかり思っていたジョバンナの訪問は、もしかしたら、言葉をうまく操れない彼女が、彼女なりのやり方で手をさしのべていたのかもしれない。家事に対する〝干渉〟だと思っていたのは、私の勉強を助けるための不器用な協力の姿勢だったのかもしれない。そしてマリアという呼び名。口にすれば今も胸が痛むに違いないその名前で、私を呼んだ。

フランチェスコが尋ねたときにジョバンナがそれを否定したのは、説明するのが耐えられなかったからだろう。たったひとつの鍵《かぎ》で、なんと簡単にすべての謎《なぞ》が解けていくことか。

静かにドアが開き、トマソが入ってきた。

「ありがとう《グラッツィエ》」彼はソニアに気づいて、そっと告げた。「また来てくれると思っていたよ」

「でもお義父《とう》さん、私が来ようと決心したのは、ほんの三十分前よ」

「それでも、私にはわかっていたよ」彼はソニアの手を軽く叩《たた》いた。「きみは優しい心の持ち主だからね」

相変わらず自分のことを善意で解釈してくれるトマソに、後ろめたさをおぼえ、ソニアは小声になった。「あまり優しかったとは言えないわ。そうでなければ、このこともわかっていたはずなのに」彼女は義父に写真を見せた。「どうして誰も話してくれなかったの?」

「それは、本人も話そうとしなかったからだよ」トマソは悲しげに答えた。「私たちの娘が天国に召された日、ジョバンナは赤ん坊の服をすべてどこかへ片づけて、今後いっさいそのことは口にしないようにと私に約束させた。次の子が生まれて心の傷は癒《い》えたと思っていたが、ずっとそうではなかったんだな。息子たちは何も知らない。まるで何事もなかったみたいにね」

「お義父さんも、そのほうがよかったの?」ソニアは気になった。

トマソはどこかわびしげに肩をすくめた。「あの当時、男たるものは……たぶんジョバンナは、私も悲しかったんだとは思いもよらなかったんじゃないかな」

「そうね」ソニアは静かに答えた。「私たちは私たちで、いろいろと相手を傷つけているのね」

「私たちというのは?」

「ジョバンナや私のような女という意味よ」

「そうか、気がついたのか。そうじゃないかと思った」

「あの、〝ノ・エッセール・コメ・ミ〟ってどういう意味かしら?」

「〝私のようになるな〟という意味だよ。どうしてきくんだい?」

「前にここへ来たとき、お義母《かあ》さんに言われたの。私に警告しようとしたのね——今気づいたわ。でも自分を変えるのは絶対に無理よ。奇跡でも起こらないかぎり。しかも私は奇跡なんて信じない人間だから」

「クリスマスでも?」トマソは寂しげだ。

「ええ、クリスマスでも」

ソニアは優しいまなざしで義母を見つめた。眠っていても彼女は顔をしかめている。今の時代ならカウンセリングや支援団体もあるけれど、それがなかった五十年前、若き日のジョバンナ・バルティーニは嘆きそのものをひたすら否定する道を選んだのだろう。そして否定したせいで、何年も苦しみつづけてきたのだ。そこへ別の〝マリア〟が現れ、一種の希望を得たものの、結局、望みは打ち砕かれた。ジョバンナの気持ちを思い、ソニアの胸は痛んだ。今さら手を貸そうにも遅すぎると思うと、ますます胸が痛む。

ソニアは写真をもとの場所に戻し、寝ている老女にキスをした。

「さよなら、お義母さん」静かにささやく。「望みをかなえてあげられなくてごめんなさい。私にはもう、どうすればいいかわからない。でも私は会いに来たわ、あなたがずっと信じていたように」

病院を出る際、玄関わきのくぼみに立っている聖母マリア像が目にとまった。マザー・ルチアが問題を解決してくれると言っていた、例のマリア像だろう。陽気で人のよさそうなフランチェスコのマリア像と違い、美しくよそよそしい感じがしたが、幼子を抱く手には確かな母の愛が感じられた。

〝口で言うのは簡単よ〟ソニアは心のなかで聖母像に話しかけた。〝でも義理の父にも言ったように、わかっていても変わることはできない。自分で自分にとらわれて、出口が見つからないの。奇跡なんてありえないわ。ジョバンナにも、私にも〟

それからふと、反抗的な思いをこめてソニアはつけ加えた。

〝たぶん彼のマリアさまなら、奇跡を起こしてくれるんでしょうけど〟


翌朝、フランチェスコは早めにホテルに着いた。ソニアはすでにフロントまで下りていたので、彼はモーターボートが待機している外の踊り場まで荷物を運んだ。先に乗って手をさしのべ、おなかの大きなソニアの体に腕をまわす。ボートが揺れ、ソニアは彼にしがみついた。

「大丈夫かい?」フランチェスコがそっと尋ねると、彼女は引きつった笑みを浮かべた。

僕は何をきいているのだろう。僕も彼女も、この先大丈夫なんてことはないのに。

大運河《カナル・グランデ》を行くわずかな時間、フランチェスコはずっとソニアの手を握っていた。そしてついに、鉄道の駅に続く広い石段が見えてきた。残された時間があまりに少ないという事実に、彼は愕然《がくぜん》とした。

フランチェスコはソニアの荷物を持って列車のなかまで入り、彼女が座席に座ると、自分もそばに座った。

「ちょうどいい時間ね」彼女は笑みを浮かべた。

「ああ」それだけ答えるのもやっとだった。「あと十分だ」

もっと話すことがあればいいのにとソニアは思った。あと十分で、列車は私を永遠に彼のもとから連れ去ってしまう。それを止めることは無理だ。でももし可能だとしたら、私は止める？　ソニアにはもうわからなかった。わかっているのは、心の痛みが耐えがたいものだということだけ。それをごまかすために、彼女はイタリアの列車はいつも時間どおりね、というようなことを口にした。フランチェスコが笑みを浮かべてうなずく。

沈黙がたれこめ、時間は刻々と過ぎていった。口で言うのは簡単でも、行動に移すのは至難の業だ。ソニアは挫折感《ざせつかん》に押しつぶされそうだった。

「あなたはそろそろ行ったほうがいいわ。列車が動いて降りられなくなったら困るでしょう」

「ソニア――」

「だめ」何も言わせまいとして、ソニアは必死で叫んだ。「無理よ」

「無理なものか。ここに残ると、ひと言言えばいいだけだ。ほら言って、ほら」

「言うだけなら簡単よ。私たちはすばらしい結婚の誓いを交わしたわ、忘れたの？　でも結局、言葉だけに終わった。たとえ私が残っても、結果は同じよ」

フランチェスコは彼女の頬をそっと撫《な》でた。これ以上、言える言葉は何もない。

あちこちでドアの閉まる音がし、人々の動きがあわただしくなった。発車の時間だ。

「さよなら」フランチェスコはそっと言った。「さよなら、僕の――」彼は喉をつまらせ、彼女の両手に唇を押しあてた。「さよなら。さよなら」

「ダーリン」ソニアはささやいた。「お願い……」

自分が何を頼みたいのかわかりもせずに、彼女は口走っていた。お願い、行かせて？　それとも、お願い、なんとか私を引き止めて？　どちらにしろ痛みは増すばかりだ。

「大丈夫」フランチェスコが言った。「これ以上つらい思いはさせないよ。さよなら」

彼は立ちあがった。ソニアも立ちあがった。そして次の瞬間、痛みは胸だけでなく、全身に襲いかかった。激しくさしこみ、ソニアは息を止めて彼にしがみついた。

「どうしたんだ？」フランチェスコが鋭い声で迫った。

「なんでもないの。ただ……ああ！」ふたたび痛みが襲い、ソニアはおなかを押さえた。

「どうしよう！　病院へ行かなくちゃ！」

「ええ、お願い」彼女はあえぎながら訴えた。「急いで」

　フランチェスコは片腕をソニアの体にまわし、列車を降りて彼女をベンチまで連れていった。彼女をそこに座らせ、自分は荷物をとりに駆け戻る。あわや列車が動きだすところで、彼はプラットフォームに降り立った。

「フランチェスコ……」ソニアが必死で手を伸ばしている。

「ここにいるよ」フランチェスコは急いで彼女のそばに戻った。

「ひとりにしないで」

「ひとりになんてするものか。さあ、つかまって、僕の愛する人《アモーレ・ミーオ》。すぐに病院へ行こう」

　事態を察した駅員が大急ぎで駆けつけてきた。ひとりが車椅子を押している。フランチェスコはソニアに手を貸して車椅子に乗せた。

「急いで」ソニアは訴えた。

「すぐに連れていってあげるよ」フランチェスコは張りつめた声で答えた。

　口から口へと言葉が伝わり、人々が道をあけて二人を通してくれた。誰かが大声でモーターボートを呼んでいる。二人が駅を出て石段の上にたどり着くころには、ボートはすでに下で待機していた。善意に動かされて、人々が周囲に集まってきた。フランチェスコが車椅子を石段から下ろそうとすると、何人かの男性が駆け寄り、一緒に支えてくれた。ソニアをボートに乗せる際にも、いくつもの協力の手がさしのべられた。二人を励ます声があたりに飛び交う。

「ありがとう《グラツィエ》、ありがとう《グラツィエ》！」フランチェスコは大声で答えた。

ソニアは思い出した。彼らがどんなに親切だったか。彼らがどんなに人生を愛し、喜びをもって命の誕生を迎えるか。まるでベネチアじゅうの人たちが家族の一員となって彼女を迎え、喜んでくれているようだった。エンジン音を響かせて岸を離れるボートに向かって、笑顔の女性が何か叫んだ。

「なんて言ったの？」ソニアは尋ねた。

「クリスマス・ベビーが生まれるなんていいわねと言ったんだよ」フランチェスコが通訳した。

「ええ、そうよ」ソニアはつぶやいた。「クリスマスだったわね。あさって……それとも、しあさってだったかしら？」

「いいんだよ」フランチェスコの優しい声が聞こえる。「今は赤ん坊のことだけ気にしていれば」

ふたたび襲った痛みにソニアは息をのみ、彼の手を強くつかんだ。ふいに、言葉も、惨めさも、怒りも消えた。あるのは体にまわされたフランチェスコの腕の心地よい感触と、彼に寄りかかっていられる安心感だけ。ボートが揺れ、ソニアは彼につかまる手に力をこめた。

「まだ遠いの？」彼女はうめいた。

「母が入院している病院に向かってるんだよ。すぐに着く。僕を見て、ダーリン」

その声に、ソニアは催眠術にかかったように従った。見上げた彼女を、フランチェスコはじっと見つめ返し、ほかのすべてを忘れさせようとするようにきつく抱きしめた。このまま彼に従い、すべてを彼にまかせるのがいちばん簡単かもしれない。ソニアはふと、そんな気がした。

「僕を信じて」フランチェスコがささやく。「何もかもきっとうまくいく」

「私を放さないで」彼女はとりすがった。

自分でも何を言ったのかわからなかったが、〝一生放すものか〟という返事を耳にして、ソニアはほっと力を抜いた。

病院にはすでに連絡が入っていたらしく、着いたときには医師と看護師が待ち受けていた。

なかへ運ばれる前に、ソニアはフランチェスコの手を握って訴えた。「一緒に来て」

看護師は迷っているようだ。「それは――」

「一緒にいてほしいんです」

「一緒にいるよ」フランチェスコがきっぱりと答えた。

ソニアはふたたび襲った痛みに、鋭く息を吸った。もはや議論している余裕はない。フランチェスコは自分も手を貸して彼女を担架に乗せ、一緒に分娩室《ぶんべんしつ》を目指した。すべるように過ぎていく天井以外、ソニアの目には何も映らなかった。フランチェスコはそばにいるのに、姿は見えない。彼女が必死に手を伸ばすと、力強い手がそれを握った。

「ここにいるよ」彼は請けあった。

「ダーリン、お願いがあるの」

「なんでも言ってくれ」

「あなたのお母さんに知らせてきて」

「もちろんだよ、あとでね。今はきみのそばを離れたくない」

「いいえ、今すぐ知らせてちょうだい。それから、ほかのみんなにも電話して」

フランチェスコは顔をしかめた。「あとじゃだめなのかい？」

「ええ。すばらしいニュースは終わってから知らせるより、みんなで分かちあったほうがいい」

彼は身をかがめ、ソニアに顔を寄せた。「二人だけのことにしておかなくていいのかい？」

ソニアはほほ笑んだ。「もちろん、これは二人だけのことよ。でもみんなと分かちあったからといって、減るわけじゃないでしょう？　さあ、行って知らせてきて。〝マリアが帰ってきた〟と、お母さんに伝えて。きっとわかってくれるわ」

彼女の声の調子に、フランチェスコは何かを感じとった。一瞬、彼女の顔をじっと見つめ、彼はうなずいた。「行ってくるよ」

　フランチェスコがそばを離れると、医師や看護師は出産に向けて準備にとりかかった。満面に笑みを浮かべたマザー・ルチアが現れた。

「ドクターとの賭《かけ》に勝ちそうね」ソニアはつぶやいた。

「ええ、もちろんよ」

　フランチェスコが戻ってきた。病院の白衣を着ている。「母が大喜びしていた。まるで別人のようだったよ」

「伝えてくれた？」

「ああ、きみを愛してるってさ」

　その言葉にソニアは何か言いかけたが、またもや痛みにうめいた。彼女は手を伸ばし、フランチェスコの手をきつく握った。

「そんなに長くはかかりませんよね」フランチェスコがマザー・ルチアを見つめる。

　小柄な修道女は、どうかしらと言いたげだった。「初めてのお子さん？」

「ええ」ソニアが答えた。

「だとしたら、少し長引くかもしれないわね」

　その言葉どおり、酸素吸入の助けを借りても、なかなか楽にはならなかった。ソニアは自分を鼓舞して痛みに耐え、懸命に言い聞かせた。大丈夫、これまでだっていろんなことに耐えてきたのだから。それにひきかえ、甘やかされて育ち、楽天家で、なんでも自分の望みどおりにしてしまう魅力的なフランチェスコは、これまでいったい何を耐えてきたというのだろう?

そのときソニアは、彼の目のなかに、ここ数カ月間の不幸せを見た。

「私たちの未来をそんなにあっさりあきらめる権利は、私にはないわ」ソニアはつぶやいた。「私を憎んでない?」

フランチェスコが低く身をかがめて、こうささやいた。「正直に言えば、最初は憎んでいたよ、僕の愛する人《アモーレ・ミーオ》。それまで女性に見捨てられたことはなかったから。しかも見捨てたのは、僕が見捨てられたら困るただひとりの女性だった。きみは必ず戻ってくると自分に言い聞かせて、初めのうちは本気でそう信じていたけど、気がついたら、きみは僕に負けず劣らず意地っ張りだった」

「意地を張りすぎていたわ」ソニアも認めた。「もっと早いうちに戻ってくるべきだったのに」

「わかってるよ、わかってる。一緒に学んでいこう。みんなも協力してくれるさ」

またしても激しい痛みに襲われ、ソニアは顔をゆがめた。フランチェスコが彼女の額を拭《ぬぐ》ったあとは、どちらももう何も言わなかった。一緒にいるだけで充分だ。言葉はいらない。ここにはこの世のすべてがある。二人は今手をつなぎ、互いの愛の結晶である新たな生命をこの世に送りだすために闘っている。彼を見上げると、その目にはソニアの苦しみを思う苦悩が映っていた。

「ダーリン」フランチェスコが悲痛な声で呼びかけた。

「だ、大丈夫よ」ソニアは大きくあえいだ。「これがふつうなんだから」

「ダーリン、愛している《アモール・ディ・ディオ》よ！」

痛みが激しさを増してきたが、ソニアは彼を安心させたかった。「心配しないで。すばらしい赤ちゃんが生まれるわ」

「もういつ生まれてもおかしくないわね」マザー・ルチアが勝ち誇ったように告げた。

「さあ、もう一度いきんで」

そうして苦しみはついに終わった。

「男の子だ」聞いたことのないような声でフランチェスコが言った。

泣き声はしだいに大きく力強くなり、やがて部屋じゅうに響きわたった。赤ん坊の頭越しに、誇らしげな父親と母親の視線がからみあった。この子は大物に育つに違いない。

ようやく腕に抱いた息子は信じられないほど小さかったが、元気いっぱいで、非の打ちどころがなかった。ソニアはかつて経験したことのない感情に包まれた。これが愛なのだ。いつか消えてしまう甘いロマンスではなく、もっと強烈で原始的な感情。彼女は激しく気持ちを揺さぶられ、自分が別の人間に生まれ変わった気がした。この世で何が大切かがわかり、それを守るためならどんなことでもできるような気がした。

　フランチェスコも、釘《くぎ》づけになったようにじっとわが子に見入っている。おかげでソニアは、本人に気づかれることなく、彼の顔をじっくり観察できた。きのうアパートメントで気づいた変化が、ふたたび目についた。悲しみを経験したせいで、彼は少し年をとり、やつれて見えた。けれど今そこには深い喜びが見てとれる。

　わが子に向けてあふれだすソニアの愛情は無限に思えた。それはフランチェスコを包み、彼を頂点として世界じゅうを包みこんだ。

「フランチェスコ……」彼女はささやいた。「今もそこにいてくれる？」

「ああ《シ》、僕の愛する人《アモーレ・ミーオ》」ソニアの言わんとすることは彼にもよくわかった。「ここにいるよ。これからもずっと」

「以前はずいぶん遠くにいたわ」ソニアはつぶやいた。

「きみのほうこそ。僕はどうやって捜しだせばいいかわからなかった。でももう見つけた。きみたち二人とも、二度と手放すものか」

「そうね」つぶやいた声は眠そうだった。長時間に及ぶ大仕事の疲れが、今ごろになって出てきたようだ。ソニアは、フランチェスコの唇が額にそっと押しあてられるのを感じた。

彼は妻の腕から赤ん坊を抱きとった。

「少しおやすみ。僕たちの息子は僕が見ているから、心配いらないよ」

もちろん、心配なことなどあるはずがない。ここには、人生と、愛と、ソニアがここを去って以来ずっと求めてやまなかったすべてがあった。どうしてこの街を出ていったのか、今となっては理由も思い出せない。

そしてソニアは眠りに落ちた。

至福の思いに包まれて目が覚めたとき、窓の外はすでに暗くなっていた。ベッドのそばにベビーベッドが置かれ、かわいいわが子がそこで眠っている。ソニアは畏敬《いけい》の念に包まれ、息子を眺めた。だが急に不安にかられて部屋のなかを見まわすと、捜した相手はそこにいた。フランチェスコが窓際の肘掛け椅子でまどろんでいる。ソニアはほっとした。彼はいる。何も問題はない。

本能的に察したらしく、フランチェスコが目を覚まし、ほほ笑みながらベッドに近づいてきた。ソニアが両手を広げて迎えると、彼はそのなかに身をあずけ、かつてないほど強く抱きしめた。

「愛しているよ」彼は言った。「今までにないほど愛している」

「私はどうしてあなたのもとを去ることができたの？　こんなにも愛しているのに」

「僕を愛していると言ってくれ」フランチェスコは訴えた。「きみがそう言うのを聞きたいんだ」

「愛しているわ。どうして愛していないなんて思えたの？　どうしてあなたから子供をとりあげるようなまねができたの？　どうしてあなたのもとを去ることができたのかしらね」

「二度と僕のもとを離れないと、宣言してくれないか」

「宣言するまでもないわ。あなたと離れるなんて、考えるだけでも耐えられない」そこでソニアはふと思い出した。「眠っているあいだに、魔法の正体がわかったの」

「わかった？」彼は疑わしげだ。

「冬だろうと夏だろうと、魔法は消えていなかったのよ。だってあなたは、ずっといたんですもの。休日のロマンスなんかじゃなかった」

「僕には最初からわかっていたよ」

「それで、私にもわからせようとしたのね。今ならわかるわ」

「きみが眠ったあと、母のところへ行ってきた。ここへ来てきみに会いたがっている。生まれたばかりの孫にも」

「ベッドから起きあがれるの？」

「知らせを聞いたとたん、見違えるほど元気になったよ。連れてきてもいいかな？」

「ええ、もちろん」

フランチェスコが出ていったあと、ソニアはベビーベッドのそばへ行き、わが子を抱きあげた。数カ月ぶりに、体に力がみなぎるのを感じた。彼女は窓際の肘掛け椅子に移動してそこに座り、カナル・グランデの闇《やみ》と光を眺めた。

　赤ん坊は、なんともいえず甘やかな感触だった。ソニアにはジョバンナの気持ちがよくわかった。この小さく大切な存在を失ったら、それこそ胸が張り裂けてしまう。その後何人の子供に恵まれようと、胸は張り裂けたままに違いない。

「あなたにはすばらしい家族がいるのよ」ソニアはわが子の頭にささやきかけた。「ルッジエロにジュゼッペ、ベニートにエンリコ、ウェンダにスー、それに大勢のいとこたち。あなたは決して危険な目にあうこともないわ。なにしろ通りのあちこちで、必ず誰かが見ていてくれるんだもの。たとえ間違った道を行きかけても、〝国連会議〟のみんながちゃんと家まで送り届けてくれる。そのために、家族がいるのよ」

　フランチェスコが、ジョバンナを乗せた車椅子を押して現れた。トマソが後ろからついてくる。老女は喜びに見違えるようだった。そのとき初めて、彼女はソニアに心からの笑みを向けた。

「さあ、生まれたばかりの孫に会ってください」ソニアは言った。

　フランチェスコは車椅子を押して部屋を横切り、母親をソニアのそばへ連れてきた。赤ん坊がよく見えるよう、ソニアは身をかがめた。孫の顔を、ジョバンナは長いあいだじっと見つめていた。それから、義理の娘を見上げた。

「ありがとう……マリア」そっとつぶやくような声だった。

その名前で呼ばれても、ソニアはもう平気だった。誇り高きジョバンナが口に出して言えなかったことが、今なら理解できる。それに、クリスマスにマリアと呼んでもらえるなんて、考えてみればとてもすてきなことだ。

「お義母さんの言うとおり」ソニアは言った。「本当にすべてが変わるのね」

お互いだけにしか聞こえない、ごく小さな声だったが、フランチェスコは二人の顔を見比べ、すべてがうまく収まったことを察したようだ。

窓の外からにぎやかな声が聞こえてきた。

「クリスマス・イブの行列だ」フランチェスコが言った。

ソニアは赤ん坊を抱いたまま窓際へ寄り、たいまつを灯《とも》したゴンドラがカナル・グランデをすべっていく様子を眺めた。フランチェスコが後ろに立ち、両腕をまわして彼女と二人の赤ん坊を包みこんだ。暗い窓に三人の影が映っている。

窓には、部屋の戸口に現れたルッジエロとウェンダの姿も映った。ジュゼッペとテレーザ、その子供たちも一緒だ。続いてマルティーノとその妻、叔父や叔母が現れ、まもなく騒々しいバルティーニ家の全員が集合した。誰もが一族の新たな一員を見たくてうずうずしている。

「なかに入ってもらって」ソニアはフランチェスコに言った。

彼は家族を手招きした。ソニアはほほ笑み、窓に映る彼らの姿を眺めていた。みんなはひとりずつなかに入り、ついには見渡すかぎり部屋を埋めつくした。新たな生命の誕生と、回復したジョバンナを目にして、どの顔も光り輝いている。おそろしく時間がかかったけれど、ようやくソニアはわが家に帰ってきたのだ。

ここには世界のすべてがある。その中心にいるのは、フランチェスコとソニアと、生まれたばかりの赤ん坊だった。

忘れえぬクリスマス

デビー・マッコーマー
島野めぐみ 訳

おもな登場人物

レン・ドーバー——列車の乗客。海軍勤務
エイミー・スー・ブレント——レンの恋人
キャシー・ノリス——列車の乗客。寡婦
マシュー・マクヒュー——列車の乗客。ソフトウェア会社勤務。愛称マット
ケリー・ベリーとニック・ベリー——列車の乗客。養子を迎えたばかりの夫婦
ケイト・ジョーンズ——列車の乗客。5歳
エリーズ・ジョーンズ——列車の乗客。ケイトの母
サム・ギブンズ——列車の乗客
クレイトン・ケンパー——アボット駅の駅長

1

〝クリスマスはわが家で〟

にぎやかな《リトル・ドラマー・ボーイ》を聞きながら、レン・ドーバーは腕時計に目をやった。この五分間でもう十回は時間を確かめている。いらいらと駅の構内を見まわす彼の目には、窓や壁を彩るクリスマスの切り抜きも、つりさげられたリースも、きらきら輝くライトも映らなかった。

ほかの大勢の旅行客同様、レンはボストン行きの列車を待っていた。昨夜からの雪嵐《ゆきあらし》で、彼が乗るはずだったメイン州バンガー発の早朝便は欠航となり、空港も閉鎖された。悪天候は誰の責任でもなかったが、航空会社が手を尽くし、メイン州からの移動手段を講じてくれた。午前中の列車はすでに満席だったはずだから、席を確保するのに裏から手をまわしたのではないだろうか。予約のキャンセルが出ていたのならいいが、と彼は思った。

とにかく彼にとってはこの満員列車が唯一の望みだった。この列車に乗らなければボストンからの乗り継ぎ便に間にあわず、クリスマスまでに故郷へ戻れなくなる。

レンは駅のかたいベンチから腰をあげ、疲れた表情の男に席を譲った。早足で出入口に向かい、ドアを抜けて外のホームに出ると空を仰いだ。風に舞う大きな雪のせいで視界がかすむ。いらだたしさで肩がこわばり、じっとしているのが苦痛になってきた。今朝目覚めたときに抱いた不安がもののみごとに的中してしまった。朝から雲は暗く立ちこめ、彼が夢見ていたエイミーとの再会に不吉な影を投げかけていた。

雪が目を刺し、髪を濡《ぬ》らすのもかまわず、レンはホームを行ったり来たりしながら数秒おきに線路を見やった。まだ列車は来ない。ああ、なんてことだ。クリスマスイブにニューイングランドで足どめを食うなんて。

楽しい季節のはずなのに、彼のまわりにいる人々の表情からはそんな様子はほとんどうかがえなかった。大半の人が重そうな荷物を脇《わき》に置き、両腕いっぱいにクリスマスのプレゼントを抱えていた。包みが破け、リボンがほどけてしまっているものもある。親の心配を感じとってか、子供たちは不機嫌で落ち着きがなかった。年端もいかない小さな子供たちはむずかり、母親にしがみついている。

レンの胸に不安が重くのしかかった。なにがあってもボストン発の飛行機を逃すわけにいかない。逃したら、今日じゅうにテキサス州ローハイドの家へ帰れなくなってしまう。そうなるとエイミーとも会えず、家族とクリスマスイブを祝うこともできない。貴重な休みが、この雪嵐のせいで台なしになってしまうのだ。

　家に帰りたい理由はもうひとつあった。レンにとって、今年のクリスマスは特別な意味を持っていた。これは生涯最高のクリスマスになるはずなのだ。すべてはエイミーと関係している。そして海軍の制服のポケットに大事にしまってある婚約指輪と。

　レンはハイスクール卒業後に海軍に入隊し、コネチカット州ニューロンドンで潜水艦乗組員の訓練を受けた。その後メイン州バンガーの潜水艦基地に配属され、今もそこに勤務している。東海岸での生活は楽しく、なにひとつ不満はない。テキサスの生活とはまったく違うものになってしまうが、エイミーは気に入ってくれるだろうか……。

　レンは国のために働くことを誇りに思い、このまま海軍で仕事を続けたいと考えていたが、決断を下す前にいろいろと考えるべきことがあった。そのひとつがエイミーのことだった。

　軍の生活でいちばん困るのは、家族と引き離されてしまうことだ。レンが最後に故郷に戻ったのは九月で、エイミー・ブレントに対する自分の思いの強さをはっきり自覚したのもそのときだった。それ以来レンは、いつかエイミーに結婚を申しこもうと心に決めていた。そしてまさにクリスマスイブの今日、ふたりで会う約束をした。一年でもっともすばらしい夜に。彼は家族や友人と別れてふたりきりになったらプロポーズするつもりだった。

　エイミーを愛している。その気持ちに疑いはない。自分は簡単に心を許す人間ではないし、この結婚こそ自分が心から願っていることだという確信があった。エイミーに対する思いは、つかの間で消えるようなものとは違う。

結婚についてふたりで話しあったことはないものの、エイミーも自分を愛してくれているはずだと考えて彼は一瞬とまどい、ため息をつきそうになった。不安が降りつもる雪のように重くのしかかってくる。最近エイミーの様子がどこか妙なことに彼は気づいていた。近ごろはふたりで話す機会があまりなかった。レンはダイヤモンドの指輪を買うために節約しなければならなかったし、エイミーは基地には電話をかけにくいという理由で、ふたりは手紙でやりとりをするようになっていた。手紙では近況を伝える程度で、互いの気持ちを書くことはほとんどなかった。レンは彼女からの手紙を読むのを楽しみにしていたし、喜んで返事も書いた。それに電話料金に比べれば切手代はずっと安い。じっさいのところ、もはや彼には長距離電話をかける余裕がなかった。里帰りのための飛行機代もためなければならなかったからだ。

里帰りを引きのばそうとしたわけではなかった。エイミーはわざと遅らせているのではないかと疑っていたようだが、それは違う。彼は今朝も明け方まで勤務についていた。今週初めに出した手紙でそのことについては説明し、彼の乗る飛行機の予定も知らせてある。エイミーははっきりとは言わなかったが、レンの帰郷が遅れることを知ってがっかりしているのは明らかだった。しかし、それが海軍の生活というものだ。

彼女からは十日間手紙が来ていなかった。こんなことは珍しかったが、べつに不思議はないのかもしれない。どのみちすぐに会えるのだから。エイミーはレンの両親と一緒にダラスまで迎えに来て、そこからみんなでローハイドへ帰ることになっていた。レンは目を閉じて再会の場面を想像し、そうしていれば張りつめた神経が少しは静まってくれるのではないかと期待した。確かに効果はあったが、ほんの一瞬だけだった。

クリスマスまでには家に帰るのだ。なにがあろうとも。

キャシー・ノリスは、ロンのいない初めてのクリスマスをメイン州で過ごす気になれなかった。四十一年間連れそった夫を十月に亡くし、今も悲しみはまったく薄れていない。クリスマスの朝にひとりきりで目覚めることを考えると耐えられず、キャシーは娘マデリーンの招きに応じることにした。マデリーンが家族と住むボストンへ行き、一緒にクリスマスの休暇を過ごそうと決めたのだ。

その決断を先週まで下せずにいたのには、いくつか理由があった。なにしろキャシーはめったに旅行をすることがなく、これまで家を空けたことなどほとんどなかった。逆に夫のロンは冒険好きで、森や林のなかをトレッキングしたり、友達とキャンプや釣りに出かけたりするのが趣味だった。キャシーは家で過ごすのが好きで、飛行機にも列車にもひとりで乗ったことがない。だがこれからは、そういったことも自分でできるようにしなくてはいけない。今まではいつもロンが一緒にいてくれて、チケットの手配や荷物の準備、そして旅先で起きた問題まですべて引きうけてくれた。彼は本当にすばらしい夫で、思いやりにあふれた寛大な人だった。

癌《がん》との闘いは一年続いた。ロンは勇敢に立ち向かったが、ついには死ぬ覚悟を決めた。キャシーよりはるかに毅然《きぜん》としていて、むしろ彼女のほうが彼と別れる準備ができずにいた。今となっては愚かに思えるが、彼女は無意識のうちにクリスマスが終わるまで夫の命がもつよう願っていたのだ。

もちろんそんなことは口にしなかった。キャシーの願いは身勝手なものだ。ロンが自分で死期を選べるわけではないのだから。それでもキャシーは夫にすがりつきたい思いを捨てられなかった。だがついに、それは間違いだと気づいた。自分が怖がっているせいで、ロンは安らかにこの世を去れずにいるのだと、悲痛な思いとともに悟ったのだ。キャシーは身を裂かれる思いで夫に最後のキスをした。力の抜けた彼の手を両手で包み、ベッドのかたわらで夫にありったけの愛を注ぎながら、彼が息を引きとるのを見守った。

キャシーが一年でいちばん好きだった月は、ロンの死とともに憂鬱《ゆううつ》なものに変わってしまった。クリスマスを祝う人たちのなかで、ひとり悲しみにのみこまれないよう闘うのはつらすぎた。マデリーンの誘いを受ける気になったのは、この安らぎと善意の季節を娘のそばでなんとかしのごうという思いもあった。

この年になって自分で新たな道を切り開いて生きていくなどという挑戦をキャシーは望んでもいなかった。けれども彼女は夫を亡くし、こともあろうにその翌月にはクリスマス休暇が待っていた。

彼女は懸命に悲しみを乗りこえようとしていた。娘たちのために元気を出して笑顔を浮かべようともした。もちろん娘たちも、このクリスマスが母にとってどんなにつらいかを知っている。だが悲しいのは娘たちも同じだった。

雪嵐のせいで、キャシーが慎重に練った計画は最初からおかしくなってしまった。マデリーンにはもっと早く来るよう言われていたのだが、長居はしたくないからとキャシーはかたくなに拒みつづけた。滞在も二十七日までのつもりだった。人も魚と一緒で、三日もすればにおいが気になってくるものだ、といつもロンが言っていたからだ。

「ママ、すごい雪嵐がそっちに近づいているってニュースで聞いたわ」今朝早く電話をかけてきたマデリーンが言った。

「ゆうべのうちに嵐になってしまったみたい」電話をしているあいだも、外でうなる風の音がはっきり聞こえていた。

「どうするの？」末娘のマデリーンは母親に似て心配性だ。

「どうするって？」激しい雪など気にならないというように、キャシーは軽い調子で繰り返した。「列車に乗ってボストンに行って、あなたとブライアンと子供たちと一緒にクリスマスをお祝いするのよ。ほかにどうするというの？」

「だけど、どうやって駅まで行くつもり？」

その点はキャシーも手を打っていた。「タクシーを呼んだわ」

「でもママ……」

「大丈夫、心配しないで」キャシーはきっぱりと言ったが、じつはまるで自信がなかった。人生が音をたてて崩れおちていくような気がしていた。でもクリスマスのあいだバンガーに閉じこもり、ロンを思って悲しみに浸っていたら、きっと耐えられなくなってしまう。家族と休暇を過ごすためには雪嵐をしのぐしかないというのなら、そうするよりほかはない。


最初のハードルは乗りこえた。アンディ・ウィリアムスが甘い声で歌うクリスマス・バラードを聞きながら、キャシーはバンガー駅で列に並んでいた。町の住民の半分が集まっているのではないかと思えるほどの人の数だった。タクシー代はものすごく高かったけれど、とにかく無事に駅まで来られた。キャシーは自分の荷物をできるだけ減らして、スーツケースに幼いふたりの孫へのプレゼントを入れる余裕をたっぷり作った。今年はショッピングも苦痛だったので、マデリーンとその夫のブライアンへは小切手を贈ることにしたが、孫に現金をあげるわけにはいかない。まだ幼いふたりに贈るためにキャシーが考えついたいちばんのプレゼントは、本とおもちゃだった。

三歳のリンゼイと五歳のアンジェラは、今夜教会から戻ったらプレゼントを開けてもいいとマデリーンの許しをもらっていた。そのあと子供たちはキャシーの膝にのり、本を読んでもらいながら眠りにつくことだろう。孫を抱いているところを想像すると、心の痛みが少し和らぐ気がした。

駅まで来ればもう大丈夫だと、キャシーは自分を励ました。もうすぐ娘や孫たちに会える。列車が遅れても、いずれはたどりつくだろう。なにも心配することなどない。

マシュー・マクヒューはクリスマスが大嫌いだった。そして彼はその考えを誰はばからず口にしていた。〝善意の季節〟が笑わせる。とりわけこうして人でごった返す駅で列車を待っている今はそう思えた。ボストンまで列車で行き、そこから飛行機に乗りかえてロサンゼルス国際空港へ向かう予定だった。嵐は絶妙のタイミングを見計らったとしか思えない。駅には腰かける場所も残っていないし、座る席のない人が狭い待合室をいらいらと歩きまわっていた。列車はすでに十五分遅れている。海軍の制服を着た男性とほかにも数人が、わざわざホームまで出ていった。そんなことをしても列車が早く来るわけでもないのに。

クリスマスイブだから当然のことだが、空港も駅もバス乗り場もこみあっていた。誰もがどこかを目指して急いでいる。それはマシューも同じだった。ロサンゼルスに本社を置くソフトウェア会社の営業部員という職業柄、彼は旅行に慣れている。経験から言って、クリスマス時期の旅行は最悪なのだ。空港で何時間も過ごした経験のある人ならわかるだろう。泣きわめく赤ん坊、ちょこちょこ歩く老婦人、癇癪《かんしやく》を起こす子供。これまでずっとマシューはそういうことを我慢してきた。むろんしかたなくだったが。

マシューより先に昇進し、彼の上司となったルース・シュローダーが、今週の初めに今回の出張を伝えてきた。権限を持つのは彼女だと示すために、わざと東海岸へ飛ばせたのだ。こんな時期に出張したところで無駄骨になっても不思議はない。クリスマスの三日前に、誰がパソコンのソフトウェアなど買う気になるだろう。だが幸いマシューは契約を取りつけ、彼女の鼻を明かすことができた。本来なら祝うべきところだが、たいして満足感はなかったし、勝利の喜びなどまるでわかなかった。

ルースはマシューが文句を言い、若手の営業部員に行かせろと要求すると予想していたはずだ。ところが彼は笑顔で飛行機のチケットを受けとった。製品まで売ることができた。彼女に勝ったはずなのに、最初から負けが決まっていたような気分が残った。

そのうえ、気がかりなことはまだ山ほどあった。

結婚して十五年になる妻のパムは、今回の出張にこれっぽっちの理解も示してくれなかった。妻の支えがもっとも必要なときだというのに、パムは彼の重荷を増やしただけだった。

た。「マット、クリスマスなのよ。クリスマスの三日前に家を空けると言うの？」

なによりマシューをいらだたせたのは、パムが彼の気持ちをほんの少しも考えてくれなかったことだ。出張は彼の希望ではないし、彼が家族と離れたいと望んだわけでもない。パムが出発の夜になってわざわざ文句を言いだしたことだけを取ってみても、人事異動が決定して以来彼がずっと抱えているストレスを妻がまるで理解していないのは明らかだった。

「もう話しただろう、どうしようもないんだ」彼は鞄《かばん》に荷物を詰めながら穏やかに言った。声に感情は出さなかったが、心中は煮えくり返りそうだった。彼は着替えのシャツをさらに一枚詰めた。

パムが妙に静かになった。

「クリスマスイブには戻る。夕食に間にあうように帰るよ」マシューは妻と視線を合わせなかった。「四時にロサンゼルス空港に着くから、六時には戻れるだろう」安心させるように言った。

返事がない。

「なあパム、わかってくれ。ぼくだって好きこのんでこんなことをしているわけじゃない」マシューは詰めおえた鞄のファスナーを力任せに閉めた。

「ジミーの学芸会を見に行かないのね」

そのことではマシューもすまない気持ちでいた。けれども人生には、妖精《ようせい》を演じる六歳の息子の姿を見られないことよりつらいことがいくらでもある。「ジミーには話した。わかってくれたよ」妻はわかってくれていないようだが。

「あの子になにが言えると言うの？」パムが責めるような調子で言った。

マシューは肩をすくめるだけにとどめた。

「レイチェルが日曜学校のクラスでリーダーになったときも、あなたはいなかったわ」

そんなことがあっただろうかとマシューは眉根を寄せた。「レイチェルがリーダーになったとき？」

「三年前よ……。忘れたの？　あの子はひどくがっかりしていたのに、あなたは都合よく記憶から消してしまったというわけね」

もうたくさんだ、とマシューは思った。彼は鞄を腕にかけると、コートとブリーフケースに手を伸ばした。

「ほかになにか言うことはないの？」パムがあとを追ってきた。

「なにか言えば、また責めるんだろう？　どうしようもない父親だと認めればいいのか？お安いご用さ」彼は声をあげた。「マシュー・マクヒューは最低の父親だ」

パムがまばたきをして涙をこらえるのを見て、マシューは抱きしめてやりたい衝動に駆られたが、もはや手遅れだった。

「あなたは悪い父親じゃないわ」少ししてからパムが言った。その言葉にマシューの気持ちが和らいだ。こんなときに喧嘩《けんか》をしても誰のためにもならない。そう言おうとしたとき、パムがあとを続けた。「あなたは夫として最低なのよ」

マシューは小さくののしりの言葉をつぶやいた。今抱いた優しい思いは粉々に砕けちった。

「そうやってあなたは、わたしにすべて押しつけていく。クリスマスのショッピングも、ディナーも、なにもかも。これ以上我慢できないわ」

「我慢できない?」マシューは声を荒らげた。「子供と一緒にいつも家にいられたらと思っている女性がどれだけいると思うんだ? 男性社会で張りあいながら働く母親に比べたら、よっぽど楽なんだぞ。買い物や料理がいやだと言うのなら……」

パムが反抗的な表情を浮かべた。「わたしが働かずに家にいることにしたのは、あなたとふたりで決めたことじゃない。今になってわたしのせいにするなんて信じられない。働いてほしいのなら喜んでそうするわよ」

ブリーフケースを握るマシューの手がこわばった。彼が望んでいるのはそんなことではない。それはパムだってわかっているはずだ。

「ぼくは少し支えてほしいと言っているだけだ」

「あなただって少しはわたしを支えてくれてもいいんじゃないの?」パムがやり返す。

ふたりはにらみあった。どちらも引く気はない。

「楽しんでいらっしゃいよ」パムはぞんざいな口調で言った。「さっさと行って。いつものとおり、わたしが後始末をすればいいんでしょう。子供たちにもあなたのご両親にも言い訳をしておくわ。それに、ジミーの学芸会にはわたしが行くのでご心配なく。心配なんかしていないでしょうけれど」

クリスマスの劇の話をあと一度でも蒸し返されたら、マシューのいらだちは爆発してしまうに違いなかった。それ以上話を続ける気になれず、彼は玄関へ向かった。「明日の朝、電話する」

「わざわざしてくれなくて結構よ」パムは怒鳴るように言うと、彼の後ろで力いっぱいドアを閉めた。

マシューは妻に言われたとおり、その後三日間、一度も家に電話をかけなかった。出張先から電話をしなかったのは十五年間で初めてだった。パムも宿泊先の電話番号を知っていたが、彼女からも連絡はなかった。夫婦喧嘩ならこれまでにもしたことがある。どこの夫婦だってするだろう。だがこれほど長いあいだ喧嘩したきりでいたことは、今まで一度もなかった。

こみあう駅で列車を待ちながら、マシューは心身ともに疲れきっていた。妻にはあえて連絡していなかったが、早く家に帰りたくてたまらなかった。

ケリー・ベリーの人生で、今年ほど幸せなクリスマスはないはずだった。十年ものあいだニックと悩み苦しんだ結果、ついにふたりは子供を持つことができたのだから。陣痛が五年も続いたと、ケリーは冗談を言った。養子縁組がまとまるまでそれだけの期間がかかったのだ。正確には五年と二カ月十七日。そしてついに待ちに待った電話がかかってきて、その二十時間後、ふたりは病院から娘を連れて帰った。

一日足らずで、ふたりの生活はすっかり変化した。ひたすら待ちつづけるだけの長く苦しい年月を経て、ついに親になったのだ。

養子縁組の書類にサインしてから、三人そろってジョージア州メーコンの実家に帰るのは今回が初めてだった。祖父母は、孫のブリタニー・アン・ベリーと会えるのを楽しみにしている。

ブリタニーがケリーの腕のなかでむずかり、ニール・ダイアモンドの歌う《ジングル・ベル》をかきけすほどのけたたましい泣き声をあげた。ビジネスマンらしき男性がこちらをにらんだ。ニックが小声で文句を言って、おむつの入ったバッグをつかんだ。ケリーはそっと赤ん坊を肩に寄りかからせ、その小さな背中をさすった。

「大丈夫よ」ケリーはほほえんで、バッグのなかのおしゃぶりを捜す夫を安心させた。

ニックが座りなおし、片手で顔をぬぐった。すでにかなりストレスがたまってきているらしい。列車に乗る前からふたりとも神経がぴりぴりしていた。あれほど子供が欲しくてたまらなかったのに、いざ親になってみると新しい環境に適応するのは簡単ではなかった。ニックはひどく神経質な父親になっていた。ケリーも母親としての準備ができていたわけではなかった。彼女は再び笑顔を浮かべ、ニックからおしゃぶりを受けとった。ブリタニーが寝てさえくれたら、あとは心配ないはずだ。

ふたりの姉たちならこうした状況にもうまく対応できるのだろう。これほど家族の助けが欲しいと思ったことはなかった。誰かと話して不安を紛らせたいと、これほど強く望んだこともなかった。

そもそも飛行機での里帰りは、ニックとケリーにはかなりの贅沢《ぜいたく》だった。ところが嵐になり、それとともにさまざまな問題が起きて、ふたりはボストンまで列車で行くことになってしまった。

遠くで汽笛が聞こえた。その響きは教会の鐘のようにすばらしいものに感じられた。列車が来たのだ。切符売場の係員が約束したとおりだった。ケリーはバンガーとボストン間の停車駅を告げるアナウンスに耳を傾けた。まわりの人々もいっせいに立ちあがり、鞄に手をかけている。ニックがてきぱきと子供の荷物をまとめはじめた。

誰もが家に帰るのだ。ここにいる人たち全員が。少し雪が降ったくらいで彼らの行く手が阻まれるわけがない。

2

〝聖なる今宵《こよい》〟

列車はすぐ満員になったが、幸いレンは空席を見つけることができた。隣に座った年配の女性は、腰を落ち着けるなり編み物を始めた。魔法のように糸を操る指先を見ながら、レンは頭のなかで編み目を数えた。こうしていれば時間を忘れ、いつになったら乗客たちは落ち着くのかといらいらせずにすむかもしれない。

胃の奥のこわばりが消えかけたのは、白髪頭の車掌がゆっくり通路を歩いて乗車券を確認しに来たときだった。

「お昼前にはボストンに着きますか？」レンの前の席で子供を抱いている女性が尋ねた。きいてくれてよかった。レンもその答えを知りたくてたまらなかった。

「雪のこともありますし、なんとも言えませんね」

「でも着いてくれないと困るわ。飛行機に間にあわなくなってしまうもの」女性は今度もレンの気持ちを代弁してくれた。

「バンガーとボストンのあいだにある空港はどこも閉鎖になったらしいですね」車掌は同情するように言い、白髪頭をかいた。「しかしこの列車はちゃんと動いていますし、もちろんわたしどももボストンに時間どおりに着けるようせいいっぱい努力します。安心してください」

その言葉でほっとしたのは赤ん坊連れの夫婦だけではなかった。レンの胸に満ちていた不安が、おかげで少し和らいだ。彼は隣に座る年配の女性に視線を移し、雑談でもすれば気分が紛れるかもしれないと考えた。

「あなたもボストンから飛行機に乗る予定なんですか？」

「いいえ」女性は赤い毛糸をたぐり寄せながら答えた。「娘の家族がボストンに住んでいるので、クリスマスをそちらで過ごすのよ。あなたはどちらへ？」

「テキサスのローハイドです」レンは故郷に対する誇りをこめて答えた。

「テキサス」彼女は編み物の手を少しも緩めずに繰り返した。「一度ロンと一緒に行ったことがあるわ。彼がアラモ砦《とりで》を見たいと言って。ロンというのはわたしの夫よ。十月に亡くなってしまったけれど」

「そうですか、それはお寂しいでしょう」

「ええ」つぶやいた声には深い悲しみがにじんでいて、思わずレンは視線をそらした。けれども彼女はすぐに明るい声で続けた。「それにしても、本当に今はすごいわね、ほんの数時間で国内を飛びまわれるんですから」

確かにそうだ。そして今はそれがとにかくありがたかった。車内の喧噪《けんそう》を切りさいて発車の笛が鳴りひびいたときには、レンはますます感謝したい気持ちになった。笛の音が鳴るのとほぼ同時に列車は動きだし、どんどんスピードをあげていった。乗客全員がいっせいに安堵《あんど》のため息をついたように思えた。

レンは隣の女性とすっかりうちとけ、しばらく話したあとで自己紹介をした。キャシーはテキサスや海軍について尋ねた。レンもいくつか質問をした。だがやがて会話もとぎれ、ふたりは再びそれぞれの思いに浸りはじめた。

一時間ほどのあいだ、列車はゆっくりとはいえ一定の速度で進んでいた。外では雪が激しく渦巻きながら容赦なく降りつづいていたが、車内は暖かくて心地よかった。嵐《あらし》が引きおこした不安や心配も、列車に乗っているとさほど気にならなかった。レンはリラックスして両脚を伸ばした。このまま幸運が続き、ローガン国際空港で飛行機に乗れるに違いないという気がしてきた。

列車は途中、いくつかの駅でとまった。そのたびに慌ただしく乗客が入れかわった。嵐のせいでみんな休暇の計画がおかしくなってしまったのだろう。乗ってくる客よりも、降りる客のほうがずっと多かった。停車時間は短く、十分もしないうちにまた発車した。間もなく車内にはぽつぽつ空席が目立つようになった。やがて、ニューハンプシャー州に入るという車掌のアナウンスが聞こえてきた。

ニューイングランド地方の州はどれも小さく、全部まとめてもテキサス州にすっぽりおさまってしまうほどだ。テキサスにはロード・アイランドより広い牧場もある。そんなことを考えているうちにレンはホームシックになってきた。あの歌のとおりだ。〝故郷に勝るものはない〟今や海軍がレンの家になっているとはいえ、やはり彼はいつまでもテキサスの男だった。

「あちらであなたを待っている人がいるの？」キャシーがきいた。

「ぼくの家族が」レンはそう答えてからつけくわえた。「それにフィアンセも」正確にはまだフィアンセではないのだが、そう口にしただけで彼はあふれだすような幸せを感じた。

「それは楽しみね」

「ええ、とても楽しみです」それからレンは気休めになるかもしれないと思い、ブリーフケースからエイミーの手紙を取りだした。いちばん最近の手紙だが、日付は二週間前だった。

レン
あなたからの電話を待っていたけれど、そちらではもう十一時なのだと気がついて今日はかかってこないとあきらめました。がっかりしていたら午後に手紙が届いたの。手紙を書く気になってくれてうれしいわ。あなたは文章は苦手だと言うけれど、そんなことない。今回もとても優しい文面だった。じっさいに自分の手に持って、何度も読み返すことができるのはいいものよ。電話ではそういうわけにいかない。あなたの声が聞けるのはうれしいけれど、電話を切ってしまうとなにも残らないもの。

こちらはすべて順調です。もっとすてきな仕事をしたいとさんざん愚痴をこぼしたけれど、いざ働いてみると老人保健施設のスタッフの仕事はやりがいがあるとわかったの。わたしを採用しなかった旅行会社にはお気の毒だけど。

先週の騒ぎのことは話したかしら？　トランプでピノクルをしていた最中に、ミスター・パーキンスが下半身をさらしてしまったのよ。ご婦人たちはみんな怒り心頭だったのに、今週木曜日に予定されているピノクルも定員いっぱいまで埋まっているの。ミセス・マクファーソンがなくした入れ歯が無事見つかったわ。でも、どこで見つかったかは言わないでおくわね。わたしは今もミスター・ダンバーのお部屋で一緒にお昼を食べています。彼も喜んでくれてはいるみたい。だけど彼はもう三年も口をきいていないのよ。いつもわたしがひとりで話しているの。あなたとわたしのこともみんな話していますす。クリスマスにあなたが帰ってくるのを、わたしがどんなに待ち遠しく思っているかということも。

あなたのお母様から、クリスマスイブに空港まで一緒に迎えに行かないかと誘ってもらって本当にうれしいわ。あなたのご両親と一緒に迎えに行きます。それで思いだしたのだけど、ずっとあなたにききたかったことがあるの。

水兵には港ごとに女性がいる、とわたしが冗談で言ったのを覚えている？　あなたは笑って、潜水艦に乗っていると水上の港はほとんど見えないと言ったわね。でもバンガーはローハイドからずいぶん離れている。なんだかわたし、あなたにほかの女性がいるんじゃないかときいているみたいね。

もうこの辺でやめておくわ。あと二週間で会えるのだから、そのときにもっと話しましょう。

愛をこめて　エイミー

レンは手紙をたたんで静かに封筒に戻した。ほかに女性がいるかどうかなどと心配する必要はないのに。エイミーがなぜそれほど不安になるのかわからなかったが、九月に里帰りして以来、彼女がいつも心細そうにしていることにはレンも気づいていた。

このダイヤモンドの指輪を見れば、心配など吹きとぶはずだ。レンは思わずほほえんだ。エイミーの顔にも笑みが浮かぶのを早く見たくてたまらない。

キャシーは編み物を脇《わき》に置いて窓の外に視線を向けた。雪がすべてを覆い隠してしまっている。とはいえ、景色に興味があるわけではなかった。どんなに考えまいとしても、ロンのことが頭に浮かんできてしまう。

これまでクリスマスイブにはキャシーがクッキーやパイを焼き、子供と孫たちを迎える準備をした。さらに秘密のプレゼントとして必ずロンの大好きなレモンメレンゲパイを焼いた。実のところは、とっくの昔に秘密ではなくなっていたのだが。それでもロンは毎年、わざわざ自分のために焼いてくれたのかとびっくりしたふりをしてくれた。

クリスマスはキャシーの夫がなにより好きなお祝いだった。子供のように家のまわりに幾重にもライトを巻きつけてきれいに飾りつけをした。とりわけ去年はいつにも増して華やかな飾りつけだった。まるで次のクリスマスには自分はいないことを知っていたかのように。

毎年ロンは感謝祭が終わるとすぐにツリーを買いたがった。とりあえず十二月まで我慢させることができればいいほうだった。

いつもふたりで丸一日かけてツリーの飾りつけをした。特大のツリーを選んでいたわけではなく、クリスマスツリーを飾るのはふたりにとって儀式のようなもので、それ以前のクリスマスの思い出を語りあい、それぞれの飾りの由来を思いだしながら話した。これはどの娘が作ったものだとか、どこかに出かけたときに買ったものだとか、友達からもらったものだとか。みずみずしい緑の枝にさがっている飾りにはひとつとして〝ただの飾り〟などなかった。ガラスや木や毛糸で作られた安っぽいおもちゃに見えても、どれもみな大切な思い出の品だ。一九五七年にふたりが結婚した当時のものまで大事に取ってあった。十年くらい前、キャシーはクロスステッチ刺繍《ししゅう》で小さな額を作り、それぞれに家族の写真を入れて飾った。全部しあがるまで何カ月もかかり、できあがったときにはロンは自分が作ったかのように誇らしげだった。

今年のクリスマスにその思い出と向きあうことなどできそうにない。いつかそういう思い出に浸って安らげる日が来ると願うしかなかった。

ロンは四年前に地元の電話会社を退職し、それからは空いた時間に自分の木工所で孫のおもちゃを作っていた。角材から作ったレーシングカーにトロイやピーターは大喜びだった。アンジェラやリンゼイも、ロンが丁寧に作った人形の家をとても気に入ってくれた。キャシーのために作りはじめたサイドテーブルは、未完成のまま木工所に残っている。ロンはなんとか完成させたいと願っていたのだが、化学療法によって体力がすっかり落ち、治療後は何カ月も、一日をしのぐだけでせいいっぱいの状態が続いていた。

ああ、ロンに怒られてしまいそうだ。今年の飾りつけはとても簡素なものだったから。ツリーもないし、家のライトアップもしていない。暖炉の上にキリストの像を飾り、マデリーンが何年も前にガールスカウトにいたころ作った、コットンの雪だるまをふたつ出しただけだ。

でもキャシーには、それ以上のことをしても意味がないように思えた。これほどつらいのに。それに、どのみち家を留守にするのだから。マデリーンの好きなショートブレッド・クッキーだけは焼いたものの、今年のお菓子作りはそれだけだった。

キャシーは座席に頭をもたせかけて目を閉じた。列車の音を子守歌代わりに眠れたらいいのにと思ったが、思い出が次々によみがえっては頭のなかを駆けめぐった。幸せな時代の音や風景。家族みんなで食べたごちそう。室内にあふれるミンスパイやセージ・ドレッシングの香り。そして音楽。家にはいつも音楽が流れていた。

マデリーンがピアノを弾き、長女のグロリアがみごとな声で歌う。父と娘が一緒にクリスマス・キャロルを歌い、ふたりの声が美しくとけあった。毎年、三人の娘のうち誰かひとりは必ず来てくれた。でも今年は葬儀からまだ間もないため、グロリアは飛行機代の余裕がなく、ニューヨークに住むジェニーは仕事を休むことができなかった。父をみとるまで二週間の休暇を取ってしまったあとだからなおさらだ。マデリーンは頼めば来てくれただろうが、キャシーは頼む気になれなかった。

〝神様、せめてこの三日間だけでもなんとか切り抜けさせてください〟そうキャシーは祈った。

マシュー・マクヒューの我慢は限界にきていた。駅でぐずっていた赤ん坊が偶然同じ車両にいて、いまだ泣きやむ気配がない。マシューはひどい頭痛がしはじめた。パムとの口論が何度も脳裏によみがえり、そのうちになにがなんだかわからなくなってきた。クリスマス直前に留守にしただけでパムはあんなに怒ったのだから、家に戻るのが予定より遅くなったらなにを言われるかは想像がつく。

その光景が目に浮かぶようだ。マシューの両親とパムと子供たち全員で、彼の車が家の前にとまるのを待っている。彼が帰らないと食事を始められないからだ。マシューが入っていくと、みんなそろって怖い目でにらむ。まるで家族を困らせるために家を空けていたとでもいうように。前にもそういうことがあった。悪天候も飛行機が飛ばないのもすべておまえの責任だとでも言わんばかりだった。

買い物も料理もパムがひとりでしなくてはいけないという不満については、マシューにはどうにも理解できなかった。近くのレストランにクリスマス・ディナーのテイクアウトを注文したってかまわない。やりたくないのならなにも全部自分で準備する必要はないのだ。ゼリー入りサラダが手作りだろうと仕出しだろうと、マシューにはどうでもいいことだった。パムが自分で自分にプレッシャーをかけているだけの話に思えた。

マシューの両親をクリスマスイブのディナーに招待することにしても同じだ。呼ぶのはいつもマシューではなく、パムだ。彼の両親は一時間とかからないところに住んでいる。

来たくなればいつでも気軽に立ち寄れるのだ。クリスマスイブだからといってわざわざ一緒に食事をするというのが、彼にはばからしく思えた。それがパムの不満のもとになるのならますますばかばかしいことだ。

赤ん坊がまた泣き声をあげた。マシューは両手をこぶしに握りしめ、なんとか我慢しようと努力した。だがいらいらの種はその赤ん坊だけではなかった。五歳くらいの女の子が彼の前の座席の上に立ち、じっとこちらを見ていた。

「あなたのお名前は？」女の子が言った。

「皮肉屋《スクルージ》」

「わたしはケイト」

「ケイト、行儀よく座っていられないのかな？」マシューはわざとあてつけがましく言った。母親が聞きつけてなんとかしてくれるのではないかと期待したのだが、残念ながら当てが外れた。

「明日はクリスマスよ」彼女はマシューの言ったことを無視して続けた。

「そうらしいね」彼は、今仕事が忙しく、話し相手になる暇がないふりをしようとした。

ケイトはいっこうに気にしなかった。

「サンタクロースがわたしのおばあさんのおうちに来るの」

「よかったね」彼は皮肉たっぷりに言った。「人をじろじろ見るのは失礼だということを知っているかい?」

「知らない」ケイトは屈託のない笑みを浮かべた。「わたし、字が読めるの」

「たいしたもんだ」

「『グリンチ』を読んでほしい? わたしの大好きなご本よ」

「断るよ」

通路をはさんだ向かいに黒人の老夫婦が座っており、妻のほうが責めるように眉をひそめた。マシューの態度を快く思っていないのは明らかだった。

「あの人に読んであげたらどうだい?」彼はその女性を示した。「ぼくは仕事があるんだ」

「仕事してるの?」ケイトが声をあげる。

「ああ、したくてもさせてもらえていないんだがね」これ以上ぶっきらぼうな言い方はないというほどの口調でマシューは答えた。

「お話を読むから聞いてくれる?」ケイトは向かいの女性に声をかけた。マシューはにやりと笑い、その年配の女性に視線を向けた。身から出た錆《さび》だ。この子は任せるよ。マシューはとにかく、しばらく静かにさせてほしかった。家に戻ったときどうなるか、考える時間が欲しかった。

そのあと、前の席でもめているような気配があった。少女が泣きながらぐずる声に、彼は自分の正しさを証明された気分になった。どうやら席を離れようとしたケイトを母親が押しとどめたらしい。やれやれ、これで少しは静かになるだろう。マシューも隣に座る男性と同じく、眠ったふりをしていればよかった。

「ママがちゃんと座ってなさいって言うの」ケイトが座席から振り返り、涙に光る目でマシューをじっと見つめた。彼には背もたれからのぞく少女の濡《ぬ》れた目と、赤いリボンのついた頭しか見えなかった。

マシューは彼女を無視した。

「サンタさんが来て、わたしに……」

「いいかい、サンタがなにを持ってこようとぼくには関係ない。おじさんはお仕事だから、きみとお話ししている暇はないんだよ。いい子だから向こうを向いて、おじさんの邪魔をしないでくれないか」

ケイトは一瞬彼をにらみ、ぱっと席に伏せて泣きだした。

何人かの乗客が責めるような視線を向けてきたが、マシューは気にしなかった。子供を喜ばせたいなら勝手にやればいい。彼にその気はなかった。行儀を知らないわがままな子供にサンタがなにを持ってこようがどうでもよかった。自分にはもっと重要な悩みがあるのだから。

列車がとまってから五分くらいたっていた。「今どこ?」優しくブリタニーをあやしながらケリーが尋ねた。ブリタニーは列車に乗ってからずっとむずかっている。なにをしても機嫌は直らなかった。おなかがすいているわけでもなく、おむつも汚れていなかった。歯が生えかけているのが気になるのかもしれない。母親ならそういうことを知っていて当然なのだろうが、ケリーには推測するしかなかった。

列車がすいてきたのがせめてもの救いだった。嵐のせいでみんないらだち、気が短くなっているようだ。とくにひどいのが、あのビジネスマンらしき男性だった。じっさい彼の態度は失礼なほどで、ケイトと母親が気の毒に思えた。子供を抱えてひとりで旅行をするのがどんなに大変か、ケリーにはわかる気がした。こちらだってニックがいなければとても無理に違いない。正直に言って、子供とふたりだけの旅行など考えられなかった。子供に必要なものはものすごくたくさんある。すべてを整理して荷造りするだけで何時間もかかるだろう。

「看板にアボットと書いてある。ニューハンプシャーだ」ニックが言った。

ケリーも外に視線を向け、降りしきる雪越しに目を凝らした。「ニック、見て！　こんな古い駅がまだ残っているのね」赤煉瓦《あかれんが》造りの駅のホームには、脇に隠れるようにしてベンチが何列も並び、張りだした屋根が雪をさえぎっていた。線路に面して切符売り場の窓口があり、格子で細かく仕切られた別の窓からは待合室が見えた。

「そうだね」ニックは気のない様子であいづちを打った。

「趣があってとてもすてき」

今度はなんの答えも返ってこない。

「まだこんな駅が残っているなんて知らなかったわ。ちょっと降りてみても大丈夫かしら？」

その言葉にニックが反応した。「冗談だろう？」

「荷物を全部持っていく必要はないわ」

「寒いところへ赤ん坊を連れだす気か」

ケリーの明るい気分が消えた。「それはできないわね」

車掌が通路をやってきて、ケリーに向かって愛想よく会釈した。

「すてきな駅ですね」ケリーが言った。

「ラザフォード郡でも、できた当時のまま残っている駅は少ないんですよ。ここが建てられたのは一八八〇年ごろです。なかもすごくきれいですよ。薪《まき》ストーブがあって、立派な木でできたベンチが並んでいて。こんな駅はもう造られないでしょうね」車掌が誇らしげに顔を輝かせて説明した。

「そうでしょうね」ケリーもほほえんだ。

「そろそろ出発する時間じゃありませんか？」海軍の制服を着た若者が、腕時計にちらりと視線をやりながら声をかけてきた。

「間もなく発車します」車掌は自信たっぷりに答えた。「心配はいりません。こんな特別な日なんですから、雪が降ろうと降るまいとみなさんをちゃんとボストンまでお届けします」

3

〝メリー・リトル・クリスマス〟

「もうこの駅に着いて二十分になる」なぜ発車が遅れているのかとレンは外をのぞいた。顔を窓に押しつけ、目を細めながら駅を見やる。雪はさらに激しさを増し、駅舎もほとんど見えないほどだった。列車はアボット駅でとまったきりで、これまでのどの駅よりも長く停車していた。どうやら関係者の誰ひとりとして、乗客の一部がローガン国際空港に行くために急いでいることをわかってくれていないらしい。レンにはとてつもなく大きなものがのしかかっていて、飛行機に乗りおくれるわけにいかなかった。

「きっと大丈夫ですよ」キャシーがそう言いながらも、ひどくせかせかと編み針を動かしているのをレンは見逃さなかった。彼女はときどき、力を入れすぎては手をとめてやりなおしていた。

心配しているのは自分だけではないことにレンは気づいた。例の不機嫌そうなビジネスマンは席を立って車両の端まで行き、窓から身を乗りだして外を見ていた。なにか新たな情報がないか探ろうとしているのだろう。

「誰か来る」ビジネスマンの声からは、彼が簡単に引きさがるつもりはないことが感じとれた。彼は納得のいく答えを求めているのだろう。それはレンも同じだった。ふだんは我慢強いほうだが、このクリスマスイブは特別だ。なんといってもポケットには婚約指輪が入っているのだから。

車両のドアが開き、風のうなりや吹きこむ雪と一緒に、先ほどの年かさの車掌が乗りこんできた。すばやく足を踏み入れると、彼は車両のいちばん前へと進みでた。「皆さん、ちょっとお聞きください」

レンは車掌が口を開くより先に、いいニュースではないと直感で悟った。

「この先の線路で問題が起こりました」

「どんな？」ビジネスマンが強い口調できく。

「脱線です」

いっせいに乗客たちが不満をもらし、続いて大きな声もあがった。

車掌が両手をあげると、乗客たちは口を閉じた。「できるかぎりの努力をしています」

「復旧にどのくらいかかる？」大声できいたのは、車両のいちばん前にいた長髪の男だった。革のヘッドバンドに房飾りのついたジャケットといういでたちは、時代遅れのヒッピーを思わせた。並んで座っている女性がさらにそのイメージを膨らませた。真ん中から分けたストレートヘアは腰のあたりまで伸び、分厚いコートの下からは花柄のロングドレスがのぞいていた。

車掌は不安そうな表情をちらりと浮かべた。「二、三時間、あるいはもっとかかるかもしれません。はっきりしたことはわかりません」

「二、三時間だって！」レンは思わず声をあげた。

「これから飛行機に乗らなきゃいけないんだぞ」幼い子供を連れた若い父親の声からは、単なる怒りではおさまらなくなっているのが感じられた。

「航空会社が列車を手配してくれたと思ったらこれか？　こんなことならバンガーで待っているほうがましだったな」ビジネスマンはうんざりしているのを隠す気もないようだった。

「申し訳ありません。ですが……」

「この田舎町にレンタカー会社はないのか？」誰かが尋ねた。レンには声の主はわからなかった。

「すぐ近くにはありません。町の中心に一箇所ありますが、この嵐《あらし》では……」

レンは最後まで聞いていなかった。ボストンまで百キロもないだろう。車を飛ばせば、今からでも飛行機の出発時間までに空港に着けるかもしれない。レンは信じられない速さで鞄《かばん》を手に取ると、列車から駆けだした。

ホームに飛びおりた瞬間、吹きつける冷気に体が震えた。レンは背中を丸めてうつむいたまま、凍りつきそうな風に立ち向かうようにして、駅のドアを開けた。当然のように駅のなかも外と変わらずしんと静まり返っていた。長い木製のベンチが何列も並び、薪《まき》ストーブがひとつだけ置かれていた。

どやどやと乗客たちが入っていくと駅長が顔をあげた。どうやら駅長がひとりで切符のほかに、スナック数種類や雑誌、切手といったわずかな品も売っているらしい。いちばん奥に電話が三台あった。そのうちの一台には、故障中と書かれた紙が貼《は》ってある。二台の電話の前にあっという間に長い列ができた。レンは自分の前にいる人数を確かめ、十人くらいなら車を借りられそうだと安心した。だがすぐに、二十五歳以上でなければレンタカーは借りられないと言っていた友人の言葉を思いだした。またしても希望がしぼんでいく。レンはまだ二十四歳だった。がっくりと肩を落とし、彼は列を離れた。

きりきりと神経が引きしぼられるような気分を味わいながら、レンは電話から遠ざかってベンチに腰をおろした。もう望みはない。頑張っても無駄だ。そもそも列車が予定どおりに到着したとしても、飛行機に席があると保証されているわけではなかった。航空会社は四時間後に出発する便に予約を入れようとしてくれたが、空席はなく、キャンセルが出ないかぎりレンが乗れる見こみはなかった。

予約係は事情をわかってくれて、じっさいには意外にうまくいくものだとも言った。たいてい一席か二席は空きが出るし、レンはキャンセル待ちリストのトップだという。大いに期待が持てる気がしていたのに、ここへ来てこれだ。

キャシー・ノリスが隣に腰をおろした。「わたしも娘に電話しておくべきでしょうね」

話しかけられているのかどうかよくわからなかったが、レンはともあれ応じた。「ぼくも家に電話したほうがよさそうです」

電話待ちの列は五人に減っていた。レンはもう一度列に加わり、じりじりしながら待った。さんざん待たされたすえ、ようやく順番がまわってきた。彼は実家にかけようとしたが、両親とは今日すでに話したと考えなおした。

テレホンカードを入れ、エイミーの自宅の番号にかけながら、彼女が家にいてくれることを祈った。

「もしもし」

その優しくゆったりした話し声に、レンは泣きたくなるほどの安堵感《あんどかん》を覚えた。「やあ、エイミー・スー」

「レン?」エイミーがうれしそうな声で言った。「今どこにいるの?」レンに答える暇も与えず、彼女は続けた。「お母様から電話をもらったわ、飛行機が飛べなくなったんですってね。もうボストンなの?」

「アボットだ、ニューハンプシャーの」

「ニューハンプシャーですって？　いったいそんなところでなにをしているの？」

「ぼくが教えてほしいくらいだ。航空会社の指示で列車に乗りかえたんだよ」

「嵐で空港が閉鎖になって、いろいろ大変みたいだってお母様から聞いたけれど」エイミーが言った。後ろに並ぶ人たちを気にしながら聞いていても、彼女の口調がどこか妙なことにレンは気づいた。悲しげな声だ。今から彼が告げようとしていることを、あらかじめ知っていたとでもいうような。

「線路が脱線したそうだ。復旧に数時間かかるらしいから、ボストンにいつ着けるかわからない」

「まあ、レン」ほとんど消えそうな声だった。「クリスマスまでに帰れないのね？」

そんなことはないとレンは言いかけたが、じっさいにはどうなるのかわからなかった。

「帰りたいよ。でも……」

エイミーの落胆が電話線を伝って感じとれるような気がする。この場で抱きしめてやれないのがつらかった。「飛行機に間にあうよう、できるかぎりのことをするよ。きみに会うためならどんなことだってするとわかっているだろう？」

答えはなかった。

「エイミー？」順番を待つ人がずらりと後ろに並んでいる状態では、思いのままを口にするのははばかられた。

「ご両親に連絡しておくわ」ささやくようなその声は、少しかすれていた。

「なにかわかったらすぐにまた知らせるよ」レンはそう言ってから、後ろで十人以上の人が耳をそばだてているのもかまわずに続けた。「愛しているよ、エイミー」

けれども電話はすでに切れていた。


マシューは家に連絡をするべきだと思い、電話の前の長い列に加わった。だが、あと三人で自分の番というところで、ふいに気が変わった。なぜなのかはわからない。いや、もしかしたらわかっているのだろうか。

パムがかんかんに怒りだすのは目に見えていた。こきおろす声が聞こえてくるような気がした。正直言って、今のマシューはそれに耐えられる気分ではなかった。

マシューは電話から離れると、空いていたベンチに腰をおろした。古びたベンチは見栄えこそいいが、座り心地までいいとは言えなかった。彼はたびたび姿勢を変え、脚を組んだりほどいたりを繰り返した。

悪運は重なるもので、すぐ目の前に幼い子供を連れた夫婦が座った。どうしてこうなるんだ？　いちばんいらいらさせられる相手が必ずそばに寄ってくる。幸い子供は、もう母親の腕のなかですやすや眠っていた。

その子を見ているうちに、マシューは自分の子供が同じような年齢だったころのことを思いだした。結婚して数年のうちは、パムもマシューも幸せだった。あの時代が今では遠い昔に思える。仕事の不満も追い討ちをかけていた。幸せな人生に欠くことのできない妻や家庭や仕事といったことすべてが、自分にとっては障害になっている気がした。早瀬に腰までつかり、急流に流されまいと必死に闘っているようだった。

夫が日々ストレスに耐えているというのに、妻はまったく気づいていない。それどころか、マシューのせいで自分の人生は惨めなものになったと言う始末だ。最近のパムが口にするのは文句ばかり。出張に行けば文句を言い、家にいればいたで不満の種を見つけてくる。

この数日、一度ならず彼の頭にはある考えが浮かんでいた。もしかしたらふたりは別れて暮らしたほうがいいのかもしれない。これまで口に出しはしなかったが、頭の隅でずっと考えていたことだ。パムもあれだけ不満を抱えているのだから、同じことを考えているに違いない。もうずいぶん長いこと、ふたりで一緒にいて心の底から楽しめたことはなかった。

マシューは落ち着かない気分になり、立ちあがって歩きはじめた。みんなが列車から降りてきていたため駅の構内は人で埋まり、これ以上座る場所はなかった。駅長が電話で話していた。マシューは表情からなにか読みとれないかと、老いた駅長の顔を見守った。

駅長は黒い帽子を取ると眉をひそめ、やがてうなずいた。それがどういう意味なのか、マシューにはまるで見当がつかなかった。駅長が受話器を置くまで待ったが、なにか知らせようというそぶりもない。どうやら新しい情報はなかったようだ。マシューは時間を確かめ、思わずうめいた。

列車のなかにいるほうが居心地がいいかもしれないと考え、マシューは骨身にしみる冷たい風と雪を突っきって、車内に飛びこんだ。車掌と乗務員たちの姿はなかった。全員で友人の家にでも行ってのんびりくつろいでいるのかもしれない。乗客はそういうわけにいかなかった。風と雪で外はほとんど見えない。マシューが車内に戻って二十分もしないうちに、赤ん坊を連れている夫婦の父親のほうが急いで乗りこんできて、座席の下からおむつの入ったバッグを取りだした。

「初めての子かい？」退屈していたマシューは声をかけた。ちょっと話でもすれば時間つぶしになるかもしれない。とはいえ答えは聞くまでもなかった。マシューも子育てに詳しいわけではないが、この夫婦が子供を抱えてひどく緊張しているのは明らかだった。両親がリラックスすれば子供も落ち着くのではないかとマシューは思った。

新米の父親はうなずき、それからふいに腰をおろした。「こんなに大変だとは予想もしていなかったよ」

「子供が生まれたらすべて変わるからね」マシューは言った。列車はすでにエンジンを切っていたので暖房もとまっていて、早くも外の冷気が入りこんできていた。

「あなたにも子供が？」

「ふたりね」マシューは憂鬱《ゆううつ》な気分だったにもかかわらず、笑顔を浮かべた。「マシュー・マクヒューだ」そう言うと彼は片手をさしだした。

「ニック・ベリーです」

「こんなクリスマスイブになろうとは夢にも思わなかったよ」

「ぼくもだ」ニックは肩をすくめ、手袋をはめていない手をこすりあわせた。「ぼくだけなら絶対にバンガーを離れたりしなかったんだが、ケリーの親がまだ子供に会っていなくてね」

マシューはわかるというように笑った。

「もう戻らないと。ケリーが待っているんだ」ニックが言った。

「ぼくも一緒に行くとするかな」どのみち車内には長居できそうもなかった。静かなくつろぎを求めて来たものの、この寒さのなかにひとりでいるのは無意味に思えた。それに不快のもとは寒さだけではなかった。マシューは考えたくないことを考えはじめていた。離婚したくはない。だが自分とパムがその方向に向かっていることは明らかだった。

マシューとニックが全速力で駅舎に駆け戻ると、ちょうど駅長が待合室の中央に出てくるところだった。ニックは妻のもとへ行っておむつバッグを渡した。

「皆さん」年老いた駅長が両手をあげた。「わたしはクレイトン・ケンパーと申します。現在の状況について、これまでにわかっていることをご説明したいと思います」

「いつまでかかるんだい？」長髪のヒッピー風の男性が声をあげた。

「まったくだ、いつになったらここを出られる？」別の誰かが叫ぶ。

「すみませんが、いつになるかはわたしにもわかりません。嵐の上、脱線ですので」

駅長の言葉に、あちこちから不満げなつぶやきがあがった。

「クリスマスイブですし、皆さんお急ぎのこととは思います。しかし復旧作業が終わるまでどのくらいかかるか、誰にもわからないのです。当初は二時間と見ていたのですが、どうも作業が難航しているらしくて」

不満の声が大きくなってきた。「はっきりとした答えが欲しいんだ。飛行機を予約している人間もいるんだぞ」マシューは両手をこぶしに握りしめ、声をあげた。

クレイトン・ケンパーは押しとどめようとするかのように両手をあげた。「申し訳ございません、心からおわび申しあげます。ですが今言ったとおり、こうしたことは予測しようがないのです。あと一時間で復旧するかもしれませんし……あるいは朝までかかるかもしれません」

「朝だって！」乗客の不満は一気に怒りに変わった。

「ホテルに泊まれませんか？」年配の男性が、横にいる女性をかばうように片腕で抱きながら尋ねた。

マシューはニックが妻に視線を向けるのを見ながら、一歩前に進みでた。「今のはいい質問だ。ホテルに泊まったほうがいい状況なのか？　そもそもこの近くにホテルがあるのかい？」子供連れならホテルに泊まるほうがはるかに楽に違いない。

「中心部まで出れば一軒あります。あとはモーテルが数軒、そこならいくつか部屋が空いているでしょう。ご希望があれば、電話を入れてシャトルバスを頼みます。レンタカー会社にも連絡いたします。ですが……」ケンパーは顎をさすった。「どちらがいいとは言えません。作業が終わりしだい列車は発車します。町じゅうの宿に電話して皆さんを移動させている余裕はないでしょう。ここにいればすぐに出発できます。それ以外の方は次の列車までお待ちいただくしかありません」

マシューはどちらがいいか考え、待つほうを選んだ。楽観的すぎるかもしれないが、賭《か》けてみたかった。けれども彼の決断は少数派だったらしい。大半の乗客はホテルに一泊することにしたようだ。十分もしないうちに駅は閑散となった。ここで午後を過ごそうという勇気ある人間はわずか二十人程度だった。

「きみたちはどうするんだい？」マシューはニックに尋ねながら、彼の妻と子供に視線を向けた。ニックは真っ先に居心地のいいホテルへ向かうものとマシューは思っていた。

「ここでこのまま待つほうがいいとケリーが言うものでね」

「延々と待たされるかもしれないぞ」マシューは念押ししてやらねばという気持ちに駆られた。あとから気が変わっても、そのときにはもう空き部屋は残っていないだろう。マシューがとやかく言うべき筋合いではなかったが。

ふと電話に目が向いた。パムに電話するべきなのはわかっていた。だがやはり、彼女の反応を考えると気がそがれた。もう少しはっきりしたことがわかるまで待とう。今からパムを怒らせることはない。まだ四時間あるのだから、予定の飛行機に乗れなかったらそのときに知らせればいい。今は知らずにいるほうが幸せだ。

「ママ……ああ、こんなことになるなんて信じられない」マデリーンの失望が電話越しに伝わってきた。

キャシーも娘と同じ思いを抱きながら、受話器を耳に押しつけた。「心配しなくていいのよ」

「心配しないでいられるわけない」マデリーンの声がきつくなる。「わたしが迎えに行くべきだったのよ」

「ばかなことを言わないで」キャシーにしてみれば、そのほうが心配だった。クリスマスイブに娘を家族と引き離すようなことはしたくなかった。

「でも、パパなら……」マデリーンは口にしかけた言葉をのみこんだ。

「わたしは本当に大丈夫だから」

「クリスマスイブに嵐に遭って、ひとりきりでニューハンプシャーの片田舎の駅にいるのよ。どこが大丈夫なの」

〝ひとりきり〟娘がふと口にしたその言葉がキャシーの胸にぐさりと突きささった。足もとがふらつく。ひとりきり。ロンがこの世を去ってからというもの、ずっと感じていたことだ。来る日も来る日もなんの目的もなく、誰とのつながりもない。とまどい、さまよっているだけのように思えた。悲しみはあまりにも深く、身が引きさかれるほどつらかった。いつか時がたち、心の痛みが癒《いや》されることを願うしかなかった。

「こんなのひどすぎるわ」マデリーンが言った。

「どうしろというの？　大声で叫べとでも？　懸命にわたしたちの力になろうとしてくれている駅長さんにがみがみ怒鳴ればいい？」

マデリーンは小さく悲しげなため息をついた。

「わたし、本当にママに申し訳ないわ」マデリーンはしばらく黙ったあとで打ちあけるように言った。

「なぜあなたがそんな気持ちにならなければいけないの？」マデリーンがこの不運を自分のせいにするなんてばかげている。

「でもママは知らない人たちと一緒なんでしょう。家族は誰もいない。そんなことになるなんて、わたし……」

「もうやめてちょうだい」キャシーは厳しい声を出した。「あなたにはなんの責任もないわ。とにかくわたしはアボット駅にいてもなにも困っていないの。編み物を持ってきているし、話し相手になってくれる人もたくさんいるわ」

「でも、クリスマスイブなのに」

キャシーは目を閉じ、深く息を吸いこんだ。「お父さんがいないのに、今までどおりのクリスマスになると思う？」

「ママ」マデリーンの声が沈んだ。「お願いだからパパのことは言わないで。パパがいなくてすごくつらいのよ」

「でもわたしたちは生きていかなくちゃ」キャシーはなんとか、不安などなにもないと言わんばかりの楽観的な声を出そうとした。

「ママの慰めになればと思って呼んだのに」

「慰めになっているわ」キャシーは優しく娘に告げた。「ひとりであの家にいるなんて、とても無理だったもの。知らない人たちと駅にいるほうが、向きあえない思い出を抱えてクリスマスを過ごすよりもずっといい。それに今夜か明日にはあなたたちと会えるのよ。もうやめましょう、お互いにきまりが悪くなるばかりだわ」

「線路が直ったらすぐに連絡してくれる？」

「真っ先に知らせるわ」

「ブライアンと子供たちと、みんなで駅へ迎えに行くから」

「ありがとう。さあ、もう心配しないのよ」

マデリーンは少しためらっていたが、やがてささやいた。「愛しているわ、ママ」

「わたしもよ。ね、もう気をもまないって約束してちょうだい」

「頑張ってみる」

「それでいいわ」それから別れの言葉を交わして受話器を置くと、キャシーはベンチに戻った。小さな薪ストーブのおかげで、駅のなかは暖かかった。駅に残った人たちは全員ベンチに腰をおろしていた。キャシーは編み物に手を伸ばし、あらためてわきあがってくる憂鬱な気分を追いやろうとした。

マデリーンの言うとおりだ。よりによってこの特別な日に駅に閉じこめられるなんて、これ以上忌まわしい状況などあるだろうか。キャシーはそっとまわりをうかがった。ほかの人たちもみな、同様の惨めな思いを抱えているように見えた。

本当にこれがクリスマスなの？

4

〝一年でいちばんすてきな日〟

「こんにちは」髪をポニーテールに結んだ女の子が、チャーミングな笑顔を浮かべてキャシーのそばに近寄ってきた。開いた口からは歯が抜けおちているのが見える。

「こんにちは」キャシーは親しみをこめてこたえた。駅に残った人のなかには、赤ん坊と、ふたりの子供もいた。女の子のほうは赤いゴムまりのように跳ねまわっていたが、男の子のほうは両親にぴったりくっついたままだった。

「なにをしているの？」少女はキャシーの隣にすとんと腰をおろした。

「孫のセーターを編んでいるのよ。あなたと同じくらいの年かしら」

「わたしは五歳よ」

「アンジェラもそうよ」

「わたし、字が読めるのよ。幼稚園の先生がママに、まだこんなに小さいのにえらいわねって言ったの」

「まあそれは立派だわ。お父さんもお母さんも喜んでいるでしょうね」キャシーは色鮮やかな毛糸を編む手を忙しく動かしながら、少女に向かってほほえんだ。

女の子は少しうつむいた。「ママとパパは離婚しちゃった」

キャシーには少女の困惑とつらさがわかった。「かわいそうに」

うなずいた女の子の表情は、幼い彼女には不似合いな賢さを感じさせた。「わたしたちは、ボストンのギブソンおばあさんのおうちでクリスマスを過ごすのよ」

「ケイト」ぴりぴりした様子の若い女性が女の子に近づいてきた。「お邪魔しちゃいけません」

「邪魔だなんて、ぜんぜんかまいませんよ」キャシーは少女をかばって言った。

「今夜サンタさんが来て、わたしにいっぱいプレゼントをくれるっておばあさんが言っていたの」ケイトがかわいい顔を輝かせた。「列車が遅れても、サンタさんは来てくれるんでしょう?」

「もちろんよ」母親の口調から、娘に何度も同じことをきかれているらしいとわかった。

「嵐《あらし》でもわたしのいるところがわかるかしら?」

「サンタの橇《そり》は赤鼻のトナカイが引いているから大丈夫よ」

ケイトがうなずいた。

キャシーは編みかけのセーターを膝におろした。

「ここでご本を読んでもいい？」少女は大きな目を見開き、懇願するように言った。「お話を聞いてくれる？」

「まあうれしい、そんなに楽しいことはないわ」本心ではなかったが、明らかにこの子は落ち着かない気持ちをどうにかして紛らす必要がありそうだった。それにキャシーにも孫がいるので、こんな状況下で五歳児の機嫌を損ねずにいるのがどんなに大変なことかはよくわかった。

ケイトはすぐさまバックパックを取りに行き、大事な本を抱えて戻ってきた。

「ありがとうございます」ケイトの母親が小さな声で言った。「わたしはエリーズ・ジョーンズといいます」

「はじめまして、エリーズ。わたしはキャシー・ノリスよ」

ケイトはキャシーと母親のあいだにおさまり、いそいそと本を開いた。人さし指で最初の文字を押さえると、声を出してすらすら読みはじめた。何度も読んでいるお気に入りの本に違いない。

キャシーはほほえみながら少女を見おろした。今はまだ列車も動かないし、いらいらも募るばかりだが、これもいずれは終わる。そのうち駅長が出てきて線路の復旧作業が終わったと告げ、乗客は皆列車に乗りこむ。それから数時間もすればマデリーンの一家に迎えられ、ここでのこともすべて過去になるだろう。ケイトの朗読を聞いているうちになぜか心が安らぎ、今日起きたさまざまなやっかいごとも我慢できそうな気がしてきた。不便ではあるが、耐えられないほどではない。

ケイトの声がしだいに小さくなり、やがてその目が閉じた。力が抜け、頭がぐったりとキャシーの脇《わき》にもたれてくる。数秒後にはケイトの膝から本が滑りおちた。

「よかった。やっと眠ってくれたのね」エリーズが小声で言い、そっと立ちあがった。ケイトの細い脚をベンチにあげ、セーターを枕《まくら》代わりに頭の下に置いた。

「子供がいるとなにかと手がかかるものよね」キャシーも声を潜めた。初めてロンと一緒にふたりの孫を預かったときのことを思いだした。マデリーンとブライアンは投資講座に参加して、午後四時にはふたりを迎えに来たものの、キャシーとロンは疲れきってその晩は八時にはベッドに倒れこんでいた。

「シングルマザーは楽ではなくて」エリーズが言った。「夫のグレッグと離婚したときはこんなことになるとは想像もしていませんでした。しばらくするとグレッグが職を失って、失業手当で暮らすようになったんです。また仕事には就いたけれど、今では子供の養育費もきちんと送ってくれなくて、それでますます問題が増えてしまって」エリーズは言わなくてもいいことを言ってしまったというように、恥ずかしそうに視線をそらした。「母がいなかったらクリスマスも祝えなかったでしょう。間違いなくプレゼントを買う余裕はありませんでした」

若い母親の瞳に、一瞬だが隠しきれない苦悩が浮かんだ。エリーズにとって離婚は、誰かに死なれることに等しい過酷な経験だったに違いない。キャシーは似た境遇の者同士の親近感を覚え、思わずエリーズの手を取って強く握りしめた。

エリーズはすぐ自分を取り戻し、懸命に明るい声を出した。「わたし、編み物を覚えたいってずっと思っていたんです」

「わたしでよければ教えましょうか？」それはいい考えだとキャシーはすぐさま飛びついた。三人の娘に編み物を教えたこともあるし、予備の編み針はいつも持ち歩いている。持てあますほど時間があり、ケイトも眠っている今は、絶好の機会だ。

「今ですか？」エリーズは慌てたように言った。「いえ、もちろんうれしいですけど、ご迷惑じゃありません？」

「とんでもない。編み物をしていると気持ちが休まるのよ。とりわけ夫が亡くなってからのこの数カ月はずいぶん助けられているの」

「おつらいですね、だんな様を亡くされたなんて」エリーズの声には心からの同情がこめられていた。

「ええ、夫がいないと本当につらいわ」キャシーは思いを振りきるように、予備の編み針を取りだした。「じゃあ、さっそく始めましょうか？」

エリーズがうなずいた。「ええ、お願いします」

キャシーは毛糸玉を取りだした。「ではまず、編みはじめからね。とっても簡単なのよ」

レンは時間を確かめずにはいられなかった。アボット駅で足どめされてからすでに四時間もたっているのに、その後の状況についてはなにひとつ聞かされていない。しかし、駅長のクレイトン・ケンパーはとても親切な人だった。彼はコーヒーをいれ、みんなにふるまってくれた。

レンは遠慮した。ストレスはたまっていたが、カフェインをとりたくなかった。だがほとんどの人はケンパーの厚意をありがたく受けていた。ほかの乗客を見渡してみると、みごとに多種多様な集団だとレンは思った。グレーのウールコートを着て編み物をする、悲しげだが親しみのわく笑顔を浮かべた夫を亡くした女性。離婚した母親と幼い娘。気難しいビジネスマン。赤ん坊を連れた夫婦。ヒッピーとその妻。年配の黒人夫婦。そのほかさまざまな人がいた。

ケンパーがコーヒーポットをのせたトレーを手に近づいてきた。「本当にいりませんか?」

「結構です」

「さっきトランプを見つけたんです。カードゲームはいかがですか?」

レンはすぐにうなずいた。「それはいいですね」ちょうどいい暇つぶしになりそうだ。レンはときどきひとりでトランプをすることがある。そばにいたビジネスマンがトランプという言葉を耳にして、ノートパソコンから視線をあげた。あと二、三人集まれば、ピノクルかポーカーができるかもしれない。

「ピノクルでもやりませんか？」レンはマシューに声をかけた。

「ピノクル以外でも、カナスタとかブリッジとか……なんでもかまわないんだが」

「ぼくもやろうかな」ニックが申しでる。

「そういえば、奥に古いカードテーブルがありますよ」ケンパーがトランプを手に戻ってくると言った。「椅子もありますし、よかったら使ってください。もっと早く思いつけばよかったですね。皆さん退屈しきっているでしょうに」

四人目が加わった。テーブルの位置を少し変えると準備は整った。皆が席に着き、カードがシャッフルされ、ピノクルが始まった。

ずっと赤ん坊を抱いたままだったケリー・ベリーは、腕に痛みを感じはじめていた。チャイルドシートは列車に置いてきてしまったが、ニックに持ってきてほしいとは頼みづらかった。ニックは一度外に出ただけで、もう二度と嵐のなかへ飛びこむ気にはなれないという顔をしていた。そのうえ今は、トランプに夢中だ。

ケリーはふと思った。この先自分たちは、きちんと子育てができる親になれるのだろうか。なにもかもが想像とはかけはなれていた……こんなものだとは思ってもみなかった。自分たちの子供が欲しいと願うあまり、やがてケリーは子供がいなければ完全な夫婦とは言えないのではないかとまで思いつめるほどになった。しかし、むずかり騒いでばかりいる子供を相手に三カ月過ごしてみると、結婚以来これほど憂鬱《ゆううつ》になったのは初めてではないかとすら思うようになっていた。

子供を授かったらニックとの絆《きずな》がもっと強まるはずだと、ケリーはずっと信じていた。赤ん坊はふたりの愛の象徴となり、幸せな結婚生活の証《あかし》になるはずだと。ところがブリタニーはむしろ、ふたりのあいだに打ちこまれた楔《くさび》のように思えてならなかった。ついこのあいだまで、ふたりの世界は自分たちだけのためにあった。それが最近では、すっかりブリタニーが中心になっている。ケリーもニックも幼いわが子の世話にかかりきりになり、それだけで全精力を使いはたしていた。

けれども娘を抱く腕に力をこめると、ケリーの胸に強い愛情がわきあがってきた。なにもかも初めてのことだから、わたしもニックも混乱しているだけだと、ケリーは自分に言いきかせた。あと数カ月もしたら、ふたりともすべてが楽に感じられるようになる。ニックの愛に変わりはなかったが、ブリタニーを養女に迎えてからというもの、夫が生活の変化についていけていないのは彼女にもわかっていた。

「しばらく抱いていてあげましょうか？」年配の女性がケリーの隣に腰かけた。「キャシー・ノリスよ。だいぶ疲れたでしょう」

「ケリー・ベリーです」彼女はためらいがちにきいた。「でも、いいんですか？」

「かまいませんとも」キャシーは眠っているブリタニーをケリーの腕から抱きあげた。赤ん坊を見おろして静かにほほえむ。「本当にかわいいこと。それに、赤いお洋服がとてもすてきだわ」

「ありがとうございます」ケリーは心底うれしかった。クリスマスにふさわしいおしゃれをさせてあげることが、ケリーは楽しくてたまらなかった。ニックにとめられなければ、どんどん金をつぎこんでいただろう。だが常に現実を忘れないニックは、筋の通った意見を口にする。とはいえニックも、娘を甘やかしている点では同罪だったが。

「間違いなくお父さん似ね」

ケリーはうれしさに顔を輝かせた。「わたしもそう思います」

キャシーは、ケリーがうらやましくなるほど楽々とブリタニーを肩によりかからせ、そっと背中をなでた。ブリタニーが顔を横に向け、小さな口で吸いつくような音をたてる。

ケリーの胸は再び愛情でいっぱいになった。

ふと誰かの視線を感じて顔をあげると、ニックがこちらをじっと見ていた。ケリーが気づいたのを見て彼が笑顔を浮かべる。それから娘に視線を移した夫の瞳は、優しさに満ちていた。

わたしたちならやっていける。そのときケリーは思った。これがわたしたちの夢だったんだもの。何年も待ちつづけ、いろいろと考えすぎてしまったから、現実をしっかり受けとめられずにいるだけだ。

クレイトン・ケンパーが外に出ていくと、シャベルを手にしてすぐ戻ってきた。「いいニュースですよ！」

全員がぱっと顔をあげた。どの顔も期待に輝いている。ケリーも同じだった。何人かの乗客は早くも立ちあがり、色とりどりのプレゼントではちきれそうな袋に手を伸ばそうとした。

「嵐がやみました。雪ももう降っていません」

「それはどういう意味なんだ？　もうすぐぼくたちはここから出られるということか？」

マシュー・マクヒューが強い口調で尋ねた。

「それはなんとも言えませんが、ともかく作業ははかどるはずです」

ケリーの期待がまたしぼんだ。お願いです、ブリタニーとの初めてのクリスマスを駅で過ごすなんて、それだけは勘弁してください。ケリーは祈った。わたしたちのクリスマスをそんな惨めなものにしないでください。

5

〝もみの木〟

雪がやんだと聞いたら元気が出てきそうなものだが、まるで逆だった。レン・ドーバーはとたんに気持ちが暗くなった。嵐《あらし》が去ればすぐ発車できると思っていたのに、そう簡単にはいかないらしい。

トランプにも興味がうせ、誰かと交替しようと立ちあがったが、もはや誰もゲームに参加する気はないようだ。そのうちテーブルにいるのはニック・ベリーだけになったが、彼は気のない様子でひとり遊びを続けていた。

レンはいらだちを抑えきれず、窓口に近づいた。クレイトン・ケンパー駅長が顔をあげる。「なにかご用でしょうか？」

「少しは情報をくれないか？」マシュー・マクヒューがレンの横から口を出した。「もう六時間もここで待たされているんだ。いいかげんになにか教えてくれてもいいだろう」彼は握りしめたこぶしをカウンターにのせた。「こんな状況になってみんながどれだけ困っているか、少しはわかってもらいたい」

駅長はどうしたものかというように肩をすくめた。「教えてさしあげたくても、なにもわからないんですよ」

「どこかへ電話して、きいてもらえませんか?」穏やかな女性の声がふたりの後ろから聞こえた。レンが振り返ると、男の子を連れた母親だった。その男の子は今もしっかり母親にしがみついている。

「とにかくわかるかぎり情報を集めてくれ」マシューがさらに言いつのる。「それくらいのことはしてくれてもいいだろう」

「電話くらいはできるはずだ」年配の黒人の男性も言った。

待合室に緊迫した空気があふれ、さらに何人かが立ちあがってうろうろと歩きまわりはじめた。そのときふいにキャシー・ノリスの抱いていた赤ん坊が目を覚まし、空気を切りさかんばかりの声で泣きだした。キャシーがあやしても泣きやまず、かといって若い母親にはとうてい手に負えなかった。子供の泣き声はすでに張りつめていた乗客たちの神経を逆なですることになった。

「すみませんけど、その子を静かにさせてくれませんか?」

レンには声の主が誰かわからなかった。確かに赤ん坊のけたたましい泣き声は耳障りではあったが、彼は母親に同情した。

「なんとかしろよ」ニックが妻に向かって叱《しか》りつけるように言いはなった。

「なんとかしようとしているわよ」ニックを見たケリーの目には、傷ついた表情が浮かんでいた。

「ちょっと出てくる」ニックは言いすてて、つかつかと外に出ていってしまった。開けはなたれたドアが音をたてて閉まった。

「情報が欲しいんだ」レンがもう一度ケンパーに訴えた。

「せめて、あとどのくらいかかるのか教えてくれないか」マシューも言った。「お忘れかもしれないが、今日はクリスマスイブなんだ」

明らかに途方に暮れた様子の駅長を見て、レンは彼のことも気の毒になった。だがいちばん惨めに思えるのは自分自身だった。この夜を何カ月も前から心待ちにしていたというのに。自身の人生でもっともすばらしい、最高にロマンティックな夜にするつもりだった。それがこのままでは、ニューイングランドの片田舎の駅で夜を明かすことになりそうだなんて。

ケンパーは不満の声を静めようと両手をあげた。「何箇所か連絡をして、状況をきいてみます」

「もっと早くにそうしてくれるべきだったな」マシューがいらだたしげに言った。

レンもまったく同感だった。こんなところで待たされるのはもうたくさんだ。はっきりしたことがわかったらすぐエイミーに電話をかけよう。いや、たとえ状況がわからなくてもエイミーには電話をしよう。彼女の声が聞きたかった。こんな悪夢もいつかは終わり、ふたりは会えるのだと確かめあいたかった。クリスマスには無理でも、もうすぐ会えるはずだと。

レンがベンチに戻ると、マシューも続いて腰をおろした。

「まさか、こんなクリスマスイブになるとは思わなかったよ」マシューが誰に言うともなくつぶやいた。

「誰もこんなことは予想していなかっただろうな」

駅長はほどなく誰かから状況を聞くことができたらしい。五分ほど電話で話し、ときおりうなずき、しばらくすると眉をひそめてなにかを書きとめていた。受話器を置き、駅長は薪《まき》ストーブのほうへ歩いてきた。

その場にいる全員の視線が彼を追う。駅長は深く息を吐きだしてから言った。「いや、じつのところ、お伝えできることはなにもないんです」

「知らせがないというのは、いい知らせなのかしら?」キャシーが希望をこめて言った。

「知らせがなければなにもわからないというだけのことだ」マシューがぶっきらぼうに切り返す。

「でもあなたは誰かと話していたでしょう」レンが言った。「なにか聞いたはずです……」

「前に聞いたのと同じことです。線路の故障は、当初の見こみよりもやっかいなものだったという」

「あなたの考えを聞かせてもらえませんか？　われわれはあとどのくらい待たされるんです？　あなたの見こみを教えてくださいよ。今までにもこういう故障を経験しているはずでしょう」レンの声にいらだちがこもる。ほかの乗客たちもうなずいていた。

「そうですね、確かに長年勤めるあいだに故障は何度か経験していますが」ケンパーは考えながら言った。「どれひとつとして同じものはないんですよ。でも今回は作業員総出で復旧作業に当たっています。クリスマスイブを返上して」

「とりあえず、それは心強いわね」エリーズ・ジョーンズが言った。「わたしたちの誰ひとりとして、こんなところで休暇を過ごすはずではなかったのだから」

「わかっています、それは十分承知しています」ケンパーは一行を見渡し、なんらかの答えを与えないかぎり解放してもらえそうもないと悟ったようだった。「わたしの見るところでは、真夜中過ぎになるでしょう」

「真夜中！」マシューが声をあげた。

　怒りの声をあげたのは彼だけではなかった。しかしレンにはもはや声をあげる元気すらなかった。体からすべての空気が抜けてしまったような気分だった。彼は力なくベンチに腰をおろすと目を閉じた。こうなっては、航空会社に飛行機を確保してもらうのも無理だろう。嵐のせいで最初に予約した飛行機に乗れなくなり、列車が遅れたためにキャンセル待ちをしていた飛行機にも間にあわなくなった。次の便の予約も頼みようがない。空港に着く時間の見当がつかないのだから。

まさに人生最悪の日だ。

ニックは自身の愚かさを痛感していた。知らない人たちの前で妻を叱りつけたあげく、癇癪《かんしゃく》を起こした二歳児のようにそのまま駅を飛びだしてきてしまうなんて。ケリーの瞳には愕然《がくぜん》とした表情が浮かんでいた。こんな態度をとるのは自分らしくなかった。だがあまりにも神経が張りつめていて……限界だったのだ。ブリタニーを静かにさせろと誰かが叫んだのを引き金に、ついに怒りが爆発してしまった。

なによりニックにとってショックだったのは、彼自身が同じように考えていたことだった。ケリーになんとかしてほしかった。とにかくブリタニーを泣きやませてほしかったのだ。娘はこの何時間かすやすやと眠っていたから、もう安心だとニックは思いこんでいた。ところがブリタニーは目を覚ましてしまい、彼が必死で保っていた落ち着きはもろくも崩れさった。

ひとつだけ言えるのは、娘はタイミングをはかるのが抜群にうまいということだ。なぜよりによって、あんなタイミングを狙《ねら》って泣きだしたのか、彼には見当もつかなかった。あんなに小さな体でも、肺はチューバ奏者並みらしい。

あのときは駅にいる全員がニックとケリーを恨めしい目でにらんでいるような気がした。でも今思えば、自分がいらだっていたせいでそう感じただけかもしれない。だいたい、これまでの人生だってつらいことばかりだったのに、父親になったからといってそれが変わるはずもない。彼は里親を転々としながら育ち、大学に行けたのも奨学金がもらえたからだった。バイトをかけもちしながら、やっとのことで卒業し、今では製薬会社の研究職に就いている。ケリーと出会ったのは、ふたりがまだ大学生のころだった。こんなすばらしい女性に愛されるなんて奇跡だと今でも思っている。今までずっとケリーの愛は彼の人生で唯一不変のものであり、心安らぐよすがだった。

厳しい冷気はコートを着ていてもしみてくる。ニックはいらだちと自己嫌悪に駆られて雪をけとばした。ケリーにはもっと立派な夫がふさわしい。ブリタニーにももっと愛情にあふれた父親が必要だ。

彼が駅舎へ戻ろうとしたとき、ちょうどドアが開いてクレイトン・ケンパーが出てきた。「帰るんですか？」ニックは呆然《ぼうぜん》とした。こんな状況で、駅長が乗客を置きざりにするなんて。

駅長にも罪の意識はあるらしい。「一時間前にわたしの勤務時間は終わっていたんです。

それで妻が帰ってきてほしいと言うので」

沈んでいく船を見すてるようなものだ。「誰か代わりの人が来るんでしょうね？」

「それはもちろん。ご心配には及びません。皆さんの様子を見に、誰か来るはずです。ただ、すぐには無理かもしれませんが」そう言うと駅長は石段をおりていったが、途中で振り返った。「メリー・クリスマス」

ニックは信じられない気分で駅長の背中を見送った。生涯最悪のクリスマスに違いない！　むずかる赤ん坊と、道理の通じない妻と一緒に、こんなところで足どめされるなんて。こちらに決定権がゆだねられていれば、少なくとも今ごろは暖かくて居心地のいいモーテルで過ごしていたはずだ。でもケリーは復旧作業にそれほど時間がかかるはずはないと言って駅を離れたがらなかった。今となってはもう遅すぎる。長髪のヒッピー風の男と妻があちこちききまわっていたが、どうやら数キロ先のホテルまでどこも満室のようだった。

ケリーの楽観的な性格は、これまでにも何度か問題を引きおこしてきた。ニックはとうの昔に不妊治療をあきらめていたのに、ケリーは思いきることができずにいた。そのせいでとてつもない代償を支払うことになった。経済的な面ばかりではない。ケリーは月の半分をがっくりと意気消沈して過ごした。彼女がニックの話に耳を貸すようになり、ふたりの状況を受け入れて養子縁組の申しこみをすることに同意したとき、初めて彼女は激しい気分の浮き沈みから解放されたのだった。

ニックがほとんど望みも捨てかけていたころに、ブリタニーの養子縁組の件で電話がかかってきた。そのわずか五分の会話で、ふたりの人生はがらりと変わった。

思いだすうち、ニックは自然と笑顔になっていた。あのときはケリーのほうが冷静で、彼のほうがそわそわと落ち着かなかった。ついに子供が持てるとわかったときの興奮、あんな気分はそれまで一度として味わったことがなかった。

ブリタニーをひと目見たとたん、不思議なくらい強い愛情がニックのなかにわきあがった。それなのにわずか三カ月後には、人前で妻を叱りつけるようなひどいまねをしているとは。

それだけではない。今日はケリーと娘を無視して、ふたりから離れようとしていた。自分が恥ずかしい。ふたりを助けようともしないで、ケリーひとりに娘の世話を押しつけ、自分はふてくされた顔でわがままな子供みたいにふるまっている。

そんなことを考えながらニックは列車に乗りこみ、狭い通路を歩いていって荷物置きからチャイルドシートを取りだした。ずっとブリタニーを抱いたままで、ケリーは腕が疲れているはずだ。もっと早く気づいてやればよかった。

ニックは深く息を吸いこみ、駅に戻ってブーツについた雪を落とした。目をあげるとケリーがこちらを見ていた。口もとをこわばらせていたが、瞳は優しかった。

「ごめんよ」ニックはそうささやくと、彼女の横に腰をおろした。ブリタニーを見ると、娘も彼を見つめていた。青い瞳を見開き、一心に見ている。娘には父親がわかるようだ。でも彼女にはまだ、この数時間のあいだ父がどれほどひねくれ屋の愚か者だったかはわからない。ニックが人さし指をさしだすと、ブリタニーは小さな手でぎゅっと握った。

「わたしもごめんなさい」ケリーも細い声で言った。泣きそうな声だった。

ニックはチャイルドシートを床におろし、妻の肩に腕をまわした。ケリーが頭をもたせかけてくる。「ぼくはいったいどうしてしまったんだろう」彼はつぶやいた。「こんなところにはいたくない」

「わたしもよ」ケリーが言った。


「エイミー?」

〝もしもし〟という彼女の声を耳にしたとたん、レンは安堵《あんど》と喜びに包まれた。

「ボストンに着いたの? 何時の飛行機に乗るの?」エイミーがうれしそうな声を出す。

「まだアボットなんだ」あらためて長い一日を実感し、レンのつかの間の喜びは一瞬で消えうせた。彼は捕らわれの身だ。どうにもしようのない状況に押しこまれ、人質に取られているようなものだ。

「まだアボットですって?」エイミーは今にも泣きだしそうだった。「レン、あなた本当にクリスマスに帰ってこられるの？」

「たぶん」レンも希望を失いたくなかった。だが気持ちはくじけるばかりだ。なにもかもが裏目に出ているような気がした。「帰れるさ」彼は力をこめて口にした。そんな楽観的な予測がどこから出てきたのだろうと一瞬思った。そしてすぐに悟った。エイミーと会いたいという抑えきれない思いがあるからだ。「必ずクリスマスには帰る」嵐だろうと、脱線事故だろうと、この休暇を台なしにされてたまるものか。「ぼくはクリスマスに帰るよ、エイミー。約束する」

エイミーが元気になってきたのが伝わってくるような気がした。「ローハイドで女の子があなたの帰りを待っているわ、水兵さん」

「きみは単なるローハイドの女の子じゃない。きみはぼくにとって、ただひとりの女性なんだ。いいね？」

しばらくエイミーはなにも言わなかった。「本気で言っているの、レン？」やっと彼女が口を開いた。

「本心だ、心の底からの」ダイヤモンドの指輪のことが舌の先まで出かかったが、それではびっくりさせる楽しみがなくなる。それに、電話でプロポーズなどしたくなかった。直接瞳を見て、そこから愛を感じてほしかった。そしてエイミーが指輪を見たときの表情をそばで見たかった。

「レン」エイミーがささやいた。

「ぼくの家に電話をして、いつ帰れるかまだわからないことを知らせてくれないか?」

「いいわ。ねえ、あなたが帰ってこられないなら、今夜は施設に戻ってピアノを弾いてあげようかと思うの。みんなクリスマス・キャロルを歌いたがっていたけれど、スタッフが家に戻ってしまうから伴奏してくれる人が見つからなかったのよ」

その優しさに、レンはますますエイミーが好きになった。

「家でふさぎこんでいるのはいやだから」

「ぼくの代わりにクリスマス・キャロルを歌ってきてくれ」

「わかったわ」エイミーの声が和らいだ。

大きな警告音がレンの耳に響いた。テレホンカードの残り時間があと少ししかない。

「レン、もう電話が切れてしまう」エイミーが言った。

「できるだけ早く帰るよ、すぐ会えるから」レンはそう言うと電話を切ろうとした。

「レン、レン……」

「なんだい? どうした?」

「レン」エイミーは一瞬声を詰まらせた。「わたし……あなたを愛しているわ。今夜まで言うつもりはなかったんだけど、でもやっぱり今言っておきたいの。あなたはニューハンプシャーで、わたしはローハイドだけど、でもそんなことはかまわない。あなたがどこにいても、わたしはあなたを思っているから」

それきり電話は切れた。エイミーが受話器を置いたのか、カードが切れたのか、レンにはわからなかった。

「エイミー、ぼくも愛している」レンは切れた電話に向かってつぶやいた。エイミーに届かないことはわかっていた。でもなぜか、心は伝わっているに違いないと思った。そしてもうすぐ、エイミー・スーをどれほど愛しているか、はっきり伝えられる。

レンは受話器を置いて振り返った。そこにいる人たちは全員暗い気分に浸っているように見えた。

そのとき突然ドアが開いて、明るい笑顔を浮かべたクレイトン・ケンパーが入ってきた。駅長は誇らしげな表情で、疲れた旅人たちを見まわした。

「家に帰る途中でこれを見つけたんです」駅長は陽気な声で言うとドアの外に手を伸ばし、なにかを引っぱりこんだ。それはレンが見たこともないほど貧相なクリスマスツリーだった。

片側はすっかり葉が落ち、木のてっぺんは裂けて幹が割れ、虫の触角のようだ。

「クリスマスツリーの店で、一ドルで譲ってもらえたんです」

「それは払いすぎだな」マシュー・マクヒューがぼそりとつぶやいた。何人かが小さく笑い声をたてる。全員が彼に同感だった。

「そうかもしれませんが」ケンパーは乗客たちの気のない反応にもめげなかった。「クリスマスイブにこんなところで足どめを食ってしまった皆さんの、せめてもの慰めになるかと思いまして」

「そのツリーは今のわたしたちをそのまま表しているみたい」エリーズ・ジョーンズがそっけなく言った。

「皆さんにさしあげますから、お好きなようにしてください」駅長は言った。「それでは皆さん、メリー・クリスマス」

誰も礼を言う気がないようだと、レンはみんなを見て思った。

待合室の中央に置かれた哀れなツリーは、葉も落ちて寂しげで、傷つき、みすぼらしく見えた。エリーズに賛成せざるを得ないとレンは思った。このクリスマスツリーはここにいるみんなにそっくりだ。

五歳のケイト・ジョーンズがツリーに近づき、両手を腰に当てて、力なく垂れた枝を見つめた。それから、なにかを決意したようにむっつりした顔の一団を振り返った。

「きれいなツリーだわ。ちょっとおしゃれさせてあげればいいのよ」ケイトはそう言うなり、自分の髪から赤いリボンを取って、いちばん近くの枝につけた。

思わずレンは笑みを浮かべた。よくよく見れば、この子の言うとおりじゃないか。ツリーは最初に思ったほど悪くはないようだ。

6

〝クリスマスを歌おう〟

　ほとんど誰もクリスマスツリーに目もくれない様子を見て、キャシー・ノリスは悲しくなった。ケイトだけだ、と思ったところへケリーが近づいてきた。彼女はなにも言わずに、がらがらと音のする赤ん坊のおもちゃをツリーの飾りに加えた。どこに飾るかしばらく考えたすえに、ケイトがリボンを結んだちょうど反対側につるした。

　ケリーがみんなのほうへ振り向き、ほほえんで言った。「ねえ、みんなもやりましょうよ。クリスマスイブじゃない」

「そのとおりだ」ニックが妻のあとに続いた。腕に抱いた赤ん坊をそっと揺らすと、ブリタニーがにっこり笑って彼のマフラーに手を伸ばした。ニックはその鮮やかな緑色のマフラーを外し、ケリーに娘を預けてから、これこそ最高の飾りだとでも言わんばかりにツリーにかけた。広げたマフラーをいちばん低い枝に巻きつけると、縁飾りが緑のモールのように垂れさがった。

レンはツリーを見渡してから進みでると、かぶっていた白い帽子を木のいちばん上に置いた。帽子はちょこんとツリーのてっぺんにのっかった。

次に初老の黒人男性が出てきて、タイピンを飾りに加えた。洗濯ばさみのようにピンを枝にとめ、一歩さがって眺めると満足そうにうなずいた。「このツリーはそう悪くないじゃないか」

やがてほかの人たちもあれこれと工夫を凝らし、クリスマスツリーの飾りつけに加わった。キャシーは赤い毛糸を細かく切り、ケイトに手伝ってもらいながら手の届く枝すべてにのせていった。

例の仏頂面のビジネスマンすらも飾りつけに加わった。キャシーが見ていると、彼はたたんだメモ用紙をアーミーナイフについている小さなはさみで切り、雪に見たてたその紙片をデンタルフロスにつないで枝に引っかけた。赤い毛糸に白い雪が映えてとてもきれいだった。

間もなくどの枝にもなにがしかの飾りがつけられた。伝統的なクリスマスツリーではないけれど、このツリーには大きな力があるのかもしれない。ついさっきまでの不機嫌な顔や不満の言葉が、今では笑顔と明るいおしゃべりに変わっていた。

「わたしの娘は正しかったみたいね」エリーズがツリーに近づき、みんなの仕事の成果をしげしげと眺めた。「ツリーは本当にきれいになったわ」

朝からずっと親にしがみついていた三歳か四歳くらいの男の子が、はしゃいで手を叩《たた》いた。

何人かの乗客が笑顔を浮かべたことにキャシーは気づいた。

「おなかすいた」ケイトが母親にささやいた。

自分たちの置かれた状況にばかり気を取られていて、ケイトが口にするまで、キャシーは食べ物のことなど考えてもいなかった。どうやらほかのみんなも同じようだった。

「食事はどうなるのかしら？」キャシーがまわりを見渡した。残された者たちでなんとかしなくてはいけないのかもしれない。駅長は誰か来ると言っていたが、今のところそんな気配はなかった。

「今夜はどこの店も開いていないだろう。クリスマスイブだからね」マシュー・マクヒューがまた不機嫌な口調で言う。

「しかもこの嵐《あらし》では」レンが口をはさんだ。

キャシーは、明るくなったムードがまた沈んだのがわかった。クリスマスツリーの近くに集まっていた人たちがぱらぱらと離れはじめ、壁沿いのベンチにどさりと腰をおろしていく。

「あら、これでまたおもしろいことができそうじゃありませんか」キャシーは初めて全員に向かって話しかけた。「ところで、わたしはキャシー・ノリスといいます。ちょうどボストンの娘の家へ行くところだったから、娘の大好きなショートブレッド・クッキーを四ダースくらい持っているの。これを皆さんにお分けしても、娘は怒らないと思うわ」

キャシーは缶を出すとふたを開けた。

「わたしたちはオレンジを持っています」年配の黒人男性が口を開いた。「これもみんなで分けましょう。一緒に食事するのだから、自己紹介をしたほうがいいですね。わたしはサム・ギブンズ、それから妻のルイーズです」

「サム、ルイーズ、ありがとう」キャシーは言った。「ほかにどなたか？」

「ぼくはマシュー・マクヒューだ。最後に営業で寄ったところでもらったフルーツケーキがある」それからマシューはキャシーを驚かせるようなことを言った。「捨てようかとも思ったが、うちの子のひとりが好物だから持っていたんだ。もし食べたい人がいればお分けするよ」

「まあ、わたし、フルーツケーキが大好きなの」ケリー・ベリーが言った。

駅長室には鍵《かぎ》がかかっていたが、窓口のカウンターは開いていたので、キャシーはそこへクッキーの缶を置いた。マシューはフルーツケーキをアーミーナイフで切りわけた。サム・ギブンズはオレンジを出すと皮をむいてひと房ごとに分けた。

エリーズ・ジョーンズがナプキンの代わりにトイレからペーパータオルを持ってきた。

やがて続々と食べ物がさしだされた。ほとんど全員が、分けあえる食べ物を持っていたようだ。きれいにデコレーションされたチョコレート。真っ白な箱に詰まったピンクのキャンディと手作りのファッジ。ピーナッツがひと缶とプレッツェルがひと袋。レンはシナモン味のガムをひと箱出した。

くねくねと曲がった列を成して全員が並び、少しずつ口に入れていった。たいして腹の足しにはならなかったが、それでも空腹はかなり癒《いや》された。まだ希望はあるという証《あかし》だ。少なくともキャシーにはそう思えた。こうして団結できれば惨めな状況だって切り抜けられる。それどころか楽しむことさえできるだろう。

「ちょうど母がプライムリブを出している時間だわ」エリーズは嘆きながらオレンジの房を取り、ピーナッツをつかんだ。

「でもお母さんは、マシュー・マクヒューのフルーツケーキを食べそこねた。そう考えてみたらどうかしら」キャシーが言うと、列に並んでいた人たちから笑い声が響いた。マシューまでがくすくす笑っている。一時間前には、想像もできなかったことだ。

「フルーツケーキにこんな感想を持つなんて思ってもみなかったが、じっさいなかなかいけますね」海軍の制服姿のレンがケーキを掲げてマシューに敬礼した。

「ぼくのピーナッツはどうだい？」長髪の男性が言った。「何時間もレンジに張りついて、身を粉にして働いた成果だ」

みんなが笑い、くだらない冗談がさらに続いた。

「静かに」突然ニックがぱっと立ちあがった。「なにか音がする」

「列車でも来たのかい？」マシューがからかう。

「〝あなたにも聞こえますか？〟」誰かがクリスマスソングを歌った。

「本当だよ」

間もなくキャシーにもかすかな歌声が聞こえてきた。「誰か来るわ」

「聖歌隊かしら？」ケリーが尋ねる。「こんな晩に？　わたしたちのために来たの？」

「これほどふさわしい夜もないわね」キャシーはつぶやいた。何年も前までは、彼女もロンも教会の聖歌隊に入っていた。毎年クリスマスのシーズンになると老人保健施設や病院をまわって歌を披露した。長年ふたりは積極的に教会の活動に参加していたが、ロンの退職後はしだいに足が遠のいた。そしてロンが病気になってからはまったくかかわらなくなってしまった。その後ロンが亡くなると、キャシーはもう顔を出す気力すら失っていた。でもキャシーは今、葬儀以来初めて教会へ行かなくてはいけないという気持ちになった。思いがけないプレゼントのように聖歌隊の声が聞こえたとたん、そんな思いがわいてきた。

ドアが開いて、十五人くらいのグループが駅舎に入ってきた。

「皆さんこんにちは」もじゃもじゃの白い髭《ひげ》とくしゃくしゃの白い髪をした男が進みでた。

「わたしはオーエン牧師です。クレイトン・ケンパーはわたしの友人で、彼からあなた方がここに取り残されていると聞きました。こちらはバプティスト教会の聖歌隊の子供たちです。ゆうべは雪でどこにも行けなかったので、今夜は少しでもまわろうと思いましてね。皆さん、調子はいかがです？」

「最高です」

「これ以上望めないくらいにね」

「この状態にしてはだな」

「すてきなクリスマスツリーですね」聖歌隊のひとりが言った。十六歳くらいの女の子で、長いブロンドをポニーテールにまとめ、きらきらと瞳を輝かせている。

「わたしたちみんなで飾りつけをしたの」ケイトが言って、自分のリボンを指さした。

「あれはわたしのよ」

「写真を撮ってもいいですか？」少女はコートのポケットから使いすてカメラを取りだした。

「われわれが置かれた状況の証拠写真になるな」マシューがキャシーにささやいた。「焼き増ししてほしいくらいだ」

「わたしもだわ」

「家族写真にしない？」エリーズが言う。

賛成の声と、とんでもないという声が同時にあがったが、それでもすぐこの哀れな一団はツリーのまわりに集合した。キャシーは髪に櫛《くし》を入れて口紅を塗りなおした。ほかのみんなも身なりを整え、ごそごそと押しあいながら陽気に体を寄せあった。

みんなのふざけぶりにキャシーは驚いた。まるでこちらが十代の子供のようではないか。レンがニックの頭の後ろでVサインを出した。マシューまでぎこちない笑顔を浮かべている。キャシーにしても同じだった。誰かのジョークで声をあげて笑ったとき、彼女はそんな明るい気分になれたのはずいぶん久しぶりだと気づいた。もう長いあいだ笑っていなかった。そんなことをロンが望むはずがないのに。

聖歌隊の少女は写真を四枚撮った。現像代が支払われ、写真の送り先の名前と住所のリストが作られた。キャシーもみんなと一緒に名前を書きこんだ。このさまざまな波乱に満ちた日を、形として残しておきたかった。これまでの人生でいちばん奇妙なクリスマスイブの思い出として。

「さて、景気づけに歌いましょうか」写真を送る手はずが整うと牧師が言った。

彼らが来てくれたおかげで、乗客たちが元気づけられたのは明らかだった。誰に言われるでもなく、全員が聖歌隊を囲むようにしてベンチに腰かけた。

聖歌隊のメンバーは五人ずつ三列に並び、まずは《きよしこの夜》を三部合唱で歌った。キャシーには聞き慣れたはずのクリスマス・キャロルが、これほど美しい響きに感じられたのは今夜が初めてだった。伴奏もなく、凝った趣向もなく、ただシンプルな歌声。それがなににもましてすばらしかった。その美しい歌詞が友愛と喜びを運び、この夜は本当に特別なのだと感じられた。

そう、今夜は本当に聖なる夜なのだ。

《きよしこの夜》に続いて《リトル・ドラマー・ボーイ》、《もろびとこぞりて》と、よどみなく流れるように歌いつがれ、《クリスマスおめでとう》で締めくくられた。

キャシーもみんなも盛大な拍手を送った。ケイトはうれしさのあまり駆けだして、牧師の膝にしがみついた。「とってもすてきだったわ！」その興奮がみんなにも伝わっていった。

レンもさっと腰をあげ、拍手をした。すぐに全員が立ちあがった。

聖歌隊のメンバーはあまりの喝采《かっさい》に驚いているようだった。

「スタンディング・オベーションなんて初めてだわ」写真を撮った少女が聖歌隊のメンバーを見まわしてほほえんだ。「わたしたちの歌がそんなに喜んでもらえるなんて知らなかった」

「もっと歌って」ケイトがせがんだ。「《赤鼻のトナカイ》を歌える？」

「一緒に歌ってくれるかい？」牧師がかがみこんでケイトに尋ねた。

ケイトが熱心にうなずくと、牧師は彼女を聖歌隊のいちばん前に立たせた。

「さあ歌いましょう。皆さんもご一緒に」牧師はささやかな聴衆を振り返った。

まるで何週間も一緒に練習してきたかのように、全員の歌声が聖歌隊の歌声とまじりあった。《赤鼻のトナカイ》のあとは《シルバー・ベルズ》、《ひいらぎかざろう》と次々にクリスマスソングが続いて、あっという間に時間が過ぎていった。

歌が終わると、聖歌隊の子供たちがホットチョコレートを入れた保温ポットと紙コップを出してくれた。温かい飲み物がふるまわれているなか、再び駅舎のドアが開いた。

「クレイトンの言ったとおりだわ」白髪の小柄な年配女性が顔をのぞかせた。キャシーが見たこともないほど鮮やかなブルーの瞳をした女性で、そのあとからさらにふたりの女性が入ってきた。

「わたしはグレタ・バーンズといいます」リーダーらしき女性が言った。「退役軍人会婦人部からまいりました」

「夕食をお持ちしたの」別の女性が言う。

「やったぞ！」レンが声をあげた。「みんなには申し訳ないけど、フルーツケーキとプレッツェルだけではぼくのおなかはとても持たなくてね」

「でも最高の前菜にはなったな」ニックが言う。

「お食事は外の車に積んであります。どなたかお手伝いをお願いできますか？」グレタが言う。それ以上ボランティアを募る必要はなかった。ニック、マシュー、レンが真っ先に立ちあがった。数分後、三人は腕いっぱいに箱を抱えて戻ってきた。

「たくさんはないんです」女性たちのひとりがすまなそうに言い、大きなスープ鍋《なべ》をカウンターにのせた。「いささか急だったものですから」

「とんでもない、持ってきてくださっただけでありがたいですよ」サムが言った。ルイーズもうなずく。

「幸い、家にクラムチャウダーがかなり残っていたの」グレタより年上らしい女性が言った。「クリスマスイブにチャウダーを作るのがわが家の伝統で、いつもつい作りすぎてしまって」

「エレノアのチャウダーはニューハンプシャーでいちばんなのよ」グレタが断言する。

「サンドイッチもあります」もうひとりの女性が少し小さめの箱を開けた。

「線路の復旧作業がいつ終わるのか、誰も見当がつかないらしいので、念のため枕《まくら》と毛布も持ってきました」闊達《かったつ》な老婦人が続ける。

「家庭のぬくもりがすべてそろったな」マシューがつぶやいた。それまでの皮肉な調子はすっかり消えていた。

「こんな大変な目に遭ったというのに、皆さん本当に立派だわ」

褒められるほどの態度に変わったのはついさっきのことだったので、その賞賛を堂々と受ける人はいなかった。

「さっきも言ったとおり、なんとかみんなでしのいでいるんです」マシューが全員の気持ちを代弁した。

「枕と毛布をありがとうございます。とても助かります」キャシーが続ける。

「食事もありがとう」何人もの声が加わった。

聖歌隊の子供たちもサンドイッチを配るのを手伝った。どれもおいしかった。キャシーはツナ・サンドイッチとターキー・サンドイッチを食べた。彼女は自分の食欲に驚いた。ロンがこの世を去って以来、食事は必要だからとるだけで、少しもおいしく感じられなかったのに。

聖歌隊の一行は明るく手を振り、必ず写真を送ると言い残して帰っていった。オーエン牧師のように親切で義理堅い人がリーダーなら、必ず約束は守られるに違いないとキャシーは思った。

チャウダーとサンドイッチはまたたく間になくなった。今度は別の男性三人が残り物をまとめて車に運んでいった。

「本当にもっと必要なものはありませんか?」グレタは帰る前に念を押した。

「これだけしていただいたら十分すぎるほどです」

「ケンパー駅長にお礼を言っておいてください」レンは三人を車まで送ろうと進みでた。

「メリー・クリスマス」口々に言いながら、全員が婦人部の三人に手を振った。

戻ってきたレンは閉めたドアにもたれ、駅のなかを見まわした。「なんだかホテルに泊まった人たちがかわいそうになってきたな」彼は誰にともなく言った。「こんなにすばらしいクリスマスイブをみすみす逃すなんて。今夜はぼくにとって、今までで最高のクリスマスイブだ」

7

〝サンタが町にやってくる〟

聖歌隊と退役軍人会婦人部の三人が帰ったあとは、駅のなかが妙に静かになってしまった。活気に満ちた会話や笑い声は、ささやきに変わっていった。

家に電話をするべきだ。これ以上引きのばしてはいけないとマシューにはわかっていた。東海岸と西海岸の時差を考えると、ロサンゼルスではまだ午後四時前だろう。彼の胸に広がる不安が、この数時間感じていた穏やかな気持ちを押しやっていった。

パムと電話で話すのは気が進まなかったが、もうあとまわしにはできない。彼女の声が聞こえてくるようだ。最初は低い声がしだいに大きくなっていき、最後にはヒステリックな金切り声になるのだ。

予想が外れてくれたらとは思うが、パムが文句を言いだすことは間違いなかった。そしてどんなにこらえようとしても、結局マシューは言い返してしまうだろう。間もなく会話どころではなくなり、完全な喧嘩《けんか》になるに決まっていた。

マシューは重い足取りで公衆電話に向かった。カードを入れて自宅の番号を押し、電話がつながるのを待つ。

呼び出し音が二回、三回と鳴り、四回目で留守番電話のメッセージに切りかわった。マシューはうんざりして足を踏みならしながら、自分で吹きこんだ留守番電話用のメッセージを聞いていた。ようやく発信音が流れた。「パム、マットだ。申し訳ないんだが、昨日からメイン州はひどい嵐《あらし》に見舞われていて、ぼくは今足どめを食っている。バンガーからの飛行機が欠航になって、航空会社に言われたとおり列車でボストンまで行くことにしたのに、今度は脱線事故が起きて何時に帰れるか見当がつかないんだ。ボストンに着くのはクリスマス当日の朝になるかもしれないが、とにかく着いたら電話をかけるよ。悪いが、ぼくの力ではどうすることもできない。ぼくの代わりに子供たちにキスをしておいてくれ。できるだけ早く帰る」

妻と口論にならずにすんだと思うと、意外なプレゼントを受けとったかのようにほっとした。そんなことではいけないとわかってはいても、もはやマシューにはふたりの結婚生活の方向を変えるすべがなかった。かつて存在した連帯感はいつしかばらばらに砕けてしまっていた。憂鬱《ゆううつ》な挫折感《ざせつかん》を抱えているのが自分だけではないことをマシューは知っている。彼が旅行鞄《かばん》を手に玄関へ向かったとき、パムの瞳に浮かんでいた表情から、別れるべきではないかと彼女も考えているのは明らかだった。

ベンチに戻ったときには、彼はすっかり暗い気分になっていた。

「サンタさんは？」ケイトが母親に尋ねているのが聞こえた。

「大丈夫、ちゃんとおばあさんのおうちに来てくれるわ」エリーズはケイトのために寝場所の用意をしていた。枕《まくら》をベンチの端に置き、幼い娘がくるまって横になれるように毛布を敷く。

「でもママ、わたしはギブソンおばあさんのおうちにいないのよ。わたしがここにいるって、サンタさんは知らないかもしれないでしょう」

エリーズは一瞬困った顔をしたが、すぐにこたえた。「おばあさんがサンタさんに教えてくれるわ」

「でもサンタさんがここに来ようと思ったらどうするの？　おばあさんにプレゼントを渡さないで、わたしに直接渡そうと思ったら？」

「ケイト、プレゼントはちゃんともらえるわ。信じてちょうだい」

幼い娘は腕を組み、きっぱりと首を振った。「信じられない」声も顔つきも真剣だった。

「だってママは、出かける前にパパがわたしに会いに来るって言ったのに、来なかったじゃない」

「ケイト、あなたのお父さんのことはママにはどうすることもできないわ。お父さんが約束を守らなくてごめんなさいね」

　どうやら母と娘が失望を味わったのは今度が初めてではないらしい。

　ケイトがすすり泣きを始めた。

「ケイト」エリーズは小さな声で慰めたが、彼女まで泣きだしそうに見えた。エリーズは娘を抱きあげ、しっかり引き寄せた。そっと娘をあやす彼女の瞳にも涙が光っている。

「サンタさんは絶対にあなたを忘れない」

「パパは忘れたけど」

「そんなことはないわ。パパがあなたのことを忘れたりするものですか」

「じゃあどうして、来るって言ったのに来なかったの？」

「それは……」エリーズは一瞬ためらい、ため息をついた。「いろいろと難しいのよ」

「ママとパパが離婚してからは、なんでも難しくなったのね」

　マシューは盗みぎきしているようで気が引けたが、母と娘の会話に耳を傾けずにはいられなかった。ケイトにこちらのカードを貸して、父親と電話で話をさせてやりたいと思ったが、そんなことをすれば今まで話を聞いていたことがエリーズにわかってしまう。

　父親に見すてられたとケイトが泣くのを見ているうちに、マシューは自分の身に置きかえて考えはじめた。パムとの離婚を決めれば、自分の子供たちにもこんな気持ちを味わわせることになるのか。マシューは離婚など望んでいない。一度だって望んだことはない。

だが今の状態のままでは結婚生活を続けられないのは明らかだった。けなしあい、口論ばかりしていたら、愛と献身によって築かれていた基盤もどんどん崩れていくばかりだ。

「どうしてパパはわたしに会いに来なかったの？　会いに来るって言ったのに」ケイトがなおも言った。

エリーズはしばらく答えられずにいたが、やがて口を開いた。「お父さんは恥ずかしいのよ」

「恥ずかしい？」

「すまないと思っているの」

「なにを？」

「いろいろなことに必要なお金を払えないから。あなたに会いに来られなかったのは……そう、それはきっとね、パパはあなたになにもプレゼントを買ってあげられなかったからだと思う。プレゼントを持っていかなかったら、あなたにがっかりされると思ったのよ」

ケイトはしばらく唇を噛《か》みながら母親の言葉を考えていた。「わたしはパパを愛してるわ。それにわたしだってパパにあげるプレゼントがない」

「パパもあなたを愛しているのよ、ケイト。ママもそれだけはわかってる」

「パパとお話していい？」

エリーズは深く息を吸いこんだ。「おばあさんのおうちに着いたら電話しましょう。今夜駅に泊まった話をしてあげて。あなたがクリスマスイブにどんな冒険をしたか、パパもきっと聞きたがるわ」

マシューは自分がパムと別々の道を歩むことになったら、子供たちとの関係はどうなるのだろうと考えた。レイチェルとジミーのことは心から愛している。それにパムが元夫のために言い訳をしなければならなくなったら……。

そこで彼ははっと気づいた。それこそまさに、自分がメイン州へ出張に来たせいでパムが押しつけられた仕事ではないか。ジミーはクリスマスの学芸会を父親が見に来てくれるのを楽しみにしていたのに、父親はさっさと空港へ向かってしまった。胃がきりきりと締めつけられ、マシューはベンチの背に寄りかかると顔をぬぐった。

オレンジを分けてくれた年配の夫婦が、女性となにか小声で話しあっていた。マシューにはなんの話か想像もつかなかったし、自分のことで頭がいっぱいになっていたので、とくに気にかけなかった。

けれどもそのうち、彼らが子供たちのためになんとかクリスマスらしいことをしてあげようと考えていたことがわかった。

キャシーがケイトのほうへ歩いてきて、ふいに足をとめると耳に手を当てた。「今の聞こえた？」彼女は幼いケイトにきいた。

「なにも聞こえなかった」ケイトが答える。

しょう?」

「本当だわ」ルイーズも声をあげた。「間違いない、ベルの音よ。いったいなんのベルで
「ベルよ」キャシーがきっぱりと言う。

エリーズも耳に手を当てた。「トナカイが駆ける音かしら?」

「ベルの音みたいだったわ」


アカデミー賞のノミネートは無理かもしれないが、少なくともふたりの演技で子供たちを信じこませることはできた。

「ベルの音だ!」もうひとりの子が叫んだ。「聞こえる、聞こえるよ」今日一日ずっと一緒に過ごしていたが、その幼い男の子が口を開いたのは初めてだった。

ケイトは母親の膝の上で背筋を伸ばした。「本当だ。わたしも聞こえた」

マシューまでこの年配の女性ふたりにのせられてしまったのか、ベルの音が聞こえるような気がした。でもそれからすぐに、じっさいにベルが鳴っているのだと気づいた。

駅のドアをノックする音が響いた。「わたしが出よう」サムがすぐさまドアに近づく。わずかにドアを開けると、何度かうなずいてから振り返った。「ケイトという名前の子供がここにいるかな、それから男の子で……チャーリーという名の子は?」

「チャールズです」男の子の母親が言いなおす。

「ケイトとチャールズです」サムはほかの誰にも見えない謎《なぞ》の相手に伝えた。「ケイトも

チャールズもここにいます」大きな声で言う。「あなたがわざわざ……それはもちろん、間違いなくわたしが引きうけます。ご心配なく。今夜のうちにまだまだたくさん届けものがあるでしょうから、どうぞもう行ってください」

マシューはそっとあたりを見まわし、ニック・ベリーの姿がないことに気づいた。たしかあの夫婦はベルの音がするおもちゃを持っていたはずだ。

待合室はしんと静まり返り、サムがドアを閉めるとベルの音も遠ざかっていった。彼が抱えた枕カバーのなかには包み紙にくるまれたプレゼントがいくつか入っていた。「サンタクロースだよ」サムが声高に言う。「ケイトとチャールズがクリスマスイブの夜にこんなところへ閉じこめられてしまったのを聞きつけたんだね。サンタさんはふたりのことを忘れていないって伝えに来てくれたんだよ」

「プレゼントを持ってきてくれたの？」ケイトが母親の膝から飛びおり、ドアのそばに立ったままのサムに駆け寄った。

チャールズも彼女に続き、期待に満ちた目でサムを見あげた。

「ケイト、サンタさんがギブソンおばあさんのおうちにプレゼントをいっぱい置いてきたと言っていたよ。だけど、きみが心配しているといけないからって、これを置いていってくれたんだ」サムは枕カバーのなかに手を入れ、包装紙に包まれた箱を取りだした。

すぐにマシューは、キャシー・ノリスがクッキーを出したときに鞄からのぞいていた箱だと気がついた。

「これはチャールズ、きみにだな」サムがもうひとつプレゼントを取りだし、四歳の男の子に渡した。チャールズは受けとるとすぐさま両親のところへ駆け戻り、その場にしゃがみこんだ。四方八方に破いて包装紙を散らかしながらプレゼントを開ける。ゴムでできた恐竜が出てくると、チャールズは喜びの声をあげ、うれしそうに胸に抱きかかえた。

ケイトはチャールズと正反対に、注意深くそっとプレゼントを開けていった。まずリボンをていねいにほどいてツリーに引っかけた。それから包装紙に取りかかる。どうしてそんなことができるのかとマシューはびっくりしたが、ケイトは包装紙を一度も破らずにきれいにはがした。バービー人形が出てくると、彼女は母親を見あげ、驚いた顔をして笑った。

「きっとパパがサンタさんに渡したのね。わたし、これが欲しいってパパに言ったんだもの」

「きっとそうね」エリーズが優しく同意した。

エリーズの結婚生活にどんなことが起きたのかマシューには知るよしもなかったが、離婚によって彼女がつらい毎日を送っているのは間違いなかった。パムと別れたら、この人生もそんなふうになるのだろうか。

キャシーと年配の夫婦は、ちょっとした計略の成功を喜ぶようにほほえみを交わした。

マシューも彼らの優しさに感動を覚えていた。彼らが自分たちの孫のために持ってきたプレゼントを手放したのは明らかだった。

マシューはなぜそんなことを思いついたのか自分でもわからないまま、ブリーフケースに手を伸ばしながら言った。「実を言うと、サンタはぼくにも少しプレゼントを預けていったんだ。〈マイクロチップ・インターナショナル〉の最新ソフトに興味のある人はいるかな?」

すぐに、かなりの人が興味を示した。

「いいのかい?」ヒッピー風の男性が言う。「店で買えば二百ドルはくだらないぞ」

「いや、正しくは五百ドルだ」マシューはこたえた。「会社からのプレゼントだと思ってくれ」

「うちの子の写真が余分にあるんだけど、もし誰か欲しい人がいれば」ニックが言う。

「もらうよ」レンが声をあげた。「エイミー……ぼくのフィアンセなんだが、彼女は子供が大好きなんだ」レンが一枚受けとり、キャシーやエリーズ、さらに数人が写真をもらった。

食べ物のときと同じように、今度はさまざまなプレゼントが並びはじめた。包んであるものも、包んでいないものもある。ジョークと笑い声が飛びかうなかで即興のプレゼント交換が行われた。やがて全員がプレゼントを提供し、少なくともひとりひとつずつは受けとった。

これまでほとんど前に出てこなかったサムが、くたびれた聖書を手に進みでた。「救い主がお生まれになった夜には、初めてのクリスマスのお話を読むのがふさわしいでしょう」

ほとんどの人が黙ってうなずいた。サムは椅子を引きずってきてクリスマスツリーのそばに置くと、鼻の上にちょこんとめがねをのせた。

サムが朗読を始めると、まわりはしんと静まり返った。朗々と響く声が駅舎にこだまする。誰もが一心に聞き入った。

サムが朗読を終え、うやうやしく聖書を閉じてめがねを外し、シャツのポケットに入れた。「ここにいるみんなは、マリアとヨセフに似たところがあるのではないでしょうか。ふたりも疲れた旅人でしたし、泊まる場所もありませんでした」彼はいったん口を閉じ、手をあげた。「先ほど確認したのですが、この町にも今夜空いている部屋はありません」

その言葉に何人かが笑い、ささやきがもれた。サムが立ちあがって、《きよしこの夜》を歌いはじめた。全員が加わり、みんなの声が喜びの歌となって高らかに響いた。マシューはこれほど心にしみる美しい響きを聞くのは初めてだと思った。これほど美しく、これほど誠実な響きを。

歌が終わり、だんだんと余韻が消えていった。サムが壁に近づき、明かりを消した。駅舎のなかは暗くなったが、外の明かりが柔らかくさしこんでいる。

「九時か」ヒッピー風の男性が言った。「こんな時間に寝るのは二十年ぶりだ。でも今日ばかりは、今すぐ眠りたい気分だね」

彼の妻がくすくす笑った。ふたりはかたいベンチで寄りそい、キスをしながらささやきあっていた。

マシューは仲むつまじいふたりを見てつらくなった。その親密さは、自分の結婚生活には悲しいほど欠けている。マシューは腕時計を見た。パムはもう家に帰っているだろう。こちらの残したそっけないメッセージを聞いて怒っているに違いない。マシューは彼女と話がしたかった。いや違う。彼は自分で訂正した。どうしてもパムと話さずにはいられない。

窓からさしこむ光を頼りに、マシューは駅の端の公衆電話に向かった。まだ早い時間なので、おしゃべりをしている人も多かった。カードをさしこみ、電話がつながるのを待つ。

一回目のベルですぐにパムが出た。「もしもし」そのきつい声音で、思ったとおり彼女が怒っているのがわかった。

「マットだ」

「マット？」パムは一度口ごもり、それから再び口を開いた。「マットなの？　今どこに
……」

「メリー・クリスマス、ダーリン」彼はそっと言った。

「子供たちに耳もとで大声を出されているわたしに向かって、よくメリー・クリスマスなんて言えるわね。あなたのご両親がもうすぐ来るというのに、家のなかはめちゃくちゃなのよ。猫はクリスマスツリーを引っくり返すし。それなのにあなたは……あなたは……」

彼女はわっと泣きだした。

「パム」マシューは優しく言った。「お願いだから泣かないでくれ」

「泣きたくて泣いてるんじゃないわ。わたしがこんな状態なのに、あなたはどうせどこかの高級ホテルで、バーのウエイトレスに色目を使っているんでしょうね」

「ホテルになんかいないよ」

「じゃあどこにいるの？」

「百年前に建てられた古い駅に……」今度はマシューが口ごもった。「友達と一緒にいる。少し前までは名前も知らなかった人たちだが」

「駅ですって？」パムはすすり泣きながら、不審げな声できき返した。

「いろいろあってね。長い話だから帰ったらゆっくり話すよ」

「ずっと電話をくれなかったじゃない」

「そうだね、悪かった。本当に悪かったと思っている。ぼくはばかだった。子供みたいだったよ。口喧嘩をしたきり、きみとも子供たちとも話さずにいるなんて」

「ダーリンなんてあなたに言われるのも、ずいぶん久しぶりだわ」

「本当にそうだな。この数日のあいだにいろいろと考えたんだ。家に帰ったらきみと話しあいたい。ぼくたちは少し変わるべきだと思うから」

「わたしはひどい妻だったわ」パムが電話口ですすり泣いた。

「パム、違うよ。もうやめよう。ぼくはきみを愛している。きみもぼくを愛しているだろう。だからぼくたちはやっていけるさ。そうだろう?」

「ええ……そうね」彼女の声はこみあげる思いで震えていた。

「聞いてくれ、きみに考えてもらいたいことがふたつあるんだ」

「わかったわ」

「まず、ぼくは今の仕事を辞めようと思う」その言葉を口にしたとき、マシューは自分でも初めて〈マイクロチップ・インターナショナル〉を辞めることこそ正しい選択なのだと悟った。昇進が見送られた時点で気づくべきだった。正当な評価を受けられず、見下されたと感じた。自尊心を傷つけられた不満は当然、家庭生活にも影響していた。そんな状態を続けていてはいけない。続けるものか。

「仕事を辞める?」パムが息をのんだ。

「じっさいにはたいしたことじゃない。年が明けたらすぐに、何社かコンタクトを取ってみるよ。これでもぼくは、この業界では評判がいいんだ。すぐに次の仕事が見つかるさ。

重要なのは、もっと家できみや子供たちと過ごす時間を作ることだ。ぼくが出張に出ているあいだ、きみにばかり子供のことや家のことを押しつけるのは不公平だ。同じ営業職でも、二日以上家を空けずにすむような職場を探すつもりだよ」

「そうなったら本当にうれしいわ」

「もうひとつ、ぼくたちに必要なのは休暇だ。ふたりだけで過ごす休みだよ。もう休暇を取る時期だし、それに子供抜きできみと出かけることなんて、ずいぶんなかったよね」

「マット、そんなふうに言ってくれて、なによりもうれしいわ」

「カリブ海クルーズなんてどうかな?」

「ええ……ああマット、愛しているわ。今までのわたしたちは本当におかしくなっていたのね」

「そうだね。あとでまたきちんと話しあおう。カウンセラーに相談するのも悪くないかもしれない」

「そうね」パムが優しくささやいた。

電話の向こうでいっせいに声があがるのがマシューの耳にも届いた。

「ご両親がいらしたわ」

「待たせておけばいいさ。ぼくは妻にメリー・クリスマスを言いたいんだ」

8

〝きよしこの夜〟

キャシーは退役軍人会婦人部の三人が持ってきてくれた枕《まくら》と毛布で小さな寝床を作った。当然ながら、くたくただった。明け方から起きているうえ、今日は思いがけないことばかり起きて、ずっと気を張っていたのだから。

ところがいざ横になると目がさえてしまい、この二十四時間に起きたできごとが次々と頭に浮かんできた。どうやら眠れないのはキャシーひとりではないようだ。さっきビジネスマンのマシューが暗い駅のなかをそろそろと歩いていって、電話をかけていた。気のせいかもしれないが、戻ってくる彼の足取りは軽くなっていたように感じられた。マシューの心そのものが晴れ晴れとしているかのように。それを見たキャシーはうれしくなった。最初はマシューにうんざりしたけれど、そのうちに彼は仲間になり、友達になった。

この一日のうちに大きく変わったのは彼ひとりではなかった。あの海軍の若者も、故郷に帰りたい気持ちが募ってひどく興奮し、神経質になっていた。最初はまるで五歳の子供みたいにしゃべりどおしだった。

トラブルが重なるにつれ、レンは殻に閉じこもるようになり、口数が少なくなっていった。ところがそのあとの数時間で、いらだちからも失望からも立ちなおっていくのをキャシーはずっと見ていた。夜になるころには、みんなを励ますほどになっていた。

そしてニックとケリー。生まれて間もない子供を抱えたこの夫婦は、いい親になろうとする一方で、これまでどおり仲むつまじい夫婦でいようと懸命に努力していた。ふたりを見ていると、キャシーは三十年ほど前、自分たちの初めての子供が生まれたばかりの時期を思いだした。ほとんどの夫婦がそうであるように、ニックとケリーもやがてはうまく力を合わせられるようになって、優しい親に成長していくだろう。

サムとルイーズはまわりと距離を置いたまま、いっさい助言を口にせず、ほとんど意見すら言わなかった。だがキャシーがショートブレッド・クッキーをみんなに分けはじめると、ふたりもオレンジを提供してくれた。そのあとサムが朗読したクリスマスの話に、キャシーはこれまでに教会で聞いたどんなクリスマス礼拝よりも感動を覚えた。

キャシーは再びマシュー・マクヒューのことを考えた。最初のうち、マシューは不愉快な存在だった。すぐにいらだち、口にするのは皮肉ばかり。彼のように旅慣れた人なら、こういうときのいらいらも抑えられそうなものだが、残念ながらそうはいかなかった。ところが、あるときから彼は変わった。どこで変わったのかは、キャシーにもはっきりとはわからない。たぶんクリスマスツリーの飾りつけをしたころからだろう。あのときマシューは自分のブリーフケースからメモ用紙を出し、それを細かく切って雪を作った。あれから彼はすべてに対して前向きになったように思える。

旅の仲間たちと同じく、キャシー自身もこのハプニング続きのクリスマスイブのおかげで変わることができた。今朝タクシーを呼んだときには、この旅になんの期待も抱いていなかった。長年ロンと暮らした家でクリスマス休暇を過ごすよりはましだと思っただけだった。

クリスマスがつらい季節になることは前々からわかっていた。ロンが亡くなり、彼を失う苦しみを味わったあとのクリスマス・シーズンには孤独と苦痛しか得られないと思っていた。そしてじっさいそのとおりだった。でも今日キャシーは、夫の墓の前で立ちつくしたあの日以来初めて、生きるとはどういうことかを肌で感じた。分けあい、励ましあい、笑いあう。それがどれほど気持ちのいいものかを。

「眠れないんですか？」マシューが前のベンチから小声で呼びかけた。

「ええ。あなたもね」キャシーは言わずもがなのやりとりに笑顔を浮かべた。

「妻と話をしたんです」どことなく弾んだ声だった。「今日一日連絡していなくて、今さっき初めて電話をかけました」

「あなたの声が聞けて、奥様はほっとしたんじゃありませんか」

彼はうなずき、妙なことを口にした。

「あなたはご主人をとても愛していたのでしょうね」マシューは体を起こし、両肘を膝にのせてキャシーのほうに身を乗りだした。

「ええ」わずかに声が震えた。キャシーは彼の言葉に驚き、そしてその言葉が引きおこした痛みにも驚いていた。

「ぼくと妻もあなたたちのような夫婦になりたい」

キャシーは胸を打たれた。「ありがとう」ほんの少し前まで他人だった友人の優しさが、彼女の心にぬくもりを与えた。「でも……どうしてわかるの？　わたしはロンのことをなにも言っていないのに」

「いや、少しだけ聞きました」マシューは静かに言うと枕に背中をもたせかけた。「ご主人がお孫さんのために人形の家を作った話をケイトにしていたでしょう。その言葉の端々から伝わってきました。それにあなたにはこのクリスマスがとてもつらかったことも」

「今はずいぶん楽になったわ」キャシーが静かにこたえた。

マシューは吐息をつき、体を丸めて目を閉じた。「ぼくもです」

「メリー・クリスマス、マット」

「メリー・クリスマス、キャシー」

　レンはあたりが静かになるまで待っていた。安らかな寝息があちこちから聞こえてくる。もうほとんどの人が寝入ったようだ。腕時計は七時半をさしている。つまりローハイドでは十時半だ。エイミーは老人保健施設でピアノを弾くと言っていたので、確実に彼女が家に戻るころまでレンはずっと待っていたのだ。

　テレホンカードを使いきってしまったため、クレジットカードを使うしかなかった。カード処理のけたたましい音で全員が目を覚ましてしまうのではないかと思ったが、まわりを見渡したかぎりでは誰ひとりとして目を開けなかった。

　電話がつながり、呼び出し音が三回鳴った。その一回一回が、今まで聞いたこともないくらい長く響くように思えた。あきらめようかと思ったとき、エイミーの声がした。

「もしもし」息を殺したような、それでいて興奮ぎみの声だ。

「エイミー、メリー・クリスマス」レンはみんなを起こさないよう声を潜めた。

「レン、あなたなの？」

「ぼくだよ」

「今どこ？」

「同じ駅だ」違う答えができたらいいのに、と彼は思った。

「まだそこにいるの？　レン、本当に帰ってこられるの？」

「帰らなければ恋人に会えないだろう？　いざとなったらここから歩いてでもローハイドに帰るよ」

「ああ、レン。信じられないわ、こんなことになるなんて」

レンもずっとそう思っていた。だがなぜか、今ではすべてが変わっていた。ケンパー駅長がクリスマスツリーを持ってきてくれてから。聖歌隊が来て、退役軍人会婦人部の女性たちが食事を届けに来てくれてから。そして、サムがクリスマスの物語を朗読してくれてから……。

最初のうちはみんな機嫌が悪く、いらいらして腹を立ててばかりいた。そんなところへ、あの親切な駅長がみすぼらしいツリーを運んできて、待合室の中央に置いた。

こんな惨めなツリーが一ドルだなんて高すぎると誰かが言った。

レンもそう思った。でもそれが間違いだと教えてくれたのは五歳の子供だった。ケイトが髪のリボンを取り、しおれた枝にさげた瞬間、そのクリスマスツリーは魔法をかけられたかのようにすばらしいものに変わった。飾りはたいしたものではなくても、ツリーはその場にいた全員に変化をもたらし、みんなを結びつけた。

その瞬間からすべてが変わった。もはや彼らは他人ではなくなった。突然、レンが子供のころに味わった楽しいクリスマスと変わらぬものになった。今年のクリスマスイブを一緒に過ごした見知らぬ人々は、今や家族同然だった。エイミーと過ごすクリスマスイブには劣るかもしれないが、彼女とはこの先ずっと一緒に生きていけるのだから。

「すぐ帰るよ」

「待っているわ」エイミーがささやいた。

一瞬会話がとぎれる。レンは勇気を振りしぼった。できることならエイミーの瞳を見つめてプロポーズし、自分の目で答えを確かめたかったが、もうこれ以上待てない。

「さっきの電話で言ったことは本当かい？」彼は思いきって尋ねた。「エイミー・スー、本当にぼくを愛しているのか？」

「ええ」まるで罪を告白するような口調でエイミーが続けた。「わたし……あんなことを言うべきではなかったのでしょうけど」

「どうして？」レンは思わず声を張りあげていた。

「だって……ほら、わたしたちは今までお互いの気持ちを話したことがなかったし……」

「エイミー、ぼくもきみを愛している」

彼女がずっと黙ったままなので、レンは電話が切れてしまったのではないかと不安になった。

「エイミー？」

「聞いているわ」

彼女の声が震え、泣きだしそうになっているのがわかった。「エイミー、聞いてくれ。

こんな形で言うつもりはなかったんだが、ぼくが里帰りをしようと思ったのは、家族とクリスマスを過ごすためだけじゃないんだ」

「えっ？」

「ぼくはきみに……」プロポーズの文句は何度も練習しておいたのに、いざとなると緊張してうまく言葉が出てこなかった。

「あなたはわたしに……」エイミーが励ますように促す。

「話をしたかったんだ――すごく大事な話だ」

「それは？」

「ぼくたちふたりのことだよ」彼は思いつくままに続けた。慎重に練りあげて百回くらい練習したプロポーズの文句は、頭からすっかり抜けおちていた。「ぼくはきみと……いやつまり、もしきみがそのつもりになってくれたらだけど……ぼくたち、結婚しないか」

沈黙が永遠に続くかに思えた。

「結婚」呆然《ぼうぜん》としたように彼女が口を開いた。

レンは受話器をきつく握りしめた。神経が張りつめ、今にも切れてしまいそうだ。「なにか言ってくれ」

断られたら指輪は返品できるのだろうかとふと思った。気持ちが重くなっていく。断られるとは思っていなかった。傲慢《ごうまん》にも、エイミーは喜んで声をあげるに違いないと思っていた。涙すらこぼすかもしれないと。沈黙を返されるなど予想もしていなかった。

「エイミー？」レンは自信がなくなっていた。どうしてこんな勘違いをしたのだろう。最近の彼女はどこかよそよそしかったし、手紙も二週間近く来なかった。ほかにも気がかりなことはあったのに、エイミーと話すときにはいつも不安を押しのけてしまっていた。とはいえ、電話で話すこと自体ずいぶん減っていた。でもエイミーはいつでも、ぼくの声を聞くとうれしそうにしていたのに。

「ほかに好きな男がいるのかい？」レンは強い口調で言った。もはやプライドだけが支えだった。「そうなのか？」

「まさか。レン、どうしてそんなことを言うの？」

「だったら答えは？」プロポーズもいわば単刀直入な質問だ。「イエス、それともノー？」

「あなた、誰から聞いたの？」

「聞いたって？」レンはおうむ返しにきいた。「なんの話だ？」

「子供のことよ」

9

〝ホーム・フォー・ホリデイ〟


「子供？」レンは膝ががくがくしてきて、肩で壁に寄りかかった。

「誰から聞いたの？」エイミーは同じ言葉を繰り返した。

「誰にも……」レンは頭が混乱し、ついには自分の勘違いではないかと思いはじめた。

「ちょっと話を整理させてくれ。ひとつききたい。きみは妊娠しているのか？」

「ええ」

「そういうことは、もっと早く言うべきじゃないか？」誰かに聞こえようが、もうどうでもよかった。「少なくとも、もう妊娠三カ月にはなっているはずだろう」

「三カ月半よ……レン、わたしはあなたを愛しているわ。だけどあなたの気持ちを一度も聞いたことがなかった。結婚しなければいけないと感じさせたくなかったの。わたしの父が母と結婚したのは、母が妊娠したせいだった。結婚生活はうまくいかなかったわ。わたしは母の間違いを繰り返したくなかった。でもすでに同じ道を歩きだしてしまったみたいね」

「エイミー、誓って言う。ぼくは子供のことなど知らなかった。誰からもそんな話は聞いていない」レンは深く息を吸いこんだ。「きみがお母さんと同じ道を歩くというのは……それは違う。ぼくはきみを愛している。きみと結婚したいんだ。子供のことを聞く前から、ずっとそう思っていた」エイミーが妊娠していると今まで彼に告げずにいたと思うとつらかった。「ほかにこのことを知っている人は？」

「ジェニーだけよ」

「親友には教えられても、ぼくには言えなかったのか？」彼は自分の耳が信じられなかった。

「プロポーズをした理由はなに？　子供のためじゃないの？」エイミーも引きさがらない。

「違うよ……今言ったじゃないか。きみを愛していて、これからはずっと一緒に暮らしたい。それだけじゃ理由として足りないかい？」

「いいえ、十分すぎるほどだわ」エイミーのささやき声がすすり泣きに変わりはじめた。

「エイミー、聞いてくれ。ぼくはきみと一緒にいたい。子供も産んでほしい。結婚しよう、いいね？　早いほうがいいな。都合さえつけば来週にでも。それからぼくはメイン州に戻って、夫婦用の住宅を申しこむよ。来月にはきみを迎えに行く」

「レン……」

エイミーが、自分は単なる〝ローハイドの相手〟ではないのかときいたのは、そういうことだったのだ。彼女がこれまでずっと、妊娠の事実を知ったときの反応を想像して悩み、不安を抱えていたのかと思うとレンは胸が痛んだ。

「きみはぼくを愛していると言ったね。今さらその言葉を取り消すつもりかい?」

「そうじゃないけれど……」

「ぼくはきみを愛している。この前家に帰ったとき、自分ではっきりわかったんだ。あのとき少しでも伝えておけばよかったよ。今になって後悔している」それからレンは、今こそ自分で人生を決めたいと思い、もう一度尋ねた。「エイミー、ぼくと結婚してくれるかい?」

エイミーはすぐにためらいを捨てた。「ええ、レン。もちろんよ」

レンの耳にか細い泣き声が聞こえた。

「今夜は特別な夜になるって、わかっていたわ」

「どうして?」レンはエイミーから聞いた思いがけないニュースのせいでまだ頭がくらくらしていたが、それは心地よい感覚だった。すぐにでも彼女と結婚したい。それに昔から子供は大好きだ。すばらしい両親に恵まれたレンは、自分もよき夫、よき父親になりたいと思っていた。

「今夜ピアノを弾いていたら、ミスター・ダンバーが部屋から出てきたのよ」

レンはそれが誰なのかはっきりとは思いだせなかった。「ミスター・ダンバー?」

「三年前に奥様を亡くして、それからひとことも話さなくなってしまった人。わたしが毎日一緒にランチを食べている人よ。いつもわたしが一方的に話しているだけだけれど」

「その人が部屋から出てきたんだね?」それは大ニュースだ。エイミーの手紙にその年老いた男性のことが書かれていたのを、ようやくレンは思いだした。

「彼の奥様がいつもピアノを弾いていたそうなの。だからピアノの音を聞いて、ベッドを出てレクリエーションルームに入ってきたのね。わたしの横でベンチに座って、にっこり笑ってくれたわ。レン、本当にすばらしい瞬間だったのよ」

自分の妻となる女性も本当にすばらしいとレンは誇らしく思った。自室にこもっていた孤独な老人を外に連れだし、優しい心とピアノの調べで、彼の人生を明るく照らした。レンはエイミーに言ったとおり、できるだけ早く結婚するつもりだった。ふたりの結婚生活は愛と尊敬の上に築かれ、強く揺るぎないものになるはずだ。

自分はこの世でいちばん幸せな人間だ、とレンは思った。

「目が覚めたのかい?」真夜中過ぎ、ニックはケリーが目覚める気配を感じてささやいた。

考えてみれば、ブリタニーが目を覚ましてミルクを欲しがるのはいつもこのくらいの時間だ。

ニックは目がさえ、この一時間寝つけずにいた。体を起こしたまま頭を壁にもたせかけた状態で眠るのはつらいが、それでも少しは体を休めることができた。ケリーを抱き寄せていると気持ちが安らいだ。こんなふうに体を寄せあうことも最近では少なくなっていたが、変えていこうとニックは考えていた。

ケリーは答える代わりにあくびをした。「今、何時？」

「午前二時ぐらいかな」

「もうそんな時間？」ケリーは二回目のあくびを噛《か》み殺しながら言った。

「ブリタニーは？」

「ぼくたちよりは元気そうだ」

ニックは暗闇《くらやみ》のなかで笑い、妻の肩にまわした腕にそっと力をこめた。

「親として初めてのクリスマスを駅で迎えるなんて、思ってもみなかった」ケリーはやっと聞きとれるほどの声でささやいた。

「ぼくもだ」

「そう悪くなかったわね」

ニックは妻の髪に顔を寄せ、その優しく女らしい香りを胸いっぱいに吸いこんだ。ケリーとブリタニーを愛している。ここまで人を愛せるとは思わなかった。これほどの愛情を抱けることが信じられない気がした。ニックの人生はつらいことばかりだったが、子育てはこれまでのなににも増して難しい挑戦かもしれない。だが苦しみ悩むうちに、今の自分が持っているものの大切さを知った。この夜が、このクリスマスイブが、ニックに教えてくれたのだ。自分がどれほどすばらしいものに恵まれているかを、本当の意味で悟ることができた。

ニックは最初、ジョージアへ里帰りする必要などないと思っていた。ケリーが実家の両親にブリタニーを会わせたいと望んだのだ。真冬の旅行はよくないと、ニックは何度も何度もケリーを諭した。結局はこちらが譲歩したが、それもケリーの頼みに折れただけのことだった。進んで受け入れたわけではなかったから、いざトラブルが起こりだすと、だから言っただろうと怒鳴りつけたくなるのを抑えるのに苦労した。

しかし今は違う。クリスマスイブをここにいる人たちと過ごせてよかった。ブリタニーを身内に引きあわせることにしてもそうだ。みんなお互いを必要としている。ニックはこれまでの人生のほとんどをひとりで生きてきたが、もうひとりではない。妻と娘がいる。家族がいる。そして友達が。

これほどの友達に恵まれるとは思いもしなかった。

クリスマスの朝六時、クレイトン・ケンパーは復旧作業が終わったという連絡を受けた。

駅長はすぐに着替え、どんな状態になっているだろうかと不安を抱えながら駅へ急いだ。ところがそこで駅長を待っていたのは、うれしい驚きだった。目を覚ました人々は誰もが朗らかで、もたらされた知らせに感謝してくれた。乗客たちが伸びをしたりあくびをしたりして体を目覚めさせているあいだに、駅長はコーヒーをいれ、それから電話帳を引っぱりだしてあちこちのホテルに連絡し、線路が復旧したことを乗客たちに知らせた。

「当分忘れられないクリスマスになりましたね」ケンパー駅長は小さな集団を連れて列車に向かいながら言った。エンジンが音をたて、ボストンに向かって走りだす準備をしている。

まずキャシー・ノリスが乗りこみ、ほほえんで駅長と握手をした。「ミスター・ケンパー、いろいろとお気づかいくださってありがとう。あらためてお礼を言います。それから、メリー・クリスマス」

「少しでもお役に立てたなら光栄です」駅長は列車に乗りこむキャシーに言った。

幼い子供を連れた夫婦がそのあとに続く。海軍の若者が、自分の荷物と一緒にチャイルドシートを運んであげていた。赤ん坊ひとりにどれほどの荷物が必要か見るたびにケンパーは驚いた。昔は哺乳瓶《ほにゅうびん》を一、二本と、おむつの替えが少しあればよかった。ところが今は、母親と大の男ふたりがかりでなければ運びきれないほどの大荷物だ。その夫婦と海軍の若者の親しげな様子を見て、ケンパーはうれしくなった。どうやら話題もたっぷりあるようだ。

ビジネスマンの男性は年配の黒人夫婦の荷物を運んでから自分も列車に乗りこんだ。これが、昨日あれだけ不機嫌な顔でぶつぶつ文句ばかり言っていた男性だとは。いったいなにが起きたのかケンパーには想像もつかなかったが、今朝の彼は朗らかな笑みを浮かべ、信じられないくらい親切だった。

「いろいろと助けてくれてありがとう。みんな感謝しているよ」そう言いながらマシューは列車に乗りこんだ。

五歳のケイトは一段目のタラップに飛びのるとケンパーに言った。「ゆうべサンタさんが来て、わたしとチャールズにプレゼントを置いていってくれたの」

「本当かい？」駅長はエリーズ・ジョーンズと視線を交わした。

「もちろん」エリーズがにっこり笑う。

どうやら大人たちが子供のためになにか仕組んだらしい。それはよかったとケンパーは思った。自分も本当はもっと手助けをしたかったが、家庭もあればいろいろと用事もあり、なかなかそうもいかなかった。それでも乗客を駅で夜を明かすような目に遭わせるのはつらかった。その夜がクリスマスイブとなればなおさらだ。

ケンパーは全員が乗りこんだのを確認してから列車を降りた。車内にもう一度視線を向けたとき、駅長は思わず一行を見つめた。あれほど不機嫌だった乗客たちが、楽しげに冗談を言いあっている。この光景を見た人なら誰でも、彼らは長年の友だと思うに違いない。家族とすら思うかもしれない。

こんなことがあり得るのだろうかと駅長は思った。出会ったばかりの者同士がクリスマスの真の意味を見つけただって？　ちっぽけな田舎の駅で、雪嵐《ゆきあらし》に閉じこめられたクリスマスイブの夜に？

答えは明らかだった。

mira

聖《せい》夜《や》に見《み》つけた奇《き》跡《せき》

2024年11月15日発行　第1刷

著　者　ペニー・ジョーダン
ルーシー・ゴードン
デビー・マッコーマー

訳　者　高田《たかだ》ゆう　槙《まき》 由子《ゆうこ》　島野《しまの》めぐみ

発行人　鈴木幸辰

発行所　株式会社ハーパーコリンズ・ジャパン
東京都千代田区大手町1-5-1
04-2951-2000（注文）
0570-008091（読者サービス係）

印刷・製本　中央精版印刷株式会社

この書籍の本文は環境対応型の植物油インクを使用して印刷しています。

VEGETABLE OIL INK

ISBN978-4-596-71879-2

mirabooks

涙は愛のために
ダイアナ・パーマー
仁嶋いずる 訳
命を狙われ、身を隠すために訪れた農場で、生まれて初めて恋を知った検事補のグローリー。しかし、そのひたむきな思いは、あっけなく踏みにじられて…。

真夜中のあとに
ダイアナ・パーマー
霜月　桂 訳
体調を崩したニコルは静かな海辺の別荘で静養していた。ある日ビーチに倒れていた記憶喪失の男を助けるが、彼は議員である兄が敵対する実業家マッケインで…。

夜明けのまえに
ダイアナ・パーマー
泉　智子 訳
運命の相手だと思っていたコルテスから写真一枚で別れを告げられたフィービー。癒えない傷を抱え見知らぬ地で働き始めたが、思わぬ事件が再会を招き…。

雨の迷い子
ダイアナ・パーマー
仁嶋いずる 訳
10年前の雨の夜にテキサスの農場で拾われた天涯孤独のギャビー。恩人であり、兄同然だったボウイと再会して以来、二人の関係は少しずつ変化していき…。

傷ついた純情
ダイアナ・パーマー
仁嶋いずる 訳
唯一の肉親をなくしたグレイスへ救いの手を差し伸べたベテランFBI捜査官のガロン。誰にも言えない過去の傷を抱える彼女は、彼に惹かれていく自分に戸惑い…。

不滅の愛に守られて
ジュリー・ガーウッド
鈴木美朋 訳
偶然遭遇した銃撃事件をきっかけに、命を狙われることになったイザベル。24時間、彼女の盾になるのは、弁護士であり最強のSEALs隊員という変わり者で…。

mirabooks

永遠が終わる頃に
シャノン・マッケナ
新井ひろみ 訳
祖母から、35歳までに結婚しなければ会社の経営権を剥奪すると命じられたケイレブ。契約婚の相手として連れてこられたのは9年前に別れた元恋人ティルダで…。

唇が嘘をつけなくて
シャノン・マッケナ
新井ひろみ 訳
祖母からの一方的な結婚命令に反発するマディ。一族の宿敵ジャックとの偽装婚約で、命令を撤回させようとするが、二人の演技はしだいに熱を帯びていって…。

真夜中が満ちるまで
シャノン・マッケナ
新井ひろみ 訳
ネット上の嫌がらせに悩む、美貌の会社経営者エヴァ。かつて苦い夜をともにした相手に渋々相談すると、彼は24時間ボディガードをすると言いだし…。

この恋が偽りでも
シャノン・マッケナ
新井ひろみ 訳
天才建築家で世界的セレブのフィアンセ役を務めることになった科学者ジェンナ。生きる世界が違う彼に惹かれてはいけないのに、かつての恋心がよみがえり――

口づけは扉に隠れて
シャノン・マッケナ
新井ひろみ 訳
建築事務所で働くソフィーは突然の抜擢で、上司のヴァンとともに出張することに。滞在先のホテルで男の顔を見せられ心ざわめくが、彼にはある思惑が…。

この手はあなたに届かない
J・R・ウォード
琴葉かいら 訳
夏の間だけ湖畔の町にやってくる富豪グレイに、ジョイは長年片想いしている。ひょんなことから彼とNYに行くことになり、夢のようなひとときを過ごすが…。

mirabooks

砂漠に消えた人魚

ヘザー・グレアム
風音さやか 訳

英国貴族たちの遺跡発掘旅行へ同行することになったキャット。参加条件でもあったサー・ハンターとの偽りの婚約が、彼の地で思いもよらぬ情熱を呼び寄せ…。

白い迷路

ヘザー・グレアム
風音さやか 訳

友人の死をきっかけに不可解な出来事に見舞われることになったニッキ。動揺する彼女の前に現れた不思議な魅力をもつ男ブレントとともにその謎に迫るが…。

眠らない月

ヘザー・グレアム
風音さやか 訳

歴史ある瀟洒な邸宅の奇妙な噂を調査しにやってきたダーシー。依頼者のマットとともに真相を追うが、ある晩見た夢をきっかけに何者かに狙われはじめ…。

炎のコスタリカ

リンダ・ハワード
松田信子 訳

国家機密を巡る事件に巻き込まれ、密林の奥に監禁された富豪の娘ジェーン。辣腕スパイに救出され、始まったサバイバル生活で、眠っていた本能が目覚め…。

美しい悲劇

リンダ・ハワード
入江真奈子 訳

帰郷したキャサリンを出迎えたのは、彼女の牧場を取り仕切るルールだった。彼の姿に、忘れられないあの日の記憶と、封じ込めていた甘い感情がよみがえり…。

瞳に輝く星

リンダ・ハワード
米崎邦子 訳

亡き父が隣の牧場主ジョンから10万ドルもの借金をしていたと知ったミシェル。返済期限を延ばしてほしいと頼むが、彼は信じがたい提案を持ちかけて…。